锐势力
Rui Shili

中国当代
作家小说集

陈再见

著

保护色
BAO HU SE

中国文史出版社

图书在版编目（ＣＩＰ）数据

　　保护色 / 陈再见著. -- 北京 ：中国文史出版社，
2018.4
　　（"锐势力"中国当代作家小说集 / 郑润良主编）
　　ISBN 978-7-5205-0156-9

　　Ⅰ．①保… Ⅱ．①陈… Ⅲ．①短篇小说－小说集－中
国－当代 Ⅳ．①I247.7

　　中国版本图书馆 CIP 数据核字 (2018) 第 050461 号

责任编辑：全秋生
封面设计：徐　　晴

出版发行：中国文史出版社
地　　址：北京市西城区太平桥大街 23 号　　邮编：100811
电　　话：010－66173572　　66168268　　66192736（发行部）
传　　真：010－66192703
印　　装：北京温林源印刷有限公司
经　　销：全国新华书店
开　　本：787×1092　　1/16
印　　张：16　字数：248 千字
版　　次：2018 年 5 月北京第 1 版
印　　次：2018 年 5 月第 1 次印刷
定　　价：49.80 元

目录

保护色　/　1

一　叶　/　13

哥　弟　/　28

公亲人　/　39

独奏者　/　60

Monkey　/　72

空　白　/　83

朗读者　/　96

模拟亡故 / 109

颧 骨 / 122

少 莲 / 139

天 黑 / 151

团 圆 / 162

小舅舅 / 173

驿道中遇见苏先生 / 185

见 红 / 195

喝 酒 / 206

做 梦 / 218

电 梯 / 228

心乱如麻 / 238

跋：未完的旅行 / 249

保 护 色

一

　　吴红霞未嫁给陈鹏飞时，脸蛋总是红的，像是刚从灶口烧了火出来，红的也不是整个脸，而是腮上的两坨，和电视里那些吃多了辣椒的女子很相似。身边的人说，兴许是取了这个名字的缘故，红霞，红霞，这霞光都爬到脸上去了。这是玩笑话，理解吴红霞的人都知道，这女孩性情内向、怕人，整条村上都是大熟人了，如果突然遇上了一个，或在巷子里，或人家来到门楼叫阿爸出工，她这边话还没说出口，脸就开始热起来了，五月的晚霞一般。

　　兴许陈鹏飞就喜欢上了吴红霞这一脸红晕，喜庆——农村对红色向来欢迎，娶亲嫁女都得以红色作基调，后来在电视里看见外面的人结婚时穿的是白婚纱黑西装，呸，那都是些什么人啊？怎么能这样？多不吉利。——陈鹏飞一喜欢上吴红霞，就三番两次往她家门楼跑，喊她爸出工，问她爸田里需要帮忙吗，他陈鹏飞年轻气壮，么活都干得了。这么说时，陈鹏飞脱下皱巴巴的衬衣，露出健壮的黝黑肌肉。阿爸兴许是先喜欢上了陈鹏飞那一身肌肉，觉得可以用一用，于是有什么活就没跟他客气，他都敢问了，阿爸就敢用。谁知就这样中了陈鹏飞的圈套，反过来说，阿爸也是乐意被这样的圈套打中。所以当人们笑着说，喂，老头，你这么用陈鹏飞，是不是想把女儿嫁给他哦。阿爸竟然笑得很开心。

阿爸的笑让吴红霞红的不只是脸了，还有心。

结婚那天，几个平时玩得好的小姐妹过来帮忙，当然没帮什么，就帮吴红霞打扮打扮——这农村的新娘打扮起来也不比城里来得简单。折腾了半天，突然感觉少点什么。有个叫秋菊的姑娘大大咧咧的，她说，咱是不是应该给红霞化个妆啊？外面的女人可都是化妆的，把脸打白了，把嘴唇涂红了，把眉毛描黑了。人们感觉有道理，可苦于没化妆品，那得要到镇上去买才行。于是找到陈鹏飞，伸手向他要钱，要一百，到镇上买化妆品。陈鹏飞吓一跳，问给谁化？她们笑，骂他死心眼，当然是给你老婆仔啰。陈鹏飞也笑，说，红霞啊，我就喜欢她那张红脸哩，你们又把她打白了，可赔我不起。

几年后，吴红霞和陈鹏飞一忆起结婚时的这段插曲，还是会笑弯了腰。只是这时吴红霞的脸已经不红了——她见谁也不再脸红了。由于长时间和阳光亲密接触，她的脸早已经黑掉了——陈鹏飞说她现在是个黑美人。

这时的陈鹏飞和吴红霞夫妇，当然还包括他们的孩子，已经没在那条村里生活了，他们来到了深圳，在深圳关外的偏远地区，开了一间门面，收购废品。收购废品的生意前些年可是来钱的事业，别看它脏，让人不太瞧得起，这废品收进来的时候是废品，价格低，可经过挑拣、加工，转手一卖，那可成了宝，中间的利润不小。当时最先从村里出来的人都到城市做起了废品生意，几年未到就回家起新房了。陈鹏飞可不是傻子，都看在眼里，也想在了心里，想着在村里种几亩地能有什么出息呢？一辈子勤勤恳恳，最后可能还衣食不保。这一想，心也横了，带着吴红霞就离开了村子。偏偏就不凑巧，陈鹏飞一到城市收购废品时，废品生意却开始萎靡下去了，也不是说没钱赚，就是赚得少。赚得少也得赚，总比在村里种田要强些的。磕磕碰碰几年下来，生活还是能维持下去，还买了一辆二手人货车拉货，孩子也能在城市里上个私立学校，像模像样的和城里孩子一样，乘坐校车去学校上学。能这样，已经不容易了。在村里人看来，陈鹏飞这小子还是挺能干的，年底见了，还是老板前老板后地叫唤。阿爸脸上也有了光，想当初看中的是女婿一身肌肉，是个田里好汉，如今想来，陈鹏飞那一身肌肉不仅能在村里混得好，在城里同样能出人头地哩。

二

虽说城里的生意不好做，往生意这条道上挤的人却不少。生意是小生意，但小小生意能起家，不少从农村出来打工的，其实也都抱着一个目的，看能否打几年工、攒点钱，弄点小生意做，这在城里的生活也就有了另外的奔头，有了和打工不一样的架势和希望。摆地摊、收购废品，有钱点的开个小店面卖卖烟酒茶……在陈鹏飞眼里，总是会时不时从街巷里蹦出一两家铺头来。肚子大的人总是觉得满街都是大肚子一样，陈鹏飞这些年也感觉身边那些拉开门面或者踩着三轮车收废品的人在日益增多，这于他不能不算是一种压力。

陈鹏飞和吴红霞刚到这里租房开站时，这里还偏僻得很，半天不见人烟，不了解的人完全不知道这么一块地方也属于城市范围。他记得那时，一到傍晚拉货回来（那时踩的还是三轮车），卸下给吴红霞挑拣，自己总爱抽空到站前的一片荒草坡上蹲会，抽个烟，看着眼前一片农村模样的荒地发呆。天气好时，他还能看见落日，虽然落日的光彩没能和家乡的相媲美，偶尔飞过的鹭鸟，还是被染成了醉人的颜色——那时他做梦也没想到，那片荒地，没过几年，就成了今天这副模样：先是第一工业区建起来了，后是第二工业区、第三工业区，如今已经建到第五工业区了，有了工业区，就有了打工者，而有了打工者，附近的小楼房密密麻麻地竖了起来，它们几乎阳台靠着阳台，人们称作亲嘴楼。亲嘴楼里住的都是外来的打工者。随着起来的还有商场、溜冰场、菜市场、发廊、黑网吧、更多的废品收购站……

刚开始，陈鹏飞是尝到甜头的，那时这里收购废品的人不多，附近的店铺和一些没被承包的小工厂，几乎都是他一辆三轮车在拉，拉得欢快、自在。当然这样的美好时光没维持多久，很快，光陈鹏飞租住的这条巷子，就有三个铺面开门收购废品，各自在门口放出个四方形的白底红字招牌，招牌和街上发廊的招牌竟然相差不大，夜里也能插电发光。

陈鹏飞也算是个灵活人，加上吴红霞的勤恳，两人里外配合，几年历练下来，成了这个行业的佼佼者。当别人家还是一辆三轮车到处吆喝时，陈鹏飞已经开上人货车了。有时为了多拉一点废品，陈鹏飞不惜把人货车开到关内去，甚至开到附近的东莞惠州。关内是好地方，干净，有秩序，自然没多少收购废品的，但关内人家制造出来的废品可不见比郊区少。一天下来，陈鹏飞总能拉回满满当当的一车子，回来往院子一卸，哗啦啦地竟满院子。这满院子的废品、垃圾，尘土飞扬，里面有铜铁、塑料、纸皮等用得上的，也有不少烂苹果、死老鼠和卫生巾，但在陈鹏飞和吴红霞看来，这一院子都是宝贝，至少藏有宝贝。它们就像是满院子的稻谷，等着他们去晾晒、去虚谷草屑，然后包装入仓。

挑拣废品的活基本上是吴红霞一个人在干，这些年下来，她在各种废品里摸爬滚打，从一个腼腆少女变成了一个不修边幅的妇人。这不要紧，出外讨生活，靠的是实在的能力。如今的吴红霞就有了这方面的能力，面对满院子的废品，她知道哪些是值钱的，哪些是不值钱的，并能熟练地挑拣出铜、锡、铝、镍、镀金、镀银等等，甚至光塑胶一类，她拿到手上一敲，听声音就能辨别出来是丙稀还是苯乙烯，其精准让陈鹏飞都感觉惊叹。

吴红霞在院子里挑废品时，陈鹏飞就到巷子里的杂货店买瓶啤酒，拎回来，回屋吃饭。吴红霞做的饭菜不错，特别合他胃口，他总说吃这样的饭菜不喝酒可惜了。喝了酒，吃了饭，吴红霞基本也把废品分类挑好了，这时陈鹏飞才过来帮忙把货装袋，绑结实，过秤，然后堆放一边，明儿再拉出去转手卖给更大的废品收购站，期间能赚多少，其实一算也就能算清楚了。做好这些，这一天的活也算忙完了，一家子才能洗澡、看电视、说些话。

三

每天都这样重复着过，本是枯燥，在吴红霞看来，却也有新鲜的地方。因为挑拣废品时，偶尔能遇到一些玩具，变形金刚、塑料车子、魔方等等。吴红霞知道，这些玩具看似简单，其实贵着呢，她到商场看过，一个玩具大多要卖上百元，而一些有钱人家，买了就买了，有一天孩子玩腻了，不喜欢了，还好好的，就拿出来扔了。吴红霞可像是捡到宝似的，挑出来，放一边，她舍不得把它们当塑胶卖掉，洗一洗，还是新的，留给孩子玩，特意去买还真舍不得花钱。如今有现成的，多好——吴红霞有时也会暗暗欢喜，都嫌收废品脏，其实里面可都是宝贝呢，每次挑拣她几乎都怀着一种收获宝物的希望，像寻宝旅程一样充满了惊喜。

当然，能给吴红霞带来惊喜的，还不只是孩子的玩具。有一样东西，其实也撩动着她细微的心——起初吴红霞还真没在意，一个个塑料盒，颜色各异，不知道是什么东西，她也没打开看，就扔到塑料堆里去了。后来有一次好奇，拿起一个打开一看，竟懵住了，里面十几个小方格，红红绿绿的，竟色彩斑斓，旁边还放着细细的毛刷和夹子之类的工具——凭女人的直觉，吴红霞知道，这些就是化妆品了。

化妆品，这对一个还算年轻的女人来说，应该是最熟悉不过的了，它甚至是日常生活中不可缺少的一部分物件，尤其是生活在城里的女人。可说实在的，于吴红霞，它还真是陌生东西，说是陌生，其实名字也不陌生，她老早就知道城里的女人爱化妆，化妆自然少不了化妆品，就在她出嫁那天，那帮小姐妹们还嚷着要去镇里买化妆品给她化个妆呢——想起那天，突然就想起那个大大咧咧的秋菊。后来她也离开了村子，去了一个大城市生活。听说嫁给了一个富豪当二房，过上好生活了，每个月光买化妆品的钱就要上万块。有一年春节回家，吴红霞遇到过秋菊一回，乍一看，真认不出来了，那个脸蛋，几乎和戏台上唱戏的没什么两样。村里人对秋菊背地里闲言闲语，吴红霞也跟着附和，内心其实对那一脸的内容充满了好奇，甚至跃跃欲试——所以说，结婚那天，听秋菊那么一说，吴红霞是满怀希望的，希望真能趁着结婚真正认识一下那些神秘的化妆品，可她最终失望了，陈鹏飞不让，他说他喜欢的正是吴红霞那绯红的脸色。听着这话，她心里的不悦其实也不存在了，和陈鹏飞的赞美比起来，化妆品又算得了什么呢？如此一别，这么些年下来，吴红霞真的就和化妆品没有了缘分。当然，没有缘分，并不是吴红霞从此就不想了，有时她和陈鹏飞去商场，经过化妆品专柜，各种各样的品牌化妆品摆了一玻璃橱子，前面还坐着一个脸色白皙的美女，那女人很美，一眼就能看出化了妆，于是显得更美了。吴红霞知道，原来化了妆的女人竟是可以这般白皙美丽的，还有那眉毛、睫毛、眼影、鼻梁、嘴唇，无不光彩照人。她每每经过这样的化妆专柜，总爱多看几眼，她甚至想上前去，壮着胆子问问那个化了妆的女人，尽管不买，问一下总可以吧。可她终是不敢，不敢不仅是因为胆怯、自卑，更多的是身边的陈鹏飞似乎讨厌化妆的女人，他总是有意无意地说，看看这些女人，脸抹粉抹得跟鬼似的，嘴唇描得跟鸡屁股似的，多难看啊。这时候，她总是附和着说，是啊，真难看，我也讨厌死了。

后来，吴红霞再去商场时，就连看都不敢去看那些总是在白炫的灯光之下的化妆品专柜了，似乎是一种刻意的回避。当然，这时候的吴红霞认为自己也没了化妆的必要了，别说已经结了婚，生了孩子，而且做的还是收购废品这样的脏活，就算不是，凭她现在的皮肤，真有化妆品，她也没勇气往脸上抹了。她有时趁着陈鹏飞出门，拿起镜子偷偷看了看自己的脸，不看还好，一看，整个人都丧了气，之前那红扑扑的脸色早就不见了踪影，如今取而代之的是黝黑的肌肤，各种斑点、皱纹、红痘，整张脸几乎成了一片战后的废墟，狼藉一片，伤亡惨重。她恨不得把镜子摔了。可冷静一想，都已经是这把年纪的女人了，丈夫都不嫌弃，自己还嫌弃了，这算个什么事啊？想着才傻傻地笑了。

事不凑巧，却让吴红霞在废品堆里见识到了这些神秘的化妆品。单看包装质地，就知道这些都是名牌货，肯定值不少钱。而对于一些关内的有钱人，这化妆品还不是跟孩子们的玩具一样，不喜欢了，随手就扔了，扔到了吴红霞的眼前。有的明显没用过几次，十几个格子的颜料还都温润可人，就连那些毛刷，也都像新的一样，静静地躺着，等着女人们的纤纤细手去拿捏、画描呢——这些，吴红霞怎么舍得扔了呢？和玩具一样，吴红霞也把这些还没用完的化妆品挑了出来，擦拭干净，藏了起来。她是不会用的，她也不知道藏起这些化妆品做什么用。但她每次见了，还是毫不犹豫地藏了起来。一段时间下来，各种化妆品竟然藏了一抽屉，种类多样，有些样式她还真不知道是干什么用的。她真的乐意把它们拥有。一有空，她会打开抽屉看看，像是孩子们玩着玩具，她也要玩一玩这些女人的玩意。这时，她的心思总是变得温润起来，像是赤脚蹚过一道清凉的溪水，浑身爬满了浪漫的湿意，都不像是一个挑拣废品的女人了。

四

有些美好的感觉，其实就像蚂蚁一样，时不时会痒着吴红霞的心。吴红霞不知道这样的痒是否是一个女人正常的心理，于她这里，却是感觉羞耻的，至少不是好意思的。比如，看着陈鹏飞赤着上身往人货车上捆绑废品袋，双臂扯着绳子一拉，那一块块黝黑的带着汗水油光的肌肉像是山上的石块一样在他的上身凸显出来。这时候的男人总是充满力量的。"力量"这个词一闪现，吴红霞的心也随之怦怦跳了起来。她想着这时眼前这个男人要是能狂野一点、粗暴一点，甚至留着身上的汗水，用捆绑废品袋的力量把她抱上床——甚至不是床，是其他任何角落——还是用捆绑废品袋一样的力量，一下一下地砸在自己的身体里面……那该是怎样的一种感受。她渴望这样的感受，却也知道永远也实现不了。别说陈鹏飞不会那样做，就算他真的那样做，吴红霞也是没办法在身体上接受的啊。这只能是一个秘密，藏在心底最深处，就像那些别人的化妆品，藏在抽屉的最底层一样，是羞于启齿，羞于示人的。

　　为什么会有这样的渴望？其实来自一次不经意的闲聊。虽是闲聊，于吴红霞却是一个未知世界的敞开。那天天气还算不错，陈鹏飞和往常一样开车出去拉货，孩子也被校车接走了。吴红霞做好家务，闲着就出来走走，到了隔壁的杂货店里坐会。杂货店是一对湖南夫妻开的，平时就湖南女人在那看着，没事打打毛线，吴红霞来了，就一边打毛线一边聊了些话。那天不知怎么，聊着聊着就聊到了男女之事上了。在这事上，吴红霞一直是羞于启齿的，她甚至觉得两夫妻都不便说的话，湖南女人却大大方方地说了起来，脸上还带着诡异的笑，似乎说起这样的话题让她感觉既享受又刺激。吴红霞也没说什么，就低着头，任湖南女人一个劲地说。湖南女人都说了些什么，吴红霞事后都忘了，但她还是记住了一个词：高潮。她单独就记住了这样一个词，主要是因为湖南女人特意问了她，且不止一次，她问：你感受过高潮吗？她又问：你家男人给过你高潮吗？见吴红霞一脸茫然，她再问：你真不知道高潮是什么啊？然后就哈哈笑了。笑里，自然是带着嘲讽的——或许湖南女人真没有嘲讽的意思，只是感觉一个女人不知道高潮算得上是件挺可笑的事。可在吴红霞想来，她是在笑自己无知了，竟然不知道什么是高潮。吴红霞其实也能猜出来，所谓高潮，无非就是男女之事。只是她真的想不起来，男人陈鹏飞给过她高潮吗？如果高潮是一种特别享受的感受，那显然是没有的。在吴红霞的印象里，陈鹏飞爬上自己的身体从来就超不过一分钟，在那一分钟里，陈鹏飞从坚挺到泄气，最后就是连声叹气，底下的吴红霞在那一分钟里，唯一的感觉就是胸口被压得闷，都快喘不过气来了。还没孩子时，陈鹏飞表现得要稍好一点，至少在这之前会用嘴唇蹭蹭吴红霞的嘴唇，用他那双粗糙的手抚摸她的身体。孩子出生后，一切就冷淡下来了，有时一连好几个月，两人睡在一起都没碰过对方的身体，似乎那事已经不存在，或者不需要了，偶尔想起了，也像是应付任务，趁着孩子熟睡，裤子一拉，还没完全脱去，挂在膝盖弯里，就匆匆地进入，速战速决了。当然之所以这样，倒不是双方都不想了，而是环境不允许，十几平方的单间，一家三口就睡在一个铁床上，哪有那么多机会可以供他们私自厮守啊？记得有一次，陈鹏飞多喝了几杯，那晚在吴红霞身上折腾了有一会，正当来劲时，床板的摇晃把孩子惊醒了，孩子立马跳下床，惊慌失措，喊：妈妈，是不是地震了？然后一头钻进了床底下去。待陈鹏飞慌忙穿好裤子把儿子从床底拉出来时，儿子说：老师说了，地震来了，就该往床底下躲。夫妻俩听了，哭笑不得。从此，足足有差不多半年时间，不敢轻举妄动。

五

多年的夫妻了，这些其实都不值得当回事去想了。吴红霞也确实是这样安慰自己的。而关于高潮的想象，却一直刻在了她的心里，久之差不多也成了一块心病。心病归心病，有活干，事情也渐渐淡漠下来。让吴红霞担心的是，她发觉陈鹏飞却不然，他有了些许的改变。一个男人的改变在女人心里最开始总是以猜测的形式存在的，后来猜测越深，各种证据也随之多了起来。

最初引起吴红霞猜测的是，陈鹏飞的口袋里喜欢放钱了。当然，出去拉货，是必须带钱，只是他一直以来就不喜欢，具体说是不习惯，这人是马大哈，在村里时就老丢钱，所以不像别的男人，一有个钱，都恨不得全往身上带，掏个钱买东西还不忘一抓一大把出来显摆——陈鹏飞不喜欢这样。吴红霞喜欢他这点。一直以来都是吴红霞管着家里的所有钱财，陈鹏飞一天拉货要多少，就向吴红霞拿多少，从不多带。现在的他开始发生了微妙的变化，有时拉了货出去卖，回来了钱也不主动给吴红霞了，吴红霞不说，他就一直放自己身上。多年来养成的习惯，都不须言语的，如今吴红霞也不好开这个口，好几次都这样耗着，谁也不提。慢慢地，吴红霞也不知道陈鹏飞身上带了有多少钱。只有洗衣服的时候，他忘了把袋里的钱拿出来，吴红霞才把钱收起来。

一个一直那样的人突然变这样了，多少让人感觉不适。吴红霞的不适由此开始。她开始暗暗地算起了陈鹏飞的账——她对废品的价格是了解的，真要算账，还真的能算出账目来，结果让吴红霞大吃一惊：陈鹏飞不但爱带钱，还爱花钱了。他把钱都花哪儿去了？都干了什么了？这些问题一蹦开，就像炮弹一样，威力无穷，尤其是在一个女人的心里。联想到夫妻俩已经有大半年没有在一起肌肤之亲了，陈鹏飞似乎也没有了这方面的意思，看样子不再对吴红霞的身体感兴趣——吴红霞这下才慌了手脚。陈鹏飞一定是到外面乱花肉钱了。这么一慌，吴红霞首先不是恨陈鹏飞，而是怪罪于自己，都怪自己这些年来不重装扮，还没三十岁的人却整天蓬头垢脸，没一点修饰，比起外面的女人，过早就耗掉了姿色。别的不说，就说那隔壁杂货店里的湖南女人，已经是四十的人了，每天还不忘化个妆，见到老公还娇声娇气，跟刚结婚的人似的。

晚上，吴红霞和陈鹏飞忙好活，洗好身子，孩子也做好作业，上床睡觉了。这时吴红霞有意要和陈鹏飞亲密，其实也是心里想着，具体让她开这个口，或者身体上有什么表明意思的动作，她都是做不来的。一则性情如此，二则多年夫妻做下来，都是不痛不痒，淡然如水，突然要表现出浓如蜜，还真没那本事。这时的吴红霞倒像个可怜的小女人，端坐在不远处看着眼前这个和自己做了多年夫妻的男人，突然感觉他是那样陌生，那样不可亲近。她的泪水都快出来了。两人和衣睡下，一人睡一边，中间隔着孩子。一会，陈鹏飞的鼾声响了起来。吴红霞却怎么也睡不着，她终于伸出手来，碰了碰隔着孩子的男人，希望能把他碰醒，又不知道把他碰醒后该怎么向他开这个口。碰了一下，再碰一下，结果男人没醒，孩子倒被挤醒了。"妈，怎么啦？""没事，睡吧。"男人这下醒了，转过头来问："怎么啦？""没事，拉一下被子，怕你没盖着，睡吧。"身边的两个人又睡下，吴红霞却一夜睁着眼。这样的夜晚，不知经历了多少。

六

吴红霞开始和镜子较上了劲，却又怕见到镜子里那张粗糙的脸。她年轻时不太喜欢照镜子，其实也不需要照镜子，那时脸蛋虽总有两坨红，但红得可爱、有朝气，像个女人。再说陈鹏飞还喜欢她的红脸蛋。现在红脸蛋没了，他也谈不上不喜欢，但总归是沉默了，不像以前，老挂在嘴上赞许，那时姐妹们要给她化妆，他还扬言谁把她的红脸蛋化没了就要谁赔。那时多美好。吴红霞做梦也想回到过去。有时她恨不得把镜子看穿了，能看见多年前的容颜。

吴红霞也不是没想过化妆，如今她的抽屉里锁着不少化妆品，扑面的、画眉的、涂唇的，应有尽有。照完镜子，她也会打开抽屉看一看，把弄一下那些自己从未用过的玩意。此刻，它们就像是少年时期的身体，一心充满渴望，一心又充满惶恐。她不知道如果自己真的化上妆了，陈鹏飞回家一看，会喜欢呢，还是吓一跳；还是和他以前骂别的女人那样骂她：脸抹粉抹得跟鬼似的，嘴唇描得跟鸡屁股似的。如果他骂了，吴红霞心里还踏实些，那样证明他还是原来的他，是自己误会了；如果他不骂呢？那一切是不是正如自己所猜测的那样糟糕呢？吴红霞目前还不敢对陈鹏飞做出这样的测试。

有时晚上一个电话过来，陈鹏飞出去了——这样的时候越来越频繁，临走时他还是会说一下出去的原因，朋友请喝酒啦，更多是顾客叫他去看货，总之他的事多起来了，总有那么多借口可以不用待在枯燥的家里——然而无论晚上陈鹏飞多晚回家，吴红霞都不愿意去猜测他的行踪，甚至一个催促的电话也不会打，她一厢情愿地认为，他总是在忙于生意，一切都是为了她、为了孩子、为了这个家。实在有点晚了，她安顿好孩子，到附近的街市走走。街市两边隔几步就有一家发廊，有的真是发廊，有的则是挂羊头卖狗肉，里面成排坐着衣着暴露的女人，在红色的灯火下，她们脸上的浓妆显得更为妖冶。吴红霞知道这些发廊是什么场所，自然知道这些女人是干什么的。这些女人大多长得漂亮，身姿惹人，脸色不是吴红霞多年前的红也不是吴红霞现在的黑、糙，她们是白皙的，尽管这白皙大多是粉扑出来的、妆化出来的，但确实要比吴红霞好看多了，吸引人多了。陈鹏飞如果真被吸引，实在也是情理之中的事，但也只是暂时的。以陈鹏飞的理智犯不着为了一个化了妆的发廊女而抛弃还算幸福美满的家，就算他是一时冲动吧，如果真如吴红霞猜测的那样，他早晚还是要回家的。问题是，陈鹏飞和她们在一起时，给了她们高潮吗？于吴红霞，这是一个刀子一样的想象——和发廊里的她们比起来，吴红霞自惭形秽。每每经过发廊门口，吴红霞都不敢多看一眼，匆匆走过。她其实也是害怕，要是真看见陈鹏飞在里面出现，自己该怎么应付，是冲上去大闹，让发廊的女人们耻笑，还是默默离开，假装没看见。如果真那样，吴红霞还真会选择默默离开。

　　——谢天谢地，无论多晚，陈鹏飞还是会回家，从没在外面过夜。陈鹏飞回来，有时一身酒臭，有时一身莫名的味道，吴红霞才不理这些，她假装已经熟睡，把自己装扮成没心没肺的样子，根本就不在乎的样子，好像是一种动物的保护色，吴红霞把装出来的不知情、无所谓也当成了生活的保护色。吴红霞认为，这样一层保护色比化妆更适合自己。她便开始寻思着是不是应该把抽屉里那些化妆品当废品处理掉了。

（原载《厦门文学》2011.7）

一　叶

　　那时一叶家里种的全是麦子，阿妈要一叶去麦田干活，她就跟随阿爸的身后去了，踩着田埂，父与女走向麦田深处。阿爸不需要她干活。去麦田只是玩耍是很惬意的事情，可以抓各种各样的小昆虫，把它们都装在一个小塑料袋里，玩腻了才放它们走。当然她也可以不放它们走，而是带回家给哥哥玩。哥哥要上学，几乎不走进麦田一步，好多昆虫他肯定连见都没见过。大多时候一叶还是把昆虫都放走了，她心里也有阴暗的角落，即使她还是一个十岁不到的小女孩。她不想让哥哥知道外面还有那么多昆虫，就像哥哥的课本里都是些一叶不懂的文字一样，他也没让她知道过。凭什么？一叶想保持自己一点仅有的优势。她暗暗有些欢喜。

　　有一年，一叶家的麦子丰收，不但能留足吃的部分，剩下的还能拿出去卖。卖了钱，一时之间也不知道往哪花。一叶的阿爸就对一叶的阿妈说，让一叶也上学去吧。阿妈想了想，手里拿着针头在头上蹭了许久，终于说，好吧。当天，阿爸就踩着单车去了一趟棉花镇，给一叶买回来了一个粉红色的大书包，还买了本子和笔、橡皮擦等。一叶捧着阿爸买回来的东西，高兴得都快哭了。她回头看了看哥哥，哥哥皱着眉头正在削一截铅笔，看样子削铅笔让他很头痛。哥哥的书包已经旧了，一叶的书包却是崭新的，似乎还能听到缝纫机哒哒哒从书包上均匀而快速走过的声响。一叶突然感觉自己占据了所有的优势。从此，哥哥成了她心目中的弱者。

一叶一直有个梦想，就是长大了当老师。好多个夜晚，一叶不是想着怎么学习，提高成绩——即使这样一叶的成绩还是全班最好的。一叶想象着自己的未来，未来她会是一名老师，然后领着一群孩子，到麦田里去，把教室设在麦田里，一边教书一边抓麦田里的昆虫，抓到一只跟孩子们说，这只是七星虫，好好看看，七星虫是这样的。孩子们就都凑过头来，挤成一团，把虫子和一叶给围了起来。呵呵，那样多好啊。一叶痴痴地想着，以至于梦里也见到了未来的情景，当然梦里会出现更多的可能性，比如在麦田里出现了蛇。蛇当然是一叶害怕的，跟所有乡下小女孩一样。梦到蛇了，麦田里突然间就只剩下一叶一个人了，她的那些学生一个都不见了。一叶发出惊叫，拼命地往家里跑。她醒来时，额上竟带着汗。阿爸俯下身来问，怎么啦？阿妈就有些恼，隔着窗户在天井骂一叶，多大啦，睡觉还这样，瞧瞧你哥，睡得多沉，快洗米做饭去。是哦，哥哥从来不说梦话，更不会被梦里的蛇吓醒。哥哥不怕蛇，他曾经打死过一条红头蛇，还笑嘻嘻地提回家里玩，把一叶吓得好几天都活在阴影里。

语文老师对一叶很好，这让一叶得出一个结论，凡是长大了的男人都对一叶好。这样一结论，一叶就把阿妈和哥哥排除在外了。一叶想，阿妈是一辈子都不会对一叶好了；哥哥呢，他还没长大，等他长大了，应该也会对一叶好。这样一想，一叶对哥哥平时的一些气人的举动也有了足够的宽容和谅解。他还小。一叶经常这样对自己说。吃饭时，一叶会给哥哥盛饭，把瘦肉让给哥哥吃。傍晚，一叶要去村后的湖里洗衣物，当然那些衣服大多也是哥哥的，他的衣服总是那么脏，有时一天要穿好几套。

洗衣服的时候，通常会遇到语文老师，这让一叶既害怕又欢喜。语文老师是外乡人，早晨踩着单车来上课，傍晚就要踩回去。路过湖边，语文老师会喊，一叶，洗衣服啊。一叶猛一抬头，有时都来不及回答，语文老师就已经踩远了。所以一叶会警觉起来，一边洗一边听着周围的声响，当单车行驶在沙路上沙沙沙的声音响起，一叶就停下手头的活，静静等待语文老师的喊叫。当然也有尴尬的时候，那就是语文老师还没喊出声来，一叶却抢先答了："是啊，老师回去啦。"语文老师也没笑话她的意思，相反还有些惊喜，说，是啊，回去了，你小心点。一叶说，没事，湖水浅。待语文老师踩远，一叶的脸才开始慢慢地红起来，火一样烧。

湖水虽浅，还是淹死了人。那天下了场大雨，湖水涨了不少，有几个贪玩的小男孩去湖边玩耍，结果有一个滑进了湖中，爬不起来。待其他小男孩回到村里叫大人时，湖水已经一片平静了，经过一番打捞，捞起了小男孩的尸体。那小男孩叫石头，和哥哥玩得比较好。那天村里人都跑到湖边去看，哥哥也去了，一叶没去，她怕。阿爸和阿妈看哥哥不在家，又听说湖里淹死了孩子，顿时吓得脸都变了形，两人拼命地往湖边跑。一会他们回来了，带着哥哥一起，他们的表情显得很轻松，仿佛经历了一场危险最后又平安无事一样，甚至有点高兴的意思。阿妈还特意叫一叶去割了几斤猪肉，给哥哥压压惊。一叶是不太情愿的，她觉得无论是谁淹死了，阿妈都不应该加肉，那样多不好啊。但一叶还是去了，一路上，她把猪肉藏在衣服下面，怕被人发现。

阿妈说，一叶，以后你要看好你哥哥，别让他到处跑。

一叶应了一声"哦"。

一叶没敢去看哥哥，此刻哥哥正在吃肉，听阿妈这样说，他的心里一定发出轻蔑的笑。

第二天，语文老师就上门来了。这让一叶一家都感觉意外，有点慌了手脚，阿爸忙着泡茶敬烟，阿妈忙着挪椅。家里来了贵客一般。语文老师笑着，椅子坐了，茶喝了，烟没接。阿妈搓着衣角问，老师，他的成绩怎么样啊？说着拿眼睛去找哥哥，可是哥哥早在语文老师进来时就趁机跑了。阿妈找不到哥哥，眼神有些失落地看着一叶。突然说，一叶，快去叫你哥哥回来。一叶刚要离开，语文老师站了起来，他说，不必了。然后又坐了下去。一叶就听了语文老师的话，站在原地不动。她不知道老师是干什么来了，她心里很紧张。

语文老师终于说话了，他说，其实也没别的事，只是想关心一下。

阿妈说，嘛事，你直说。

阿爸也说，嗯，说。

语文老师突然回头看了一叶一眼，说，我看一叶每天傍晚都要去湖边洗衣服，是吧，你看昨天刚发生那样的事，做老师的心里不好受，当然也不想让悲剧再次发生，所以就请你们不要再让一叶到湖边洗衣服了。嗯，可以想想别的办法吗？安全要紧，是不？

一叶的脸唰地就红了，语文老师竟是为了自己而来的。

阿妈却有些为难，说，那有什么办法？哦，他爸，有啥办法？

阿爸说，要不，以后就别让一叶去洗了。说着试探性地看了阿妈一眼。

阿妈说，不去湖里洗，那去哪里洗哦？

语文老师说，可以让大人把水挑回来，在家里洗，也不是不可以嘛，是吧？

阿爸说，是是是，老师说得对，以后我去挑水，让她在家里洗，老师你放心。

反倒叫老师放心了，我不是你们女儿啊？一叶竟有点怨阿爸的话。

语文老师前脚一走，阿妈的脸就拉了下来。一叶知道阿妈肯定生气了，阿妈不是不能理解老师的意思，阿妈是怪这老师管得也太宽了点，都有点多管闲事了。阿妈对阿爸说，反正是你答应的，以后就你去挑水。口气有点愤。阿爸抽着烟，没说话，伸手摸了摸一叶的头，说，以后就别去那里了，你哥哥也不要让他去。阿爸的后半句是说给阿妈听的。

一叶却隐约有些失望，不去湖边洗衣服，那每天傍晚就再也不能和语文老师打招呼了。她一直觉得和语文老师打招呼是她一个人的专利，别人是没有这个机会的，别人语文老师也不会和他们打招呼。打招呼一直都是大人们的事，语文老师却对她一个小女孩打招呼，可见语文老师是多么喜欢她哦。一叶想多了，一连几天睡不好觉。一失眠，一叶就又开始想她的未来了，她想自己以后成了老师，一定也要和学生打招呼，像大人一样跟他们打招呼。当然要跟好学生打招呼，那样被打招呼的人一定会很快乐，快乐得睡不着觉，快乐得自己长大了也会想当好老师。当老师多好啊，看看语文老师一到，阿妈连话都说不利索了。阿妈再凶，也是怕老师的。

所以，当语文老师布置一次《长大后我要成为××》的作文时，一叶毫不犹豫地写出了《长大后我要成为老师》的作文。虽然别的同学也有这么写的，但一叶知道别人肯定没有她写得好，因为她是动了感情的，别人只是说说而已，并不当真。果然，那次还是和以往一样，语文老师把一叶的作文拿上讲台读了一遍，他给一叶的分数是从来没有过的满分。这让一叶兴奋了整整一个夏天。

夏天一过，秋收就迫在眉睫了。村里开始忙碌了起来，各种秋收的工具也都纷纷拿出来洗了擦了，一场农忙即将开始。今年的麦子还是丰收，一株株的麦穗都弯了腰，在预示着再不收割就要弯到地里去了。阿爸从未有过的开心，他的开心是可以理解的，因为麦子一丰收，一叶就可以继续读书，否则她只能重新回到抓昆虫的命运里了。

学校特意放了农忙假。放假前天，语文老师说，放假期间除了要帮忙家里秋收，还有一个任务，就是写一篇作文，就写秋收的事。语文老师还带着孩子们走到麦田里，真切感受麦田的美丽景象。虽然学生都生在农村，但能由老师带着去麦田走走，还是会显出过度的兴奋。

麦田的金黄与饱满，此刻在一叶的眼里也有了另一番韵味，那些曾经刺伤过她的锋芒，一根根，站立了起来，站立成一群孩子，一个个的日子，而由这些日子串联起来的，是通往未来的道路，是逐渐长大的过程。一叶恨不得能在一天之内长成大人，那样，站在语文老师的身旁，她就可以低眉顺眼，表现出羞涩，而不是现在，老师每讲一句话，她都得和别的学生一样，扬起头去听。这让一叶感觉到距离，更是不好意思，常常无端就红了脸。

他们在一片麦田边上坐了下来，一叶顺手抓起一只蚂蚱，捏住它的脚。蚂蚱想要逃离，扑扇着绿色的翅膀，那翅膀是双层的，里面一层略显青色，和草一样的颜色，也略薄，轻纱一般，两层翅膀一起扑扇，绿色和青色混在一起，如年轻女子舞动的裙子，很漂亮。一叶把蚂蚱举至头上，迎着阳光看，阳光顺着翅膀的缝隙照落下来，眯住了一叶的眼睛。一叶在这一瞬间的恍惚里，几乎感动得流泪。生活多好啊。一叶真的是这么想的。这么想时，她看一眼身边坐着的语文老师。她说，老师，给。语文老师接过一叶赠予的蚂蚱，轻轻一笑，然后把它扔到空中，蚂蚱飞出一段距离，落在了不远处金黄的麦田里。

有语文老师在，孩子们都变得安静了，守在老师身边，除了小声说话，谁都不敢到处乱跑。一叶本来就是一个安静的女孩，这会更是连话都不敢多说了。她静静地享受着和语文老师一起在麦田边上静坐的时光。这多难得啊。一个已经长大了的老师和一个还没长大的女生，他们见面和相处的地方似乎只有教室，那间一下雨就会四处漏水的教室，安静、大气都不敢出一声，苦闷。一叶早就烦透了。一叶突然又给自己未来的老师生涯多加了一个设想，她设想她将来当老师了，是不是可以把教室放在野外，像现在这样，一边上课，一边还可以抓蚂蚱玩，当然了，更重要的是可以看着这一眼望不到边的麦田。一叶当然希望未来教书的地方一定得有麦田，麦田还得茂盛饱满，那样就不会有人家的女儿因麦子的失收而上不起学了。

一叶希望语文老师这时候能说说话，就像他去一叶的家里说话那样，一叶就爱听他那样子说话，声音不大不小，语调有种舌头不知道拐弯的直耿，却镇定自若，似乎天大的事都难不倒他，再凶的人都不怕。况且在一叶心里，即使再凶的人也不敢对老师怎么样。就连德民家那条从外乡买回来的猎狗，见到老师了，都不知道吠了。可是语文老师却不说话了，他嘴里咬着一根青草，眼睛望着麦田远处。他在想什么呢？一叶当然迫切地想知道。她是多么希望此刻老师的心事就是一叶的心事。那样他们就可以不用说话了，彼此用心事交流，别人也就不知道他们在说什么了，更重要的是哥哥也不知道。哥哥也在身边，有他在，一叶多少有些扫兴，即使那是她哥哥。阿妈和阿爸都说了，要看好你哥哥。

语文老师沉默了一会，终于说话了，他说，孩子们，你们看见过稻田吗？

稻田？是稻田，不是麦田。他们见过吗？他们都没见过。一叶也没见过，但一叶知道稻田，她在书本里见过。书是语文老师借给她的，她两天就把它翻完了，当然也就记住了这个世界上除了麦田，还有稻田。

稻田是怎么样的？孩子们凑了过来，齐声问。

老师笑了笑，继续说，在南方，离这里很远的地方，就有稻田，它们也是一眼望不到边，那些农民兄弟啊，扛着锄头，从稻田这边去到稻田那边，走着走着，竟迷路了，忘了回家的路该怎么走，他们只好在稻田里过夜。一到晚上，那个稻田的香啊，简直可以醉人。稻花细碎细碎的，白得像什么呢？——老师停了下来，四处寻找可以比喻的对象，眼睛就落在了一叶的脸上。老师说，对了，就想一叶的皮肤这么白。孩子们哄然大笑。一叶也笑，不过她的脸热了起来。她拿眼看一下哥哥，眼神里在祈求哥哥不要把老师的话带回家里去，然而哥哥也在笑，很开心的样子。这让一叶放心不少。

一到夜晚，在月光的照耀下，稻花就更白了，它们怕了那些露宿的农民兄弟似的，纷纷低着头，微闭双眼。农民兄弟哪里睡得了啊，因为稻花除了好看，还能散发出好闻的味道，一种稻花香。农民兄弟们就这样在稻花香的陪伴下，一夜没睡，第二天早晨踏着刚起的阳光终于循着老路回到了家中，可走路已经是歪歪扭扭的了，赶到家门口时，家人扶住了他们，凑前一闻，咦，满身是酒味，喝酒啦，其实不是，是让稻花香给熏的……

孩子们又笑开了。

其中一个胆子大的男孩子问，老师你是怎么知道的啊？

语文老师伸手摸了摸男孩子的头，轻微叹了口气，说，老师就是那里人啊。

一叶在心里咯噔了一下，她一直以为老师的村庄就在不远处，原来那里还不是老师的故乡，老师的故乡在更远的地方啊，那里有稻田，在南方。南方是什么地方，在一叶的意识里是没有概念的，超出了她能够想象的范围。南方一定很远吧，远到老师都回不去。一叶没来由地伤感起来。她看见老师的眼角闪着泪花。他知道老师也有想家的时候。

当天晚上，一叶悄悄地哭了。她梦里的未来再也不是以麦田为背景了，而是一眼望不到边的稻田，稻田有稻花，稻花散发着浓浓的稻花香。

一叶感觉农忙假比暑假还要漫长，村庄上下是一片收割麦子的火热景象，一叶却融不进这种丰收的快乐。她只想着时间快快跳过，只想着语文老师的单车哗啦啦地从湖边的沙土路上缓缓走来。

语文老师却再也走不来了。

那天阿爸从麦田里回来，刚扒了几口饭，突然抬起头对阿妈说，你知道吗？听说咱村那个老师死了。阿妈问，咦，好好的，咋死了？阿爸说，我也不知道，听德民说，他也不知听谁说的。然后他们就若无其事地吃起了饭。麦田里还有大把的活儿等着阿爸去干。

直到一叶离开村庄那年，她都不知道语文老师是怎么死的，或者是她不愿意去打听，那时她只要随便找个人问问，问哥哥也行，就可以知道答案，可她不敢。一叶宁愿相信语文老师是回家了，回到他那个有着一眼望不到边的稻田的家乡去了，打死也不愿相信语文老师死了。她坚信有些人是不会死的。

不过，语文老师确实是再也不见了。没有了老师，一叶家的麦子就是再丰收也不能读书了。不但是一叶不能读，哥哥也不能读，全村的孩子都不能读了。这让一叶的心里稍稍有些平衡。她更加渴望自己快快长大，好早一日离开这个村庄，去很远很远的南方，寻找她的语文老师。

　　十八岁那年，一叶真的可以离开村庄。那些年，"南方"这个词逐渐为村人所熟悉，就连阿爸和阿妈，都整天把南方挂在嘴边，仿佛南方才是他们真正的家乡。他们说，谁谁谁，又去了南方，回来时，光钱就装了一麻袋，起房子娶媳妇，麦子都不用种了。阿妈还说，听说南方树上都能长出钱来，所以他们不种麦子，他们在大街小巷种树。一叶说，南方种稻子。阿妈问，你怎么知道？一叶说，语文老师说的。阿妈又问，语文老师是谁啊？一叶说，你不知道。一叶扭头就走开了。阿妈说，看看这孩子，长大了，不听使唤了。

　　一叶是长大了，至少在她眼里，她已经是个大人了，她不再那么害怕阿妈了，她甚至敢和阿妈顶嘴吵架，敢教训哥哥不要跟那些不三不四的人来往。她已经十八岁了，如今她唯一的愿望就是离开，离开村庄，去南方。

　　对于一叶的想法，阿妈表现出极大的热情，迫不及待就答应了。阿妈说，你带上你哥哥一起吧，也好照顾他。一叶当然不是很愿意带上哥哥，但还是答应了。只是阿爸有些担心，阿爸说，一叶你还小，人生地不熟的，万一……阿妈说，你怎么那么多万一啊，你看看隔壁阿伟家，楼房都盖了三层了，指望你，就知道种麦子，麦子能当钱使啊？

　　就这样，一叶带着哥哥踏上了漫长的通往南方的路。

　　一路上，一叶的脑海里都是成片成片的稻田，她为即将能看见稻田、闻到稻香而兴奋。那仿佛是她一生的梦想，而梦想就要实现了。一叶流下了两行热泪。身边的哥哥以为一叶想家，轻蔑一笑，嘿，有你这样的吗，跟小孩子似的。——一叶有时还真的想回到小时候。

　　那些天，南方的太阳和蛇一样毒，一叶一下火车就吐了，吐得胃里空空的，像个拧皱的小布袋，抽搐、生疼。嘿，乡巴佬，让开点。有人在身后摁着摩托喇叭嚷道，表情厌恶。妹，你快点，城里人生气了。哥哥在一边着急。妹？多少年来，哥哥第一次唤她妹，多好啊，此刻它竟像温暖的食物慰藉了一叶的胃。一叶站了起来，把耷拉下来的头发往后一甩，抓起行李包就往摩托车砸去。喊谁啊，你，你是哪个？摩托车吓了一跳，不敢惹了。靠，怕了你了。丢下一句话，摩托车一溜烟，跑远了。

哥哥说，妹，你真行。

一叶就这样在南方的城市里开始当起了哥哥的妹妹，她顷刻间变了一个人，变得果断、刚毅、泼辣。她像一个姐姐一样履行着一个妹妹的义务。阿爸说了，在外面，你要照顾好你哥哥。阿爸的话一叶是要听的。哥哥虽然还是让一叶有些失望，比如他住不惯工厂里的宿舍，吃不惯食堂里的饭菜，但他至少听话了。离开了麦田，在城市里，哥哥竟然视一叶为做事航标，这让一叶感觉欣慰。同时也验证了一叶很小时就得出来的结论：长大了的男人都会喜欢一叶。这说明哥哥已经开始长大了。

一叶慢慢发现了南方城市的美，但也开始失望，南方并不像阿妈所说的那样，大街上虽然到处是钱，高楼是用钱起，大桥是用钱搭，美丽的车子也是用钱买的，包括手机、提在手上的电脑、MP3、染过的波浪形的头发、只烧了一半就扔掉的香烟……都是钱，可这些钱都是别人的，不会有一分半毫属于自己。她得挣，加班加点，干了工厂换商场，干了商场再换工厂，哪里钱多往哪去。有一天，哥哥说，妹，听说发廊挺来钱。一叶回头就给了哥哥一巴掌。一叶竟然打了哥哥。打了哥哥后的一叶四处张望，似乎看见阿妈的眼睛就在不远处盯着，大大的，能喷出火来。再怎么样，打人都是不对的。一年过去了，一叶也有了手机，当然哥哥也有——一叶得先给哥哥买再给自己买，她真的很照顾这个哥哥；两年过去了，阿爸用几乎要哭出来的声音在手机里说，一叶啊，房子起好了，新的，新的。一叶的泪水下来了。当然泪水已不再说明什么，泪水是南方城市里司空见惯的东西，多少已经丧失了价值。一叶啊，你阿妈要跟你说会话。一叶赶紧把泪水擦干，可不是，泪水可以在阿爸面前流，在阿妈面前，她流不得。从小就这样。阿妈说，一叶啊，明年家里要给你哥哥说个媳妇，就全靠你了，哦……

　　每到夜晚，一叶就感觉发廊里的天花板在旋转，像是被风吹皱的水面一般。一叶闭起眼睛，她的身体此刻在自己的想象里，就像是一朵稻花，在黑夜的星光里游荡，她散发着香气，香气弥漫整个稻田。一叶在眼睛的缝隙里看着一个个在她身体上面汗水淋漓的男人，他们都化成了语文老师的微笑、语文老师的眼神、语文老师的语言、语文老师的身体。语文老师的汗就那样一颗颗落在一叶洁白的皮肤上。一叶的皮肤就是稻花的一部分，有着稻花的白嫩，更有着稻花的芳香。语文老师醉了，他倒了下来，倒在一叶的怀抱里。语文老师竟然也会打鼾，鼾声微微地震荡着一叶的胸膛，一叶眼角的液体一路下垂一路也跟着节奏在欢快地舞动。

　　又是一年。时间过得真快。一叶离开了发廊，进去时她一无所有，出来了，她的袋里多了一本存折。一叶把存折交到了哥哥的手里，用轻得几乎连自己也听不太清楚的声音说，这，应该够你娶媳妇了。

　　印象里，稻花是在九月开放的。当然也可以是五月。但时间已经是九月了。一叶就只能选择九月。她也不知道自己会去到一个什么地方。一叶只是一路向南，再向南。透过车窗，她第一次看到了稻田，虽然没有语文老师描述的那样一眼望不到边。一叶敢确定那就是稻田，是会醉人的稻田。汽车还是继续向南，一叶做好在车上睡上几天几夜的准备，她心里的南方似乎还很远很远，肯定离那个有着无数发廊酒吧的城市还很远。一叶才打了个盹，司机就无奈地告诉她，小姐，这里就是最南方了，再走就要下海了。司机的话带着狡黠。下海？在一叶的印象里，语文老师从来没提过海，这里会是他的家乡吗？

一下车，好大的风把一叶裹挟住。一叶感觉这风有点熟悉，它是不是就是语文老师说的吹动稻田的风。语文老师说，那些时候，风大了起来，把稻田吹得往一个方向倒，再往另一个方向倒，就像是海水里的波浪一样，任风肆虐……对了，语文老师是提到海了。

　　一叶来到了一个叫湖村的小村庄，她是随意的，看到路边上有个村牌子竖着，且竖得有些歪斜，有些历史，她就进去了。这时候的一叶也实在是饿了，她想吃点东西，最好是米饭，当然了，粥也可以。

　　暮色四合，随着一叶脚步的临近，村庄渐渐黯淡了下去。有灯火，次第亮起。一叶的脚步开始显得沉重起来，走过一条巷子，有狗朝她吠，她只好走进另一条巷子。在第一户人家的门楼口，一叶实在支撑不了了，她扑腾一声倒了下去。

　　这第一户人家姓陈，只住着一个中年男人和他的老母亲。老母亲体弱多病，所以中年人没娶、没出去打工，就在家种田伺候老母亲。一叶的到来，让还在病痛中的老母亲瞬间精神了不少，她口里念念叨叨着什么，双手合一。一叶听不懂，那是一种离她遥远的语言。第二天，陈家的大门被整个湖村的人围住，男女老少，操着同样的语言和腔调，叽叽喳喳，像是树林里的百鸟争鸣。一叶吃饱喝足，人也清醒了不少。她突然站起来，想推开人群，离开这个村庄。可是人们不让路，他们死死地堵住了门楼口，不让一叶走。一叶这时才知道事情不好，有些急，她说，我只是路过。当然用的是普通话。

　　后来一叶回想当天，促使她留下来的理由只有一个。那个姓陈的中年男子用普通话说了一句话，小女孩，你家在哪里啊？一叶当即愣住了，这分明就是语文老师的口音，每咬一个字似乎都费了很大的劲，漏着风，声音空空，但又是温暖的，像一张大棉被铺盖过来，罩住她的每一寸皮肤。

　　一叶坚信，没有错，这里就是语文老师的家乡了。

　　湖村的面前是一片稻田，乍一看，是一眼望不到边，仔细一瞧，还是能望到边的，只是那边是模糊的，和天空连在了一起。每当落日下来，看起来就像是落到了稻田里去。落日的脸是红的，醉酒一样，它一定也是让稻花香给熏醉的。一叶坐在家门口，就可以看到这样的场景，她有时一看就是个把小时，直到太阳完全不见，夜色笼罩了整个村庄。

一叶忘了回屋的时候，陈大哥会端出煮好的粥，热气腾腾，往一叶的手里放。那粥多香啊，不也是稻花香吗？陈大哥举手指去，朝那村前稻田的偏西南方向，说，那就是我家的稻田，足足有二十亩，每年收回来的稻谷可以堆满整个房间。说完呵呵地笑着。一叶喝了一口粥，抬头问，那稻田也是我的，是吧。是的，我的东西就是你的东西，咱俩一起。陈大哥双手搓着衣角，夜色里一叶能感觉到他的脸在发烫。

这是一个好人，和语文老师一样好的人。

一叶闭上了眼睛。陈大哥的手在发抖，他说，我不懂。一叶说，来，我教你。一叶整个过程都没有睁开眼。在她心里，压在她的身体上面的不就是语文老师吗？这么多年了，他还是有点老了，不过没关系，就算他长了胡子驼了背，一叶还是会把他看作多年前那个帅气和蔼的语文老师。

白天，陈大哥不舍得一叶下田干活，但一叶执意要去。陈大哥又不舍得一叶走路，陈大哥说，你是城里来的，脚皮薄，走路会走出泡来的。陈大哥把一叶抱上板车，就那样一路拉着一叶走向稻田深处。板车在田埂路上摇摇晃晃，一叶眼里的稻田也跟着在摇摇晃晃。一叶伸手去摸一把稻田叶子，柔柔的，像水一样的叶子，流过一叶的五指。当然，叶子有时也会把一叶的手割出细细的口子来，口子不带血，只是红红的一条痕迹，爬在手指的角落里。

一叶说，大哥，稻花真香哦。

大哥说，是啊，真香，会醉人哩。

一叶看见陈大哥的背是那样强壮、宽阔，一步一步，走得稳健沉着，每走一下，背上的某块肌肉就会像个小拳头一样凸现。那些小拳头，语文老师的身体不知有没有。当然一叶是希望有的。她真想伸手去摸摸那些小拳头。但她够不着啊，她如果一站起来，板车就会把她荡到稻田里去的。她说，大哥，你停停。陈大哥就停了下来，问，怎么啦？一叶伸出手去，收回来时，她的手指间多了一只肥胖的蚂蚱。稻田里的蚂蚱竟和麦田里的蚂蚱一个样。

半路，他们会遇到迎面走来的农人。农人们都乐呵呵，看看陈大哥，再看看一叶，然后笑了笑，抬手拍拍陈大哥的肩膀，说上一句一叶听不懂的话。他们都侧过身子，给陈大哥和板车上的一叶让路。

这样的日子注定是缓慢的。待过了年时，村前的稻田已经不见了，只剩下光秃秃的一大片稻禾茬子。这时候的稻田显得小很多，一眼就可以看到边了。陈大哥家的稻谷果真如他所说的堆满了整个房间。他没有说谎。一叶偶尔定下神来想，好像已经在湖村住了许多年似的，或者压根就是一个土生土长的湖村人。一叶甚至开始能听懂一些这里的话，这是她之前想都不敢想的。

令一叶更想都不敢想的是，湖村小学开学前夕，校长竟然找到了陈大哥家。校长是个长相安详的老头，他掏出香烟，给陈大哥敬了一根，然后说，你看，你也知道去年林老师的事，现在学校里正缺个老师，我寻思来寻思去，就你媳妇合适，外省人，会讲普通话，是不？陈大哥有些拿不定主意，他抬头看了看正在天井里忙活的一叶，努努嘴，示意校长跟一叶说去。他不懂，他没读过几年书，天生就畏惧和读书人打交道。

其实一叶在天井已经听了，基本明白了校长来的意思。所以还未等校长用他那艰难的普通话把意思说完整，一叶就爽快地说，好啊，我明天就去上课。

一叶打小就有的梦想就这样轻而易举地实现了。

一叶甚至高兴得连晚饭都吃不下。当然，陈大哥更高兴，婆婆更高兴，儿子大字不识几个，却娶了一个会教书的女人当媳妇。

当天晚上，一叶睡不着，她想起了校长提及的林老师，就问陈大哥，之前那个林老师怎么啦？陈大哥说，死了。死了？怎么死了？一叶的心唰一下一阵紧缩。陈大哥叹了口气，说，林老师是个好人哪，他在我们村里都教了十几年的书了，听说是北方人，能说一口好听的普通话，呵呵，就和你一样。一叶坐了起来，问，然后呢？陈大哥被一叶如此举动吓一跳，也坐了起来，说，去年六月，那时你还没来，咱们这里下大雨，大得很，都快把村子淹没了，村前的稻田看起来就像是茫茫大海。后来雨歇了，稻田里的水却退不了，木童的小女儿，叫翠菊，提着一桶衣服蹲在稻田边上洗，不小心滑了下去，没有人看见，眼看不行了，刚好林老师踩着单车从旁边经过，他丢了单车就跳进了稻田，把翠菊托了起来，自己却陷在了泥里，起不来。浸水后的深田，泥都一人多高呢……

一叶的泪水早已经流了一脸。

开学第一天，一叶做了一件让孩子们都很开心的事，她把孩子们都领到了稻田里，收割后的稻田到处是蚂蚱纷飞的身影，孩子们追逐着，欢喜着，热烈欢迎着这个新老师。一叶把孩子们都叫到身边，围成一圈坐着。

一叶说，孩子们，你们看见过麦田吗？

孩子们问，没有，什么是麦田啊？麦田在哪里？

一叶说，它们在遥远的北方，那里的麦田一眼望不到边哪……可是一叶已经泣不成声了，她双手捧脸，蹲在了空旷的稻田里。

（原载《文学港》2013.11）

哥　弟

最早，是弟弟比哥哥先结婚。

怎么说呢？这其实也不算个事。起先家人也是有考虑的：哥哥还没动静，弟弟尽量得等一等。但是，等不了了，那个女孩的肚子逐渐大了起来。他们也是厚道人家，凡事都想着别对不起人家。"我早说了，结吧，有个屁关系。"哥哥说。弟弟也不言语。事情就那样全家人在一起，拍了板。

后来有人说起，"嘿，这个做弟弟的，就这么急，也不等着点当哥的。"人家也是半开玩笑。哥哥听了，笑着，说哥弟俩不应该计较这些。一次，两次，三次，哥哥就不想应付了，他懒得笑，也懒得回答。就这么不笑不说，他的表情便僵硬了起来。于是人们就说："弟弟先结婚，哥哥嘴上不说，心里还是不舒服的吧。"

哥哥心想："个屁。"

一家人还是那么地过。哥弟俩按部就班，每月交给家里的钱也一样多。哥哥在水站送水，弟弟在县郊职校当老师。哥哥有时也给职校送水，遇到弟弟的同事，他们倒也十分热情，非要留着哥哥喝口茶，抽根烟，然后说什么"我和你哥哥挺熟的，也是哥弟相称"。哥哥呵呵笑着，纠正道："我是哥哥。""哦，这样啊，看不出来啊，他看起来比你老成多了。"

弟弟高大、稳健，是个人物的样子。哥哥呢，水站送水的活不好做，电单车满县城跑，顶着烈日风雨，自然黑瘦。当然，这些都不是关键。关键是弟弟会说，哥哥不会说。这会不会说话太重要，就像马儿会不会跑，区别很大。比如一家人说事，哥哥说十句，家人也不一定静下来细听，但只要弟弟一开口，其他人立马就噤了声。

总有一些自卑吧。哥哥倒是不想跟弟弟比什么，他知道比弟弟厉害的人，县城里也大把人在。人比人，气死人。可哥哥不比，别人会帮着比。"这不，弟弟先结婚了，哥哥还打光棍，话说回来，他们哥弟俩真不像哥弟俩。"类似的话哥哥其实早就听说。很小的时候，哥哥还会追着父母问："我是不是你们亲生的啊，街上的人说我跟弟弟不像。"多年后看，其实哥哥跟父母像些，反倒是弟弟一人长一个样，跟全家都不像，他便怀疑弟弟不是他们家的人，或许是父母捡的，或许是别人家送的……但都只是心情糟糕的时候想一想，他也不希望弟弟是别人家的，弟弟在县城其实也干出了一些声望，给他们家增了光的。

弟弟除了教书，还写文章，县上的报纸每隔一段时间都会登弟弟的文章，甭管写的是什么，哥哥没看，也看不太懂，但哥哥看着弟弟的名字印在那上面，就觉得神奇，觉得脸上有了光，送水的时候，遇见顾客人家看着报纸，他会上前硬着把报纸翻到副刊版，指着说："我弟弟常在上面发文章的。"如果凑巧那天的报纸还真登了弟弟的文章，哥哥更是喜出望外，"看看，这个就是我弟弟，看看，写得怎么样，大作家的手笔吧。"听者无不肃然，"真的啊？""我骗你干吗啊，真是。"他把空水桶扛上了肩，走的时候还吹了口哨。转而又想：报纸上的名字要是他，那多好啊。哥哥羡慕也好，嫉妒也好。只是，他没法改变现状。

哥哥木讷，也交了一帮朋友，他们虽不像弟弟的朋友那样，个个西装皮鞋，一表人才——他们大多也是送水的，有的送气，还有几个在北门市场打零工、开发区拎沙袋的……没事就约一起到迎仙河边吃大排档。他们爱喝酒，唯哥哥滴酒不沾。本来一个不喝酒的人怎么可能和一群酒鬼混得好，没别的原因，就是哥哥爱埋单。哥哥也不是多么大方的人，不大方倒不是不想大方，而是没那么多钱大方。哥哥只在一件事上大方，那就是和朋友喝酒的时候，久而久之，只要是在一起喝酒，就该等着他埋单似的。事实上，他们在一起的时候也不多。每次在一起，朋友们就难免拿哥哥说事，其实也是劝导，他们说："赶紧的，找个女人结婚。"又说："你们哥弟拿回去一样多的钱，你是养了父母，你弟呢，还养他的老婆，等于，你也养着你弟的老婆，这不合算吧。"再说："你就不该拿钱回去的，你请朋友们多喝几次酒，是吧，来……"

哥哥总是笑而不答，也不是就没往心里去。朋友们说的其实也句句在理。哥哥一天忙下来，最累的是人，最脏的便是一身衣服，隔出几米远都能闻见汗臭。就那一身衣服，弟妇还偏偏不洗，甚至都懒得动。哥哥把衣服扔在檐下，隔一天，它们还在檐下，活像一堆破烂衣裳，越发地散发臭味。哥哥还得自己洗。当然，这事倒也不是天大的事，或者是弟妇忘了，或者是弟妇不便洗大伯的衣裳，尤其是内衣裤……哥哥也是理解的。后来让哥哥生气的是，弟妇不但不洗哥哥的衣服，连父母的衣服也不洗了，就洗他们夫妻俩的衣服，洗好，两套衣服还高高地晾在天井上，迎着风，晒着九月的阳光，活像他们小夫妻就站在门前，趾高气扬的样子，像双人物。哥哥能干什么呢？他看着母亲重新蹲在天井边洗衣裳，跟没娶儿媳妇那会一样，他抢回自己的衣服，不让母亲洗，他说他自己洗。母子俩这么一抢，显得悲壮，哥哥都快落下泪来了。

有一天，哥哥做了一件解气的事，他把阳光下晒得干翘翘的弟弟和弟妇的衣服，一件一件扯过来抹了一把汗。那些和弟弟一样干净的衣服，一下子便黑一块灰一块了，自然也沾上了难闻的气味，属于哥哥的气味。哥哥这么做，也是一时冲动，气头上来，还没想到接下来的危险。至于怎么应对弟弟和弟妇，哥哥压根没想过，从来没想过。在这之前，哥哥无法想象和弟弟翻脸争吵的样子，他甚至无法想象弟弟生气的样子，弟弟似乎从来就没生过气，他脸上的表情一直是那么和蔼，却又是那么不容侵犯，弟弟从没和家里人和外面的人翻脸吵架的时候，至少在哥哥的印象里是这样。比如哥哥一气之下做出的事情，哥哥就坚信弟弟一定不会这么做，弟弟是稳健堂正的人，做的都是光明的事，都是大事。这么说，哥哥开始后悔，感觉自己是个不稳健堂正的人了，至少不该因这么点小事而和弟弟结下怨恨吧。

事情倒没有哥哥想象的那么坏，但哥哥还是一整天不敢回家，晚上回去时，也不敢看弟妇的脸。天井上的衣服又洗过了一遍，还没干，又在天井上晾着。家里的气氛还是让哥哥感觉到有点不一样。弟妇没像往常那样，叫大伯吃饭，她是上过大学的人，她会说："大伯，用餐啦。"这刚开始很让哥哥不适应，一时之间也听不明白。哥哥听见弟妇在打电话，说最近单位事情多，家里的事情也多，烦死人了。哥哥一听就知道家里的事情指就是那事吧。弟妇过门后，流了产，弟弟托关系把她弄到工商局上班，但她从不往家里拿钱，不仅如此，她还要弟弟给她家里拿钱，逢年过节啥，她也会把弟弟先拉到她娘家去，弄得弟弟不像是娶了她，倒像是她娶了弟弟。

"不知道是谁哦，这么缺德？"弟妇还在说电话。

能猜到弟妇在和弟弟通话。

弟弟没在家，一到晚上，弟弟总有很多应酬，和弟弟相处的都是县城里的人物。因为弟弟不在家，哥哥倒松了口气，他洗澡，胡乱吃了饭，想着溜出去，找他的朋友聊。父母看着电视，是一出家庭婆媳争斗戏，不知怎么，最近电视里老是这样的剧情，父母也喜欢看，经常还发出感慨："棚顶上有棚下也有啊。"意思时，戏台上有的事，戏台下也会有。哥哥再笨也听得出父母的意思。"看在阿宇的面子上。"他们会说，他们是看在弟弟的面子，似乎如果是哥哥的媳妇这样，他们绝不会轻易罢休一般。哥哥这么想，感觉父母整天守着一个电视，太窝囊。哥哥不想待在家里，越来越不想。

"是你吗？"正当哥哥擦了嘴，往外走，母亲凑过来低声问。

"什么，妈你说什么？"

"哦啊，那算了，你有事啊，去吧。"母亲重新坐下。

"她刚才闹了一会。"母亲回头，声音更小了。

哥哥假装不明白，他大声问："谁啊？"

就这一声，把弟妇引了出来。或者弟妇早就站在房间的门口，看着这对母子怎么演戏了。弟妇说："就没见过这么恶心的人。"

"说谁啊？"哥哥又问。

"谁做的就说谁。"弟妇趋前一步。

"做什么了，这。"

"谁做的谁心里清楚。"

"不是我。"哥哥说出这话的时候感觉自己真是一个胆怯的人，他不敢承认。

"好啊，那就谁做的谁死。"

"咦，怎么这样……"母亲说。母亲从来忌讳一个"死"字。

"慢慢说，一家人的，咒死不好。"父亲也说。

"不是一家了，分了吧。"弟妇甩头就进了房间。

哥哥也快步出了门，他更多的像是在逃离。哥哥后悔了，这事弄得有点大，他不知道往下会如何发展。弟妇说到分家，倒让哥哥知道这事像是蓄谋已久。弟弟结婚后，就在中心区供了一套房，交了首期，用的是弟弟的钱，也有家里的积蓄，本来说好是全家搬过去的，旧屋可以出租给人开农家乐。哥哥那时觉得弟弟慷慨，自己提出来想继续住在旧屋里，父母随弟弟去住新房。弟弟说那哪行呢？咱们是哥弟。哥哥还是坚持。他心想，正因为是哥弟，他才不能住弟弟的新房。如今弟妇这么一说，似乎连父母都不让搬过去住了，那新房早就计算好是他们夫妻俩的小天地了。

这是弟妇的计算倒也罢，要是弟弟的计算，或者是他们夫妻俩的意思，就有些可恶了。

家最终还是没能分成。弟弟回家开了个家庭会议，说话之前，弟弟先声明："我真不想在家里说这样的话，有什么大不了的呢，天大的事情一样。"那意思，似乎事情远没必要发展至此，需要弟弟来开会解决的程度。弟弟旁敲侧击，在责怪哥哥。哥哥不知道说什么好，本来就不会说，在弟弟面前，更说不来话。

"分家的事，她不该说。"弟弟说着看了弟妇一眼，"没影的事，房子装修好了，爸妈一起搬过去，还有哥，你怎么考虑的？"

"我不干。"哥哥说，他低着头。像是小时候，父亲叫他们哥弟俩去干活，弟弟说还有作业没写，父亲说那当哥的去吧，哥哥那时也是低着头说："我不干。"免不了挨父亲一顿揍。似乎现在也怕弟弟会打他一般。弟弟怎么可能呢？弟弟连再问一句的兴趣都没有，弟弟说："那好吧，爸妈过去。"

"我们也不去了。"父母几乎是同时说，看样子像是之前就沟通好的，或者心有灵犀，突然间就做出了一样的决定。

"怎么都这样？"弟弟站了起来，似乎拿这一家子没法子，似乎他就为一家子大事小事操碎了心一般。

"哥，你也老大不小了，别做些小孩子才做的事。"

"个屁。"哥哥在心里偷骂，但他却不知道怎么回答弟弟。

于是，拿他们小夫妻的衣服抹脸的事，哥哥就算默认了。

最终的结果，父母坚持不去新房住。这点让哥哥既是担忧又是欢喜，担忧是，父母不去，正好应了弟妇的意思；欢喜则是，父母原来也不糊涂，知道用行动表达不满。父母这么一弄，外面的人总得问起来的，儿子买新房，怎么不去住的？说着说着，难免就会说到弟妇上去，于是一阵沉默，"唉，这个女人啊，不简单。"母亲说。外人不问其他，也明白其间的纠葛了啊，家庭里的事，哪家不是一个样？

哥哥越来越觉得，所有的矛盾，其实都发生在弟妇来了之后。

弟弟和弟妇搬走后，便很少回家，但钱还是照样给回来。哥哥很少去弟弟那，有时候送水过去，弟妇倒是不计前嫌，热情地要留大伯坐会、吃个饭。哥哥通常都没答应，"还有别的地方要送呢……"哥哥匆忙离开，好像没办法坦然面对他们，曾经做了对不起人家的事。弟弟的新家自然比旧屋好看，又大，装修又好，而且很洁净。哥哥知道弟妇是一个很爱干净的女人，甚至于都有点洁癖。哥哥怕弄脏了他们的沙发，也怕身上的汗味搅乱了他们新屋的清香。哥哥倒像个乡下亲戚到了城里。再叫送水时，哥哥便假装忙碌让其他工友送去。这样也有坏处，工友一送完回来，无不揶揄哥哥一阵："瞧，你弟，住多好的房子，发达了是吧，就留你们几个住旧屋啊。""你家的屋才旧呢……"哥哥回。晚上喝酒时，他们又是说起弟弟的新房子，中心区，小花园，十三楼，三房两厅，一百多平方米啊……最后还都得意味深长地加一句："你啊，当哥的，还是你弟精，凡事都抢在你前头，娶老婆是，买房子也是，将来生了孩子，还得叫你大伯呢……"

"个屁。"哥哥笑着，看样子像是个很豁达的人。

不可否认，弟弟的生活是越来越好了。弟弟在几年之内升了职，想办法调离了职校，进了教育局，听说当了领导，具体是什么领导，哥哥不清楚，也没兴趣清楚。弟弟还清了房款，还买了车，丰田雅阁，十多万，回家，就中心区到城东的距离，他也喜欢开着车回来。

"你弟都买车了。"不时有人这样跟哥哥说。

"不就是车嘛，我也有哦。"

"你那是电单车。哈哈。"

"电单车怎么啦，也是车。"哥哥斩钉截铁，"有什么好显摆的……"

哥哥看不惯弟弟这样。当然，哥弟俩彼此都有了距离，似乎往不同的路走，且越走越远。但话还是说的，就少了点热度。甚至大半天面对面坐着，一个餐桌上吃着，只听见彼此呼吸和吃饭的声响，就说不出一句得体的话。说什么好？哥弟俩。确实不知道说什么好。

"走啦。"弟弟对爸妈说。

"不再坐一会？"

"走啦。"弟弟这是对哥哥说。

"嗯。"哥哥只是抬了下头。

然后，他们听见哥哥在街巷口发动车子。

"哥弟百人单身。何况是俩。"母亲这样说。意思是：即使是一百个兄弟，最后还得靠自己。倒像是在教导哥哥，自己的未来自己奋斗，别指望弟弟。哥哥每次都不想听，他有时烦母亲比烦弟弟还要严重。哥哥怎么啦？他什么时候靠过弟弟了，跟弟弟伸手了？要饭要钱了？还是弟弟给了他什么了，没有，一分钱，一件衣服，都没有，甚至一句鼓励的话，也舍不得说，顶多也就只会挖苦："都老大不小了，怎么还这样？"这样怎么啦，在水站送水，脏点臭点，不是也能赚钱，该给家里的一分都不会比弟弟少，弟弟有本事，怎不见他给哥哥也介绍个单位做事？还是小的时候吧，那时哥弟俩玩着玩着，也吵嘴打架，哥哥说："我是哥，你听我的。"弟弟反驳："我成绩比你好，你听我才对。"父亲在一边听着哈哈大笑。"爸，谁听谁的？"哥哥问。爸却说："你弟聪明啊，你就听他的吧。"现在想来，父亲的话也不认真，但在当时，还是伤了哥哥的心。哥哥一直记得这事，后来跟家人说起过，不料他们都忘了，倒责备哥哥心眼重，就记得这些个小事，会记仇。似乎哥哥都三十几岁的人还没结婚还一直干着送水工的活，也多少和这小气狭隘有关系。

"还不是你们。"哥哥不知从什么时候开始在话里表达了一些对父母当初同意弟弟先结婚的意思，并责怪他们从小就偏爱弟弟。事情说到这点上，父母也不知道说什么好，唯有叹气和哭泣。哥哥真不想这样，他接下去会说："但也没关系啊，反正我这辈子都不想结婚。"他这么一说，父母的叹气和哭泣便更为频繁。

谁又能想到，有一天，哥哥会接到了一个陌生电话。电话里的人自称是警察。警察冰冷的语气让哥哥打了个寒战。哥哥预感到出事了，他不知道事情出在哪里，究竟是什么事，需要跟警察扯一起。

"什么事？"

"麦宇是你弟吧?"

"是。"哥哥似乎是第一次听到一个陌生人能准确地说出他们哥弟俩的前后顺序的,"怎么啦?"

"你弟弟死了,看样子已经有四五天了。"

"怎么可能?"哥哥完全觉得对方是在胡说八道。

"你还是过来看看吧。我们初步怀疑,你弟是遭受打劫了,肚子被人捅了三刀。地点是陆北路和滨海路交汇处的小树林……"

事情不像是开玩笑。

事情来得太突然,哥哥接受不了。弟弟虽很少回家,哥哥也绝不希望他以这样的方式和家人诀别。或许不是弟弟,是警察弄错了。警察不是说人已经死了四五天了嘛,如果真是弟弟死了四五天,弟妇怎么可能一声不吭呢?哥哥似乎一下子找到了让自己冷静下来的理由。他把电单车停到街边,先是给弟弟打电话,关机,又给弟妇打,还是关机。直到这时,哥哥才急忙骑上电单车,朝警察说的地点赶去。

哥哥对警察所说的地点再熟悉不过,几乎每天都路过,往陆北路走给职校送水,往滨海路走给码头送水。至于那片小树林,哥哥也熟悉不过,说是小树林,其实也就几十棵树,大多是木麻黄。好多年前,那儿应该是一片树林,后来木麻黄被砍了烧炭,剩下那么几十棵,也不知道为什么,就不砍了,一留就是十多年,县城都忘了它们的存在一般。哥哥平常也没多留意,有一次,他屎尿都急,便把送水的电单车停在路边,进了树林解决二急,才发现树林里面宽敞阴凉,六月的天,活像走进了空调房,地上铺了一层厚厚的木麻黄叶子,细如针的叶子,足足半米多厚,哥哥蹲在上面,那一泡屎尿拉得惬意无比。如今哥哥却要来这里辨认弟弟的尸体。哥哥不禁浑身发凉——仿佛树林的存在,一则是为哥哥拉那一泡屎尿,二则是为弟弟安放已经死去的身躯。这么一想,他确认弟弟已经死了,躺在树林里的已经发肿发臭的尸体是弟弟无疑了。如果不是发臭,弟弟还得在那里继续躺着,谁也不曾想进去树林看一看。

现场人不多，天已暗了，几个抽着烟的警察或站或蹲在树林外的草地上，见哥哥匆匆走来，警察拦住哥哥，问："刚才听电话的是你？""是。"哥哥欲越过警戒线，去树林里看弟弟。事实上哥哥已经看见了，他看见一块大帆布遮起来的东西，显然，东西很大，像是一头小牛的模样。弟弟真是一个高大的男人，如今死了，更显威武。

"很臭的。"一个警察提醒。

"先看这个。"另一个警察说，"是你弟弟的手机吧？"

哥哥看了一眼被装在一个透明塑料袋里的三星手机，手机已经关了，上面还残留着血迹。那正是弟弟的手机。一度，因为弟弟拿这么高档的手机，哥哥心里也不爽快。如今，它像弟弟的尸体一样，同样没了生命的气息。

"是我弟弟的手机。"哥哥说。

"那好。等会法医就到。"

警察甚至还递给哥哥一根烟。

哥哥想看看帆布下的弟弟，可他无论如何都开不了口，他出奇地平静，就仿佛赶到这里，就是为了吸警察一根烟。有那么一刻，他觉得应该哭一下，却怎么也哭不了，甚至挤不出一滴泪水。是不是真的？是不是在做梦？哥哥感觉整个人都飘了起来，陆北路和滨海路在眼前晃动，像是钟表里两根失控的指针。这次，弟弟真的从家里搬走了。彻底的。

一个警察过来问："都好几天了，你们没找？"

"也不知道会是这样。"哥哥无法面对警察的眼神。

"对了，你弟弟的手机最后一个号码是拨给你的，他是在向你求救。"警察说。

"可我没接到。"哥哥特意掏出手机来查。

"估计没打通。要是通了，你弟弟可能也不至于死。"

"……"

弟弟死后，弟妇便跟着失踪了，没人知道她去了哪里。她转卖了房产，还拿走了弟弟银行里的所有存款。有人说她跟别的男人跑了。警方怀疑弟弟的死和弟妇有关。但，也只是怀疑。案子拖了一段时间，没有下文。

哥哥去警局拿回弟弟的遗物，一个放着身份证的皮夹子，一串钥匙和一部三星手机。哥哥摁开弟弟的手机，查看拨出号码，第一个便是"哥哥"的字眼。弟弟把哥哥的号码名为"哥哥"。难怪警察第一个电话便知道他是死者的哥哥。哥哥有些惊讶。哥哥就没把弟弟的号码名为"弟弟"，他直接打上弟弟的名字：麦宇。他听人说过，亲人的号码要直唤其名，免得手机丢了，人家拿来向亲人诈骗。哥哥是信的，别看他是粗人，其实也挺谨慎。此刻哥哥却想，如果是他将死时打了弟弟的号码，警察拨通弟弟电话，第一句话就不会是："麦宏是你哥吧？"

（原载《满族文学》2014.2）

公 亲 人

一

　　六点，还没下班，蔡昭英的手机响了。他以为是徐颖，他答应陪她去海滨广场吃冷饮——这个月初还下过几场雨，有点凉意，过了十五，一连十多天大日头，城市都快着火了，报社里的同事每人一大壶冰水守在电脑前，时刻为身体灭火降温。难怪，都六月了，盛夏时节，也是收割的时候，要是在老家，这么大的日头不知多么受庄稼人欢迎。收割的稻谷晒一天便可以进仓。蔡昭英进城多年，每到夏天还是会想起老家农忙割稻时的热景盛况。

　　蔡昭英看来电显示，不是徐颖，是个陌生名字。他看了一会，想着是谁，名字陌生手机却存有他的号码，显然是认识的。突然恍然大悟，陈德好，一个村子里的人，虽不是一辈的，名字却时有听说，只是书面体少见，看着眼生。记得上次回家，陈德好特意到蔡昭英家里坐，拿了点花生芝麻，说是给徐颖吃，对肚子里的孩子有好处。蔡昭英挺感动，他想着在村里时和上一辈的人没怎么往来，以至于好多同村的前辈都不认得蔡昭英。陈德好却一直惦记着，说蔡昭英从小读书厉害，他早就认定日后会有出息。蔡昭英听着不免有些脸红，他这点成绩算什么出息，无非就是喜欢写点小文章，后来借一次报社招聘编辑的机会进了报社，当一名副刊编辑。报社都企业化了，自负盈亏，其实就跟公司里打工一样，再说副刊编辑在报社的地位很卑微，随时担心上头哪一天会把不伦不类的副刊给咔嚓掉——这不是假担心，是真担心。虽说没什么大前途，蔡昭英对目前的工作还是感觉挺惬意，不累，余出来的时间多，他可以多写点豆腐块，在一些同行那交换发一发，也能赚到点生活费。日子过得有喜无惊。在老婆徐颖的心目中，蔡昭英也算是个才子了。就这么点本事，蔡昭英有自知之明，即使回到村里，他也不太敢高抬自己，朋友当面称赞几句，他都脸红心跳，臊得不行。被陈德好那么一说，都把他当作是全村人的骄傲了，蔡昭英更是感觉无地自容。那次陈德好便要了蔡昭英的手机号，说以后有事再找他商量。蔡昭英吓一跳，他们能商量什么事？后来听母亲说陈德好这人精得很，设套把前任村主任拉下了马，自己当了村主任。蔡昭英惊讶陈德好还有这般魄力，他要是真能为村里做点事，蔡昭英也是支持的。母亲却劝昭英别跟他过多打交道，防着点。蔡昭英认为母亲多心了。

如今陈德好的电话来得突兀，倒真让蔡昭英感觉凶多吉少，母亲的话如临耳边。母亲毕竟常年生活在村里，对村里每一个人自然要比儿子了解得多。蔡昭英拿着响了很久的手机，迟迟不敢接听，待他决定摁下接听键那一刻，他遵照了母亲的嘱咐——无论陈德好说什么，都悠着点，别急于表态，更不能贸然应承。

手机放在耳边半天，蔡昭英没听到有人说话，只听到大片的哭声和叫声。怎么啦？蔡昭英起了一身鸡皮疙瘩，他担心是母亲出了什么意外，都六十多岁的人了，还喜欢往田里跑，种个菜栽个瓜，蔡昭英多次劝阻，母亲口里应着，等儿子一走，照旧做她喜欢做的。村里的田地近些年久旱缺水，到处挖了大坑蓄水，都淹死好几个儿童了。蔡昭英喊："喂，说话啊，出什么事了？"声音很大，把纷纷下班的同事都吓得回头看。半天，手机那端才有人说话，是陈德好的声音，陈德好也是哭腔，他说："昭英啊，村里出大事了，两条人命啊，还有一个在医院，生死未卜啊，村里没出过这么大的事，你得回来帮忙啊……"陈德好边说边哭，身边嘈杂，有人喊陈德好快点，都什么时候了还打电话。手机便被陈德好掐断。蔡昭英站在原地呆了一阵子，还没回过神来。关于母亲的担忧显然是多余的，但村里肯定出了大事，两三条人命哪，忒大了，过惯太平日子的村人能不哭喊。关键是那都是谁家的人命？发生了什么事？蔡昭英胡乱猜测，走出报社。

二

　　回到家，蔡昭英一进门就跟徐颖说了村里的事。徐颖正在做饭，一听，噔噔噔跑到客厅，手里的铲子正一点点往地板上滴油。蔡昭英提醒她，徐颖才重新进了厨房。蔡昭英捧着卫生纸蹲下去擦地板上的油，嘴里还埋怨着徐颖的邋遢。蔡昭英这人有点洁癖，无论是居家、工作还是自身装扮，他都要收拾得井井有条、干净明亮。蔡昭英并不喜欢夏天，夏天太热，一身臭汗，浑身不舒服，心也烦躁不安。

　　吃饭时，蔡昭英沉默，吧唧吧唧吃着饭，喝着徐颖煲的苦瓜排骨汤，就是不说一句话，他心里不想别的，就想一个问题：要不要回去？倒是对面的徐颖吃不下一粒饭，看着蔡昭英，希望能从他口中得知更多关于村里的事。"就今天？"徐颖终于忍不住，问了一句。蔡昭英点点头。徐颖再说：下午的事吧，我上午刚和妈通电话她还一句都没说起。蔡昭英终于说："嗯，陈德好打电话来，只说死了人，死了谁都没说，就哭。"徐颖吓着了一般，脸色铁青，说那还不打电话回去问问妈。这话倒提醒了蔡昭英，除了问村里到底发生了什么事，他还想听听母亲的意思，要不要回去一趟？

　　打通了家里的电话，母亲的声音也是哭过的喑哑，母亲第一句话就是叫儿子回去……蔡昭英感觉吃惊，心里多少有些沮丧。照母亲说，事情是这样的——下午张摇一家收割稻子，趁着大日头就把稻子晒在村北的省道边上。省道刚扩修，之前的柏油变成了水泥路，夏季农忙，省道两边就被划出两米的宽度出来晒稻谷。张摇一大早用树枝占了长长一溜水泥路，等着稻田的谷子一拉上来就铺开暴晒。张摇是村里出了名的贫困户，和蔡昭英一家有走动，蔡昭英小的时候母亲曾抱着他向张摇的母亲借奶，张母二话不说就撤了张摇含着的大嘴巴，直接把奶头塞进了蔡昭英的嘴里，小张摇大声吼哭，张母还是让蔡昭英吃了个饱。关于这么点恩，蔡昭英的母亲一直记得，也没少和蔡昭英提起。蔡昭英每次回家都免不了给张母塞一两百块钱。蔡昭英管她叫白大姆。——张摇一家大小收割好稻子，便一起到省道收谷子，日头已经含山，一家嘻嘻哈哈，有点开心，想着晚上可以睡个安稳觉了，明天即使来场暴雨也不用担心了。就这样想着，一辆失控的小轿车自东向西而来，如一头野牛，先是把张摇家的板车撞飞，接着把张摇的妻子黄氏撞飞，再接着碾过张摇的二子张加爵，最后又把张摇的三女撞倒，才停了下来。张摇整个人傻住了，他站在一边，竟不知怎么办。他眼看着小轿车停了几秒，没有人下来，又启动开走了，朝省道西边奔驰而去。待村里人追赶出来，现场发现黄氏和二子已经死亡，唯有小女儿似乎还有那么一点气息。即使是这会，张摇还站在一边，不知发生了什么事。有人喊："阿摇，你别这样，赶快，来人把阿摇架回去，架回去，别让他看到现场……"

母亲在电话里讲着，又哭了，她说当时天刚黑，手电筒在村里四处亮起，人声嘈杂，见过现场的人都哭成一片。黄氏死了还是活了几十年的人，大家可怜的是他的二子加爵，据说这孩子乖巧听话，找半仙算过命，说他非官则富，只怕你们村承受不住。看来真是如此。他才上小学三年级，成绩非常优秀。蔡昭英能想象今晚湖村的情景。母亲又说，好在肇事司机还是被抓到了，他一时慌乱开进了水沟，被后来追上的村民逮了个正着。"听说还是镇里一个什么官。"母亲压低声音补充道。这点让蔡昭英又喜又忧，喜是人抓到了，赔偿有对象；忧是肇事者是个官，怕玩不过人家。陈德好急着要唤蔡昭英回去，估计也想到了这层，想着蔡昭英见过世面，又在报社里工作，多少懂点手段。蔡昭英顿悟陈德好为什么第一时间就给他打来电话。蔡昭英想着此次回去非同小可，像是被委以重任。

三

连夜请假，蔡昭英第二天便启程回家。徐颖本想着一起，考虑到肚子里的孩子，便作罢。临别，徐颖交代蔡昭英："人命关天，你好歹要尽点力。"徐颖知道蔡昭英的脾性，凡事不够热情，一些事情能帮到哪就算哪，总要留点，不会尽全力，也是怕麻烦，一牵扯，事情闹大了自己出不来。再说帮的是人家，留下收尾还人情的最后还是自己。蔡昭英是深谙此道了。不过此次略有不同，不说张摇一家对蔡昭英一家有过恩情，就算没有，看在同村分上，也不能袖手旁观。

路上，陈德好追来几个电话，问蔡昭英到哪了。蔡昭英一次报一个地方，一会惠州，一会鲘门，一会汕尾，一个比一个更靠近湖村。五个小时后，客车下了深汕高速，驶进串起无数村庄的省道，沿路过去，两边的村庄都是一派收割的热闹气象。日头依然很好，省道边上晒满了金黄的稻谷，一直延续到路尽头，仿佛是为单调的马路镶上了金边。多少年来似乎都是如此，蔡昭英记起小时候也曾随父母到省道边上晒谷子，为了使谷子免受汽车的碾压，还得往边上放大石头。如今还是一样，路上除了稻谷，还布满了大石块。客车司机早就破口大骂，一不小心压上一块石头，整个车厢往边上一斜，一车人都叫了起来，生怕客车会因此倒下去。蔡昭英也被吓一跳，他感叹张摇一家的悲剧，似乎也是早晚的事。

快到村口时，却堵车了，省道上的车不多，一般不会堵。蔡昭英能猜出堵车和张摇一家的车祸有关。客车司机又骂个不停，说昨天撞死人了，尸体还赖在路上不走，这么热的天，不臭了才怪，这不，车都过不了。车里人好奇，纷纷把头伸出窗户，去探看前面的情况。蔡昭英却起身，要求下车。司机大声问："你是这个村子的人吗，还是想下去看热闹？"蔡昭英有些生气，他对司机的过分烦躁很是反感，他大声回答："我要下车，行不行啊？"

蔡昭英快步朝村口走去，日头实在是毒，长了牙齿一般咬住蔡昭英的脸和胳膊。蔡昭英感到一阵紧过一阵的眩晕。省道堵上的车辆已经不少，只是没堵死，能缓慢行驶。蔡昭英猜想村里人是不是把棺木放路中间了，这样做真没必要，肇事司机不是抓到了嘛，犯不着拦路啊。关于拦路，他们这一带是有过先例的，即肇事车辆逃逸了，家人迁怒于路上所有的车辆，拦路收钱。果然正如蔡昭英所猜，一大一小两副棺材一左一右横在马路上，只剩下中间一点空间，仅够一辆车勉强通过。每过一辆车，都得往底下一个大箩筐扔钱，最少五十，多则不限。司机们看样子满脸怨恨，但如此情景，他们也不敢说什么，人家死了两丁，满村的人都在气头上，惹上了杀人都做得出来。只好乖乖交钱，算是过路费。

蔡昭英走近一看，在人堆里看见了陈德好。陈德好和其他几个张摇的亲戚坐在临时搭建的棚寮里，抽着烟，正说着什么。陈德好也看到了蔡昭英，立马招手让他进去。这时蔡昭英已经满头大汗，他感觉自己都快中暑了。蔡昭英问陈德好："怎么还拦车收钱，不是抓到司机了吗？"陈德好摇摇头，似乎有些无奈，他说：

"我一村之长怎么能让他们做这种事，犯法的嘛，我知道，是张摇家人要这样做，说司机是当官的，怕我做不了这个公亲，要不到赔偿，就先拦车要钱了。我怎么劝也不听。"

蔡昭英插一句："司机是个么官啊？"

陈德好说："具体是个么官也不知道，他什么都没说，醉得一塌糊涂，今早醒来，竟然忘了昨晚的事，问我们抓他干吗呢。"

又说："他们的人来过，长得好，说话也霸气，一看就知道是当官的。他们说要把事情交给交警处理。我谁啊，我知道他们在吓唬我们农村人，以为我不知道啊，醉驾，死了两条人命，赔了钱还得坐牢呢。我就说你们别吓唬我，我们有人在大城市当记者，知道吧，他叫蔡昭英，在县里也是个响当当的人物，不信你们去打听打听。话说回来，在我们这里，我就怕他们上面有人，到时我们撒手放人，赔偿的事人家一拖再拖，吃亏的还不是张摇？再说按国家规定一条人命不过十几万，咱们逮着人，便可以多赔一些。他们不敢不给钱，人在我们手上，人家金贵着呢，万一报警，咱们就把事情闹大，上报纸、上电视、上网络，现在不是有个微什么博的吗，你比我清楚些。他们谁啊，是人精，想得比我们周到，嘴上那么说，其实多少钱都会花的，张摇现在反正人是没了的，图的还不是多赔点。所以，我不让放人。我说等你回来，再做进一步打算。可他们等不及了，今天出来拦车收钱，我就怕到时把交警惹来了，不好收场。咱们要赔偿是正理，堵人家政府的路就不对了，镇里的会我也开过不少，知道这么点道理。还是你去说说他们，把俩棺材撤了。"

听完陈德好一席话，蔡昭英暗暗有些佩服，想不到他看事这么深，蔡昭英实在自愧不如。蔡昭英路上还想着到了要不要劝人把肇事司机放了，要是反被人家告个非法拘禁，岂不麻烦？看来蔡昭英的担心是多余了，或者没必要那么胆小。这样的事，肇事一方肯定更害怕公开化，尤其是见诸媒体。听说交警也来过现场，勘察了一会却走了，按陈德好说的，交警不敢管，人家后台硬得很，早把交警打发了。陈德好之所以急于要蔡昭英回来，不为别的，单为蔡昭英是在报社上班，就足够给对方一个定时炸弹了。

张摇的亲戚听从了蔡昭英的劝，撤了棺材，有蔡昭英在，似乎便不怕事情解决不了。蔡昭英看着路上撒落的稻谷，大多已经被过往的车轮碾成了碎白米，它们在车轮底下发出窸窸窣窣的声响。如果不出这样的意外，此刻它们本应该在张摇家的谷仓里。蔡昭英终于有些凄惶，理应做点什么。

四

　　蔡昭英在湖村生活了二十年才外出谋生，他对这个村庄的感情是极其复杂的，说没有感情吧，亲人都在村里生活着，村里的一草一木，他都熟知；说有感情吧，这个村庄的一些事确实也让他看不惯。弱肉强食，欺凌老实人，甚至是尔虞我诈，相互攻击和算计，兄弟间、父子间大打出手，抢着锄头就把对方的房子给砸了，也不在少数。都说农村淳朴——总之到了蔡昭英这一代，已经感受不到了。在父辈们的讲述里，村庄似乎也淳朴过，最具代表性的便是公亲人的存在。公亲人在湖村一带曾是个重要角色，他德高望重，公正不阿，学识渊博，能说话会摆理，有魄力有热情，村人对其敬重有加，他不一定有钱，也不一定当官，却一定备受信服和敬重。所谓公亲人，是家乡的土叫法，事实上就是中人，和事佬。那时村里大小事务纠纷，没公亲人出面，谁也处理不了。蔡昭英就听说过不少公亲人的故事，比如处理一桩债务纠纷，一个说借了，一个说没借，怎么办？好，就当是借了，公亲人垫上这笔钱，被借的人拿回了钱，借的人又不用掏钱，事情算平息，只要不打架，团结一致。蔡昭英当时听着，觉得公亲人傻，但不敢说出口，要是说了，保不准父辈们会怎么骂他，那么好的人你说他傻，以后谁还做好人？确实，如今的村庄，虽然遇到事情了还是有人会出来主持公道，但只听说主持公道的人赚了没听说会亏了的。村人还把主持公道的人叫公亲人，毕竟已是时过境迁，今非昔比，就拿陈德好为张摇一家车祸的事做公亲来说，张摇一家也不是全然放心了，还是担心着陈德好能不能把事情办妥，愿不愿意把事情办妥。除了张摇家，村里其他人也闲言闲语。蔡昭英的母亲就一直对陈德好不怀好感。蔡昭英这次回家，跟母亲说了陈德好在处理事情上想得周到，是真为张摇一家着想，母亲却说："等着瞧，最后再说。"蔡昭英笑了笑，心想母亲对陈德好的偏见还真不浅。母亲又压低声音说:"张摇一家是想着让你做公亲人的,他们不相信陈德好,他是村主任,整天去镇里开会,保不准就跟人家认识,有关系。白大姆还拉着我的手,嘱咐我交代你一声,一定得替张摇一家办好这单事,记你的大恩大德。你看张摇兄弟几个,都是老实人,说话都不会,谁也做不了这事的主,你真应该尽点心力,别说以前的恩了,就看他们母子俩死得那么惨,也应该……"说着母亲又抽泣起来。

五

晚上陈德好召集村里一些活泛人物在张摇家开会,商讨明天肇事家属来谈判的应对事宜。看来陈德好已经做足准备,他摊开记事本,作出详尽分工:谁谁负责跟进医院那一块;谁谁日夜看守好肇事司机,让他吃饱喝足,不能动他一根寒毛,更不能让他乘机跑了;谁谁负责报丧和安排葬礼事务,这事得赶紧,大热的天,尸体经不起放,棺材已经散出恶臭了……眼下最重要的自然是关于赔偿谈判,来者肯定都是厉害人物,非官则富,久经场面,得挑最活泛的人应对,蔡昭英是免不了,另加张摇的大侄子张加文,是个小学老师,也是能说会道。陈德好则充当公亲人,"你们唱黑脸,我唱红脸,你们适当时候大点声,失态一下,我一边劝着,说些实在的,就像父母治理顽皮的孩子,一个打,一个劝……"关于赔偿金额,先由张加文代表叔父出个价,往高里提,对方会压,到时再由陈德好出个折中价,对方自然没话说。

陈德好问蔡昭英:"你说咱们要他多少钱?"

蔡昭英一时慌乱,也不知道要多少,他想农村户口一条人命也就是二十万吧,两条就四十万。蔡昭英说:"我想至少也要个五十万,医药费先不谈,先把两条人命钱谈妥,好让他们入土为安。"

大伙对蔡昭英的说法挺赞成,陈德好也点头。蔡昭英舒了口气,总算没让村里人失望。

陈德好看了看张摇那边的亲属，问还有没有其他意见。张摇已经病倒，说不了事，他大儿子还在赶回来的路上，便由他几个兄弟代着，几兄弟和张摇一样，都是老实人，这种情况只有听的份，说不来话。他们稀稀落落都表示听蔡昭英的。蔡昭英看了陈德好一眼，只见陈德好脸色一沉，张摇兄弟这么说，明摆着不把陈德好当回事。蔡昭英心里一惊，以为陈德好生气了，便说："一切还是由村主任来安排。"陈德好笑着说："昭英见过世面，我们是应该听他的。只是我是这么想的……"顿了一下，他又说："我觉得五十万要少了，人家不缺钱，又是醉酒开车，照法律，即使赔了钱也是要坐牢的对吧？"说着陈德好看了一眼蔡昭英，算是询问，蔡昭英有大悟之感，点头称是。陈德好接着说："我想可以要多一点，我保证人家一定给，你说一个当官的怎么能坐牢呢，是吧？""那要多少？"张加文问。"一百二十万。就两条人命，一百二十万。"陈德好说完往后一靠，拿出烟来抽，似乎说出这话让他一下子放松不少，早前心里憋着似的。大伙沉默了一会，每个人头上都冒着汗。有人提出质疑，会不会多了点，别到时弄得不好收拾。也有人说怕什么，人还在我们手上，还怕他们不拿钱吗？最后大伙还是转向蔡昭英，问他的意思。蔡昭英其实心里已经很佩服陈德好的胆量了，真是做大事的人。蔡昭英说："就这么办，一百二十万，两条人命。"

大伙深夜才散，留下几个青年在张摇家看守，肇事司机关在一间偏房里。临走，陈德好特意交代：千万不能打人家，明天得让人家看他好好的。"蔡昭英也加一句："没错，打人犯法，我们要钱，不要命。"说了这话，蔡昭英感到后怕，怎么就像是在做着一单绑架案似的。他有些担忧，事情会往哪个方向发展，他摸不准，不过看陈德好胸有成竹的样子，他也不便有过多的顾虑。

蔡昭英回到家里，母亲还没睡，蔡昭英和母亲说了会话，天太热，蚊子多，睡不着。蔡昭英给徐颖打电话，嘱咐一些事，徐颖也问了村里的事，末了，蔡昭英把手机给母亲，母亲又和徐颖聊了一大会，都是怀孕期间的注意事项。母亲一直很喜欢这个儿媳妇，如今儿媳妇又要给她生孙子了，她高兴得一想起就笑。母亲和徐颖通话期间，蔡昭英躺下，竟睡了过去。可没睡多久，嘭嘭嘭，门被拍得震天响。怎么啦？蔡昭英爬不起来，他实在累了，折腾了一天，还不让睡个安稳觉。母亲出去开门，问怎么啦？来人说不好了，张加武要打人，谁也劝不住。蔡昭英隐约听到，立马跳了起来，他想这是大事，人不能打，一打钱就不好谈了。他一边跟着来人走，一边叫人去唤陈德好，答说已经叫去了。蔡昭英又问："张加武是谁？刚才没听到我们交代的话啊？"那人说："他刚回来，是张摇的大儿子，在东莞打工。""怎么现在才回来？""他带了一帮兄弟回来。"……

蔡昭英穿过几条巷子赶到张摇家时，陈德好已经先到一步了。陈德好横着脸在骂一个发型奇怪的年轻人，不止一个，蔡昭英看见有十几个装扮差不多的年轻人。蔡昭英看他们那样子，帮忙不说，反倒会添乱。这不，年轻人还不服陈德好的骂，叫嚷着要打死肇事司机，让其偿命，完全是一副江湖人的作派。带头的张加武时刻做出要冲进偏屋的架势。他的堂兄张加文和其他几个人拼命拦着。偏屋里灯火通明，正发出阵阵呻吟："打死我了，快救命啊。"陈德好一步上前给了张加武一巴掌，这巴掌狠了点，反倒把他打软了下来。陈德好说："你就是打死他有什么用，你妈和你弟能活过来吗？我们现在要的是钱，你把他打成这样，明天怎么跟人家谈？"

张加武突然也大吼起来："我家的事不用你管，不关你事，你滚。"

大伙一时无语，大伙都满头大汗，这鬼天气，大半夜还热得要命。

蔡昭英看张加武也就十七八岁的样子，他那些所谓的兄弟也是。他们都烫着非主流发型，像是被火烧过，还染了粉红色，衣着也是不规不矩的样子，这里一个环那里一条链的……俨然一群街边小混混。蔡昭英看着熟悉，这些年轻人，在深圳他看得多了，半夜拎着酒瓶子满街跑，爱惹是生非，报纸称他们是社会治安的安全隐患。蔡昭英想张加武在东莞，也差不到哪去。不过作为年轻人，惊闻母亲和弟弟双双车祸遇难，回来一时气愤打了司机，倒也是情理之中。蔡昭英能理解。蔡昭英于是拦开了陈德好，叫他别跟小孩计较，接着把张加武拉到一边，厉声批评，"怎么能这么说话，为了你家的事村主任腿都跑断了。"张加武对蔡昭英还算客气，劝了半天，总算平静了下来。

回头再看肇事司机，他被打得够惨，拳拳都在脸上，脸都肿了，牙齿掉了一地。人被打成这样，要是让家属看见，肯定不怎么好说话了。陈德好急得跟什么似的，一个人在院子里踱过来踱过去，不停抽烟，时不时停下来，问蔡昭英："你说怎么办才好，这事？"蔡昭英脑子也是一片空白，想不出什么好法子可以弥补。突然，蔡昭英说："要不，我们就一口咬定他是车祸时撞成这样的……"陈德好停止踱步，走过来拍了拍蔡昭英的肩膀，说："不愧是个记者啊。"蔡昭英胸口一紧，不知道陈德好这话是褒奖还是讽刺，或者说陈德好是真心褒奖，蔡昭英却听出了讽刺的意味。

六

两副棺材已经在省道停放三天，开始发臭，路过的车辆都加足了油门。守棺材的人更是受不了，戴了口罩也待不住。除了张摇的亲人，没几个人愿意靠近。问题不单是发臭，棺材还开始被膨胀的尸体撑得变了形，眼看就要被撑破。一大早，陈德好先用铁丝把棺材箍起来，像是五花大绑，接着罩上几层蜡纸，又吩咐人去镇里拉了几车冰块，像沙土一样把棺材敷住。"必须让肇事家属看看。"陈德好一直强调，"让他们知道闯下的是多大的祸。"下葬的事被安排在谈判之后。

然而葬礼的场面已经在巷口忙碌起来，搭了竹棚，请了师公和乐队，花圈挽布也都架好。桌椅盆钵是租的，一大堆弄在祠堂门口，几个妇人在拾掇。整个村庄进入了丧葬的氛围，各尽所能，该干什么干什么，也不用主事人吩咐吆喝。十几个穿了白衫紫裙的妇女在竹棚里哭了起来，蔡昭英的母亲和白大姆也在其中。白大姆不哭儿媳妇黄氏，就哭孙子张加爵。边上的妇女听了，叫白大姆不能这样，两个都得哭，别只哭一个，另一个可不高兴。白大姆听了，才把黄氏和孙子一块哭。谁都知道黄氏生前和白大姆关系不好。白大姆哭他们母子俩到死连个遗照都没有。确实，黄氏和张加爵生前都没留下照片，也没拍过照，死也死得面目全非，无法拍照。人们被白大姆这么一哭，都呜呜地跟着哭了起来。

　　相比而言，张摇家里的气氛更为紧张。陈德好和蔡昭英他们正在就谈判的事作最后的商定。今儿可谓兵分两路，一路对内主持葬礼，一路对外准备谈判，两路同时进行，不能有丝毫差错，随时联系，赔偿的事一谈妥，即可下葬。天气实在太热，几把大风扇在屋里吹，还是吹出了满身大汗。蔡昭英坐也不是站也不是，屋里闷热，屋外又是白花花的大毒日头。蔡昭英实在厌烦夏天，尤其是当下这个夏天。

　　正烦躁着，兜里的手机响了。蔡昭英掏出一看，竟然是彭栋梁。彭栋梁在县报当记者，和蔡昭英算是文友。蔡昭英因写作的缘故和县里不少记者都认识，唯独和彭栋梁交往深些。本来昨天一早回来，蔡昭英是想着找彭栋梁帮忙的，谁知一忙乱，竟把这事给忘了。如今彭栋梁反倒打电话来，正好可以跟他说一下，或许他能提点建议，和蔡昭英比，人家才真的是久经场面。蔡昭英接通了彭栋梁的电话，彭栋梁嘻嘻哈哈，问蔡昭英最近发表什么大作没有啊？蔡昭英说烦得很呢，家里出了大事。彭栋梁紧接着问怎么啦？出什么事啦？蔡昭英简单说了张摇一家的事。话还没说完，却被彭栋梁打断了，他问："你们把人关起来了？"又问："你们没打人吧？"蔡昭英被问得有些紧张，说人关了也打了，现在怎么办？彭栋梁叹了口气说："哎，亏你还是文化人呢，这点法律意识都没有。你们那是犯法的，都关了人家几天了，还把人打了，万一家人报警，说你们非法拘禁，甚至告你们绑架，事情可就闹大了。"

"那现在该怎么办？"蔡昭英问，他这人耳朵向来比较轻，听彭栋梁这么一说，真慌了。

彭栋梁沉吟了一会说："听兄弟的，赶紧放人，咱们是文化人，处理事情得走正途，不能听信村里的老一辈，别到头来，正常的赔偿都得不到。"又说："要不我下去一趟，有必要的话做个报道，给肇事方一点压力。"

蔡昭英立马感激不尽，觉得彭栋梁说得句句在理，仿佛也很清楚现状，他说的"老一辈"，指的不正是陈德好吗？确实，陈德好这人虽有魄力，法律意识却淡薄，蔡昭英一个文化人怎么可以跟着他越陷越深呢，到头来真会被牵累。"怎么就糊涂了，幸好有彭栋梁提醒，否则还真让局面无法收拾。"蔡昭英挂了电话，转身就嚷道："赶紧放人。"他感觉在做一件大事，至少是在挽救陈德好。蔡昭英又说："加文，你赶紧把司机放了。"一边的陈德好正闭目养神，期待着一场激烈的斗智斗勇呢，如今听蔡昭英这么一说，吓了一跳，不知道发生了什么大事。"怎么啦？"陈德好问。蔡昭英这才说了朋友彭栋梁的意思，他刻意强调了彭栋梁的身份，想以此说服陈德好。

大伙听着有理，纷纷表示应放人，其实也是对蔡昭英的信任。张加文都已经走到院子了，要去开关着司机的偏屋。这时，陈德好猛地站了起来，喊："慢，千万不能放人，大家想想，这人一放，我们还有什么筹码，谁听我们的话？"

"那万一……"蔡昭英欲言又止。

"放心，人家比我们更害怕报警，报警对我们没好处，对他们更没好处。"陈德好把烟头往地上一扔，脸横了下来，"万一出了事，我来承担，大不了不当这个村主任。"

一屋子人都噤声，不知道说什么好，是该听陈德好的，还是听蔡昭英的。汗水把他们的身体浸泡得像是一个个从水里捞起来的一般。

七

"不好了，不好了，加武他们把人家截在村口，加武说要打死他们，一命偿一命……"

正当一屋子人犹豫不定时，有人从外面跑回来报告。陈德好一看时间，差不多是他和肇事家属约定的时候了，看来人家已经到了村口。

大伙霍地都拥出大门，朝村口跑去。陈德好跑在队伍的前面，像是领着一队人前进，队伍越走越大，不少外人也都加了进来，壮大了声势，更多是看热闹。

赶到村口，只见张加武他们已经把对方三五个人摁倒在了地上，面朝棺材，要他们磕头认罪。张加武他们手里各执一把刀棍，在日头下泛着亮光。刀棍都是他们从东莞带回来的，看样子砍砍杀杀，已经经历过不少场面。对方三五人都长得肥头大耳、西装革履的，如今被几个毛头小伙逼着跪地磕头，早已颜面丧尽。发亮的刀棍还架在他们的脖子上，似乎稍一反抗就会人头落地。日头明晃晃，跟火炬没什么区别，一大帮人站在日头底下，像是一锅正在热锅里炸跳的黄豆。棺材周围的冰块早已经融化成冰水，漫流了一地，一阵阵恶臭也跟着溢漫出来，实在难闻，却又无处可逃。

陈德好大声呵斥："加武，你干什么，咱们要的是财，不要命。"

张加武满脸焦红，他喊道："你滚一边去，不关你事。"

陈德好转身喊："昭英，你在哪？你赶紧劝劝张加武，要出大事啦。"

蔡昭英这才挤出人群，喊了一声张加武。张加武对蔡昭英算客气，他叫蔡昭英站开点，刀棍不长眼。

这时跪着的人中有一个抬头，喊出了蔡昭英的名字。蔡昭英吓一跳，肇事家属还有认识他的人？待看仔细，更吓一跳，底下跪着并喊蔡昭英的人竟然是彭栋梁。蔡昭英赶紧撇开刀棍，把彭栋梁从地上拉起来。蔡昭英骂张加武:"乱来,这位是我朋友,报社记者,是来帮我们的。"张加武被骂糊涂了,说:"谁知道,我以为他们是一起的。"

蔡昭英把彭栋梁拉到一边:"实在对不住,你也看到了,家属情绪很不稳定。"

彭栋梁说:"能理解。这样吧,你先想办法解救肇事家属,大家静下来慢慢谈。"

蔡昭英说好,转身离开,又回头问彭栋梁:"你怎么这么快?刚打的电话,还没半个钟头。"

……

眼下最重要的是要让张加武平静下来,不那么冲动。然而谁也劝不动,人们把张摇揽出来,这个做父亲的也管不了儿子。张加武在家时就经常和父亲吵架,还打过好几回呢。倒是有一个人可以震住张加武,便是他的奶奶白大姆,可白大姆刚哭晕过去,正在床上打点滴呢。没办法,只好用板车把白大姆拖出来,白大姆躺在明晃晃的日头底下,眼睛都睁不开,嚷着:"热死啦,热死啦。"有人折了几株树枝为白大姆遮阳,白大姆这才睁了眼,一眼先看到的不是孙子,而是前面大小两副棺材,一时失控,吼声大哭起来。这倒好,本来就不敢让白大姆看现场,看了受不了。人们说:"白大姆啊,不是哭的时候,加武拿刀要杀人啦。"白大姆一惊,说:"加武啊,你还嫌死的人少吗?你先把我杀了吧。"说着握拳擂胸,擂得砰砰响。张加武这才放下刀棍,过去抓紧奶奶的手。

八

大伙都满头大汗,几台风扇像是被卡住了一般,咿咿呀呀,吹出的风也带着热气。屋里屋外都围满了人,把张摇家围得像是个笼子,越发地闷热。

有人故意起哄:"不知道张摇是要钱还是要人家偿命哦?"

陈德好提着嗓子回答："小屁孩，滚一边去，懂不懂法律，现在杀人都不偿命。政府处理，顶多也就几年牢，几年牢对我们来说没什么，倒像是度假，对你们来说就不一样了，你们金贵，时间就是生命，时间就是金钱啊，是不是？"说完看着肇事家属，一阵憨笑。

对方一个秃顶的中年人站了出来，显然是领头人，他的嘴角还渗着血，刚才拉扯中被张加武打了一拳。秃顶给在座的派了一圈香烟，笑着说："咱们能解决的事，今儿就不麻烦政府了。"陈德好大腿一拍："对，聪明人，我也这么想。"

大伙抽着烟，陷入沉默，烟雾在房间里弥漫。

彭栋梁紧挨在蔡昭英身边，彭栋梁小声问蔡昭英："他是公亲人？"彭栋梁指的是陈德好。蔡昭英点头。彭栋梁又问："人你们还关着啊？"蔡昭英又点头。蔡昭英如今也是一片混乱，不知道怎么办才好，只有任着事情发展下去，看一步走一步，不知道等着他们的是什么后果。倒是陈德好从头到尾都胸有成竹，胜券在握似的。蔡昭英弄不清楚陈德好的自信源自哪里。或者根本就不是自信，而是一种盲目。

"我先介绍一下。"陈德好吐出一口烟雾，"这位是蔡昭英，是深圳的记者，我们自己人；这位是蔡昭英的朋友，是县里的记者。没别的意思，今儿能把事情谈妥了，相安无事；谈不妥，那我们就麻烦两位记者把事情报道出去，这么大的车祸，司机还是个大人物，不会没人关注吧。"

秃顶说："放心，今儿谈妥了最好，谈不妥，我们不回去。我的意思是先让司机回去，检查下身体，毕竟是这么严重的车祸，在你们这都两三天了，万一有个三长两短，也不是你们愿意看见的是吧。"

陈德好说："这个你尽管放心，司机在我们这里吃饱喝足，除了脸上有点撞伤，没什么大碍，我们村有赤脚医生，医术不比镇医院的差，需要的我马上叫人去唤来,给他检查检查。"说着陈德好真唤了一个小男孩，去请赤脚医生。

彭栋梁这时插嘴道："对方提的要求也不过分，反正人家都五六个人来了，还怕他们跑了不成？就先把司机放回去吧，再说……"

彭栋梁还想说下去，却被陈德好打断了，陈德好说："这位兄弟，今儿看你是我们昭英的朋友，我就不跟你计较过多，人是谁撞死的，我们就关谁，谈妥了赔偿，自然放人。我说过，我们人命丢了两条，不想再要什么人命，就想着尽可能为遇难家属办点事，还他一家一个公道……难道我们就过分了？"

彭栋梁虽说是个记者，却被陈德好说得哑口无言。这会，蔡昭英真的有点佩服陈德好，这事没有他还真不行，一切似乎就归他一手导演，所有人都被他一手掌握着。

期间张加武一伙人又回到院子闹腾，人们好不容易才把他劝住。赤脚医生在给司机敷药时，秃顶男人提出要看一看。看完回来，秃顶男人说："看起来不像是撞伤，人是你们打成那样的吧？"蔡昭英忙说："我们一个指头也没碰，醉酒开车，能把别人撞死，就不能把自己撞伤啊……"彭栋梁看了蔡昭英一眼，仿佛很惊讶于蔡昭英的激动，蔡昭英也顾不了那么多了，唯有违背朋友的劝告。这时，陈德好又冷冷地加了一句："要说打，如果这几天不是我们护住，他早被加武打死了，一下子没了妈没了弟，你们就不会设身处地想想啊，人家的感受。"陈德好说这话其实已经在威逼对方，事情不尽快处理，拦得了张加武一时拦不了张加武一天。

接下来的协商进行顺利，张加文提出原先商量好的赔偿价，对方还价。果然如陈德好预料的那样，正好 100 万，仿佛事先排练好的一般。陈德好作为公亲人，最终提了一个折中价：120 万，大小两条人命。

事情谈妥敲定，对方需要张摇提供一个账号。张摇哪里有账号。张摇说："还是给现金吧。"张摇一个农民，想着还是现金靠谱，看得见摸得着。陈德好扑哧一声笑，问张摇："你知道 120 万是多少吗？"围着的人群发出笑声。

突然，张加武闯进屋里来，张加武说："我有账号。"

对方这才松口气，只见秃顶男人一个电话，半个钟后，张加武便收到了银行的短信。确定 120 万已经到账，陈德好跟对方逐个握手、派烟，说："兄弟，多有得罪，不打不相识，希望日后还能相见。"又吩咐张加文放人。彼此客客气气，倒像是对待客人一般，笑脸相送到村口。返回家中，陈德好对张摇说："厚葬吧。"

九

葬礼如期进行，张摇听从陈德好的建议，厚葬死去的母子，请了最好的乐队，办最丰盛的丧宴，热热闹闹，弄了几天几夜，估计在湖村前无古人后也难有来者。

张加武还大办宴席，请了所有为此事出力操心的人，在院子里摆了好几桌，每桌都有好烟好酒。张加武这时倒像个大人，表现出懂事知礼，端着酒杯敬了陈德好，又敬了蔡昭英。张加武说这次要是没有陈德好帮忙，肯定赔不到这么多钱。又说："还有昭英叔。"蔡昭英摆摆手："还是村主任，还是村主任。"陈德好挺开心，毕竟大获全胜，连着和张加武喝了几杯，看样子对张加武一点都没怪罪的意思，这让蔡昭英惊讶，没想到陈德好这么大度，之前没少被张加武当众得罪啊。突然，陈德好拍着张加武的肩膀问蔡昭英："加武演得不错吧？"蔡昭英一头雾水，"演什么？"张加武说："昭英叔不知道啊，我带人回来，打司机和在村口截人，都是村主任一手策划的，村主任要我越激动越好，越失控越好，这样，他们就会担心司机的安危，尽快和我们协商啊……村主任真厉害。"张加武说着给陈德好竖起了一个大拇指。蔡昭英愕然，还真没想到陈德好演了这一出，实在有点高深莫测。蔡昭英看陈德好越发觉得神秘，似乎还有更多的秘密瞒着蔡昭英没说出来。

蔡昭英心里说不出的复杂滋味，不知该忧伤还是兴奋，人转眼没了，但转眼也赔得了巨款，蔡昭英想如果自己是张摇或者张加武，也不知道此时此刻是喜是忧。蔡昭英没喝多少，早已汗流浃背、头昏脑胀起来。

一院子的人却都喝多了，尤其是张加武带回来的那些兄弟，赤着胳膊，大声吆喝，甚至还有人大声猜拳。蔡昭英回头看见屋里的墙上贴满了奖状，有的已经被水渍成了黑色，有的还是新的，蔡昭英移步凑前去看，奖状上都写着同一个名字：张加爵。蔡昭英突然落下泪来，这个几天前还活蹦乱跳的男孩，如今已经长埋地下了。

喝了酒回家，蔡昭英被母亲骂了一顿："这人才下葬，你们就喝成这样，对得起死去的人吗？"母亲一个人在屋里唠叨，表达了她的担忧，"那笔钱可是他们母子用命换来的，如果胡乱花，他们做鬼都不会原谅。"蔡昭英理解母亲的担忧，用命换来的钱，都沾着血。

十

事后不久，蔡昭英的老婆徐颖早产，孩子没能保住。这事让蔡昭英一家十分伤心。母亲归咎于蔡昭英那晚喝了张摇家的酒，犯了阴，后又归咎于蔡昭英插手整个事情，沾了晦气。母亲在电话里说："早知道不让你回来，什么没得到，倒沾了一身晦气……"听口气，母亲对张摇一家似有不满。蔡昭英自然还没愚昧到把徐颖的早产和那事联系在一起。蔡昭英说："帮忙嘛，还能得到什么？"母亲说："陈德好的事你还不知道吧……我早就说过，那人深得很……"母亲后面的话倒真让蔡昭英感到惊讶，母亲也是听村里人说的，大家传来传去，说陈德好当时帮张摇早有预谋，原来那个醉驾撞人的是副镇长。陈德好老早就知道，他认识镇里另一个副镇长，两个副镇长还是死对头，争着镇长的位置。陈德好暗地里和副镇长朋友商量好，先抽干对手的钱财，事后再向政府举报，最终人财两空。那肇事的副镇长虽也不至于坐牢，但折腾下来，镇长的位置自然争不过人家。事后不久，陈德好便被上调至镇政府办公室，成了镇长身边的红人……

蔡昭英笑着说："听起来怎么像是编的，电影一样。"母亲说："无风不起浪呐。"蔡昭英想既然有传闻，估计真有其事，只是没传得那么玄乎。

再说陈德好也确实是一个能人，什么事干不了？如果真有其事，反而让蔡昭英对陈德好益发佩服，真是深谋远虑。倒是另外一件事，让蔡昭英十分失望，母亲也是听村里人说的，村里人又是听陈德好说的。陈德好说，昭英那个姓彭的记者朋友，骗了昭英，他被肇事家属收买了来劝昭英放人，幸好没能得逞……蔡昭英越想越觉得真是那么回事。说到底，蔡昭英不过是一粒棋子，在内为陈德好所用，在外被朋友彭栋梁所用……

年末，蔡昭英和徐颖一起回家过年，下了客车，沿着村道进村，举眼就看见巷口一座很是耀眼的三层小楼，外墙都贴了瓷砖，日光下，银光闪闪。蔡昭英还纳闷呢，谁家的楼房啊？上次回来还什么都没呢，转眼就拔地而起了。

回到家，蔡昭英和母亲说起巷口的楼房，母亲一副不屑的样子："你还不知道啊，张摇家的新房，看那钱花的，一点都不心疼啊。"母亲说起这事有点愤愤不平。蔡昭英说："有了钱，起房子还是好事啊。"母亲又说："起房子是没人说，问题是张摇又娶了个老婆，那女人分明就是冲着他家的钱来的，张摇还看不出来，这不是鬼迷心窍嘛。白大姆被气得半死，不愿意搬进新房里住……"母亲这么一说，倒真让蔡昭英吓一跳，看张摇不是那种人啊，老实巴交的，即使真是那种人，也不能在半年之内就干出这种事。

母亲继续说："全村人都看不惯，还有那个加武，也不出去打工了，仗着家里现在最有钱，整天无所事事，好吃懒做，还目中无人呢，那个加文，加武的堂兄，当老师那个，你记得吧？"蔡昭英点头说记得，问他怎么啦。母亲说："加文是老实人，当个老师，也没多少钱，几个月前他老婆得病，送医院，阑尾炎，要一笔钱开刀。加文找张摇借，他们竟然不肯，说钱在银行存了死期，拿不出来了，你说可恨不可恨……"母亲说得激动，蔡昭英也听出一肚子气。蔡昭英还是劝母亲别管人家的闲事。怎么能这样？母亲叹了口气。

（原载《创作与评论》2013.6）

独　奏　者

一

　　萧邦把他的吉他藏在我的床被下面，事先也没同我说一声。那天加班加到很晚，人累得不行。回到宿舍，灯都懒得开就往床上倒去，结果可想而知，我的腰部下面发出了"咔嚓"的一声脆响。当时我还以为是我的腰断了，就那样脆生生的，不留一点余地。我喊，妈呀——宿舍里只有我一个人，没人听到我的喊叫。我们 501 宿舍就我一个人是啤机房的，其他都在组装线上，包括萧邦。啤机房总能提前半个小时下班。

　　我一骨碌站了起来。我正惊讶于原来一个人的腰断掉了还可以站起来，并且还能跑着去开灯。不过很快我就喜出望外了起来，我发现被子下面藏有东西，"咔嚓"的声音应该来自那里。我掀开被子，就看见了萧邦的吉他。对于这把吉他我很熟悉，不但是我，整个工厂的人都很熟悉。只有萧邦一个人有吉他，也只有像萧邦这样的人才会带着一个吉他进城打工，打工的地方还是脏不拉叽的工厂。当然，吉他虽旧，在萧邦手里时还是完整的。然而那天晚上，吉他出现在我的床上，却已经拦腰截断了。它就那样可怜巴巴地躺在我的床上，让我想起多年前父亲从田里扛回家的那把犁，那把犁在我家被父亲使用多年，终于在父亲的手里断成了两截。

萧邦的吉他不是断在他自己手里，而是断在我的腰下。对此我不但没有丝毫愧疚，还显得有些理直气壮。我说，萧邦，这能怪我吗？你他妈的谁叫你把破吉他往我床上放啊？往我床上放也罢，你他妈的还用被子把它给盖起来，你他妈的真把这破玩意当老婆对待啊，还担心它会着凉感冒。我一句话下来，用了三个"你他妈的"和两个"破"字。这样无非是为了掩饰自己理亏的心理，尽量在语气上压倒萧邦。我知道即使那破玩意不怎么讨人喜欢，也是值不少钱的，如果真的要我赔，老子非倾家荡产不可。

事后我才知道，问题就出在我的语气上。如果那天晚上我能心静气和给萧邦道个歉，说几句软话，兴许事情就那样过去了，对我和萧邦都没有什么出乎意料的影响。至少我可以平安无损。

我急忙把吉他放回萧邦的床上，可怜它在我的手里已经不成模样，耷拉下去的木柄悬于空中，一晃一晃的。我关了灯，爬上床佯装熟睡。接着萧邦和其他工友们都回来了。我清楚地听见萧邦"啊"的发出一声惨叫，其情形无异于突然发现床上躺着自己暴毙的亲人。萧邦突然想起了什么，跑来试图推醒我。我当然"睡"得跟猪没什么两样。有人疑惑，嘿嘿笑着说你吉他坏了关方南什么事？萧邦没回答，只是把我从被窝里拽了出来。旁人的疑惑给了我醒来的勇气。我睁开眼，骂道，萧邦，你吃错药了，拉我干吗？萧邦指着吉他结结巴巴地问我，吉他是你弄断的？我看没有赖账的余地，就承认了，接着说出了上面带有三个"他妈的"和两个"破"字的狠话。

我本以为萧邦会在我的话里无地自容，结果我错了，温顺的萧邦顿时变成了一只凶狠的野兽。只见萧邦扬起手中的断吉他，准确无误地砸落在我头上。我顺势倒了下去，接着发生了什么就不知道了。

等我醒来时，发现自己躺在了工厂的医务室里。时间已经是第二天上午。医生告诉我，别起来，躺下，头还晕着吧。我本来很清醒，被他这么一提醒果然真晕了。我问，没事吧？医生说，没事，休息几日就好了。医生的话让我有些窃喜。休息几日，天上掉馅饼了，做梦都想的事竟然就这么轻易实现了。我甚至忘了自己是怎么到医务室里来的，是谁把我弄进来的。我像享受一个夏威夷度假期一样满足地闭上了眼睛。

二

回到车间上班后，我才知道萧邦被炒掉了。这有点出乎我的意料。如果说我为此事心里不好受，工友中肯定没人会相信。在他们的眼里萧邦砸了我一记断吉他，害我在医务室里躺了几日，他被炒对我来说是最大的宽慰。为了顺应大家，我也只好装出一副很满意的样子。一提起萧邦那屌毛，我得表现出了该有的鄙视，说的话当然也没一句好听。我说你们看萧邦那屌毛，以为取了个音乐家的名字就可以当音乐家了，整天抱着吉他在宿舍里弹啊拨的跟杀鸡似的，他不烦老子都烦了。

萧邦走后，他的床位空了几天，空空的床板除了几本附近诊所的广告杂志，再也没留下什么东西。萧邦就这样消失了。好几次我想到萧邦的床上坐坐，却发现床板上已经落满了灰尘。不过很快，厂里新招进了不少员工，萧邦的床位转眼就有了新的主人。

就在我们差不多将萧邦从记忆中淡出的时候，一个和萧邦有关的人物出现了。

那天是周末，工厂破天荒的让我们啤机房休息了一下午，以鼓励我们一贯高产的工作效率。我本想出去逛一逛的，不料老天比老板还奸险，好好的阳光普照突然说变就变，竟下起了雨来。雨不大，足以浇灭我外出的念头。我只能在宿舍里看书，所谓的看书，我有必要做一下说明，我这人从来不看书，读书时看到课本都头晕的那种，然而来深圳打工以后，有一种书却让我很留恋，它就是街头上免费派发，某个妇科门诊的广告杂志，随便在哪天，出去逛一圈，就有人站在各个路口送你好几本。

表面看和其他杂志没什么区别，甚至更美观鲜艳一些，翻开才知道，里面除了妇科疾病的介绍，剩下就全是女人的裸照和色情故事了。工厂里的人对这种杂志都很喜欢，不但男孩，女孩也爱看，当然免费是最主要的原因。

我躺在床上看一本丽君妇科门诊部印发的杂志，正对一个冰清玉洁的女人玉体垂涎三尺之时，宿舍的门被敲响了，还有点粗暴。我边不耐烦问着"谁呀"边跑去开门。门一开，发现敲门的竟是工业区里的保安，保安后面还跟着一个长得很美丽的女孩子，事后一比较，那女孩竟和杂志里的玉女有着惊人的相似。保安在工业区里代表着一种不可侵犯的权力，即使他打扰了我看书的时间，他还是表现出一副居高临下的架势，大概也是身边有美女的原因吧——男人老犯这样的错误。保安问我，喂，那个弹吉他的人在哪里？我说你们找萧邦啊。听我说出"萧邦"二字，站得有点远的美女突然凑了过来，急切地说，是啊，他在里面吗？我上下扫视了一下美女，接着又目的明确地在她的胸部停留了两秒时间。那是让人怦然心动的胸部。我问，你是他什么人？女孩说，我是他姐姐。那保安反而显得不耐烦了，大概是读懂了我的心事，他提高声调问，到底在不在？我说，不在。女孩问，去哪了？我说，辞工了。我没有说是被炒掉。我留有余地，我不想让眼前这个女孩知道我和萧邦的那么点故事。我竟然坚信我和她会有事情要发生。

我表示可以帮她寻找萧邦，这是我唯一接触她的机会。听我这么说，女孩很开心。转身对保安说了声"谢谢"，意思是她已经不需要他了。那保安还一副舍不得的样子，神情复杂地看了我一眼，下楼去了。有时男人与男人之间的关系就这样因一个毫不相干的女人而恶化。

我先是请女孩进宿舍，还给她倒了水。我笑着，我说我叫方南，是萧邦的同事，也是很好的朋友。女孩也笑了，有浅浅的酒窝。女孩说，我叫萧燕。

萧燕急于见到弟弟，说她是从东莞赶过来的，她和萧邦在一个月前突然失去了联系，手机也打不通，一点消息也没有，萧燕心里着急，怕弟弟出什么事，就按以前弟弟告诉她的地址找了过来。萧燕希望我能帮她提供线索。我说没问题。我表示可以带她到外面找找，还说了几个萧邦可能去的地方。事实上那只是我可能去的地方，有关萧邦的事我什么狗屁都不知道。

我们就出去了。萧燕带有伞，我们走在同一把伞下，雨淅淅沥沥地打在伞上，这让我感觉很好。一路上，我无数次提起萧邦，关于他的吉他和音乐天赋。我说我是怎么喜欢听他弹吉他，尤其是当他一个人自弹自唱的时候，他会唱崔健的歌李宗盛的歌高晓松的歌还有朴树的歌。我不知道我怎么一下子记起了这么多品味高雅的歌手。爱情终究是有力量的，再次得到证明。

萧燕也向我说起了一些萧邦的情况。从萧燕的话中我知道，萧邦和吉他的情缘从少年时代就开始了，并且比我想象的要悲壮得多，萧邦甚至为它而辍学。我突然发觉，大凡在工厂里的人其身后都背负着"辍学"两个字，尽管理由可以各种各样，结局却出奇的一致。我对萧邦的印象竟然立体了起来，产生了一种迟来的好感。我有点后悔当初没有好好珍惜和他相处的日子。我当然能理解萧邦出厂后的状况，他肯定又背着破吉他到处找工作，身上的钱应该也不多了，工厂扣掉了他一半的工资，估计也是不想让姐姐担心，萧邦才选择了沉默。

萧燕说，我弟弟是一个不切实际的年轻人。我一惊，很少有人这样当着陌生人的面评论自己的弟弟。不过她说得很对，一针见血。一个在工厂里打工的人整天还抱着吉他弹啊拨的满口理想抱负的人确实不切实际，也多少有点可笑。我的回答却与心里想的截然不同。我说，萧邦其实很勇敢。

那天，我带萧燕在工厂附近逛了一圈，说是找人，其实更像是在散步。去的地方无非就是广场公园和商场。最后搞得萧燕也挺迷茫。我则显得异常兴奋。我说，我们一时半会可能没办法找到萧邦，你干脆找个旅馆住下吧，有消息我通知你。萧燕答应了。

三

　　萧邦是在春节过后不久进的厂，那时工厂大肆招工，是人就要，所以萧邦进我们厂显得很顺利。那天萧邦看起来很开心，大概是因为找到工作的原因，况且，我们厂在附近来说属于大厂，平时招工条件都比较苛刻，每天下班总能见到不少找不到工作的人在厂外徘徊，然后用极度羡慕的眼神看我们。

　　萧邦的行李中最显眼的当然是他的吉他。我们当然知道那是一把吉他，没吃过猪肉也该见过猪跑。只是我们从没看见过一把吉他会在工厂里出现罢了，它应该在舞台上，至少也应该在青春飞扬的校园里。

　　我们突然对萧邦的吉他产生了浓厚的兴趣，纷纷上前摸一把，胡乱地用手指在弦上拨弄几下，让它发出不规则的声音。我甚至把吉他借过来，抱在怀里，学着一个歌手站在舞台上的样子，像模像样地弹奏，嘴里却唱出《义勇军进行曲》，把萧邦也逗笑了。接着，另一个工友抢过吉他，用力地拨弄钢弦，使吉他发出了怒号一样的声音。很显然，该工友模仿的是摇滚歌手。这时候，萧邦的脸上显出复杂的神色。他一方面担心自己的吉他，说不定就毁在我们手里了，一方面因为初来乍到又不敢有打破和谐的做法。萧邦有些可怜地看着他的宝贝，直到我们对它失去了兴趣，把它丢在一边。

　　我现在对萧邦的吉他也没有多大印象了，只记得它是红褐色的，有些旧，有几处已经掉了漆。而萧邦对那把吉他的爱护却达到了无以复加的地步，他甚至有专门的一块纯棉布用来擦拭吉他，我怀疑吉他上那些掉落的漆就是被萧邦给擦的。一个人对一样不起眼的旧物件付出太多的感情总让人费解。没事的时候，我们就常常拿萧邦开玩笑，甚至当着他的面说，快给你老婆擦擦身子吧，看看，尘土又落一身了。对于我们的玩笑萧邦只以沉默应对。

不管怎样，我们501宿舍因为有了一把吉他还是热闹过一阵子。晚上加班回来，总有一些慕名而来的工友聚集到我们宿舍，嚷着要萧邦弹吉他，其中还不乏一些胆大的女孩子。我们摆出一副主人的架势，催促萧邦弹一个。萧邦自然也不好拒绝。弹吉他的萧邦是潇洒的，这点毋庸置疑。弹吉他的萧邦和他的吉他融为了一体。弹吉他的萧邦就像是一个从舞台上走下来的歌手，出现在我们面前是一个致命的错误。我们不知道萧邦的吉他弹得怎么样，我们也不懂，只知道从萧邦的吉他里发出来的音乐是我们所陌生的，从他嘴里唱出来的歌词也是我们所陌生的，不是刘德华不是谭咏麟也不是张学友。后来在我们的再三追问下，萧邦说出了一连串我们听都没听过的名字，当然我还是记住了一些，比如高晓松，比如朴树，比如汪峰。

我们对萧邦的关注短暂，随着时间的推移，对他的吉他和歌声都失去刚开始的那种兴趣。再说，毕竟是在工厂里，每天晚上加班加点已经够我们累的了，一下班恨不得马上就钻被窝里去，哪还有兴致听萧邦弹啊唱的。然而萧邦并没有因为我们的疏离而停止弹唱，每天晚上下班，甭管多晚，他都要弹唱个把小时，这成了他雷打不动的习惯。刚开始我们还能接受，渐渐地，萧邦的吉他就成了我们公愤的对象了。我先说，萧邦，你有完没完，知道多晚了吗？还在那里叽叽歪歪，我们要睡觉呢，明天还要上班的，你知不知道？接着其他几个同宿舍的工友也发脾气了。甚至有人把在车间被罚款的事也归咎到萧邦头上，说是萧邦影响了他休息，害他每天上班都想睡觉，自然工作就没做好。

面对我们的发难，萧邦没有过多地辩驳。这之后，我们得到几天的宁静。不过很快，萧邦找到了一个理想的场所：走廊尽头。从此，那里成了萧邦弹唱的专属角落。时值初春，南方的天空还残留该有的寒冷，有时一场春雨下来，风儿一吹，天气还是和冬天一样。我完全可以想象，萧邦独自一人立在寒风裹挟的五楼走廊尽头，对着灯灭人寂的工业区楼群弹唱一首首怪异而陌生的歌曲，是怎样的叫人印象深刻啊。

当然，这样的情况持续没多久，就有人找上我们厂人事部。来投诉的是其他厂的人事部。来人说，你们厂里那个弹吉他的，拜托别老是半夜三更对着我们厂的宿舍弹好不好，我们厂的人现在都睡不好觉，产量也因此下滑了百分之几了。

为此事我们差点笑破了肚皮。那天人事部那个美丽的女孩来到我们501，一进门就冷冷地问，谁有吉他啊？我们都不约而同地把目光投向萧邦。萧邦站了起来，脸色绯红。萧邦说，我有。美丽的女孩看了萧邦一眼，语气坚定地说，以后不准弹吉他。这显然是一道命令。萧邦绯红的脸随即就变得煞白了。萧邦说，我连这点自由都没有了。女孩说，这是厂里的规定，不执行就扣钱。萧邦明显已经生气了，他说，这是哪门子的规定，我怎么不知道？女孩也来气，说，这是厂里刚刚定下的规定，别啰唆。说着扭着性感的大屁股走了。

我们笑成了一团。

或许是出于一种报复心理，萧邦仍旧我行我素。

很快，人事部传出消息，说要在我们上班时搜查宿舍，有不符合厂方规定的东西一律没收。这当然是针对萧邦针对萧邦的吉他所做出来的决定。后来我想，这也是萧邦为什么把吉他偷偷藏在我的床被里的原因。他以为这样就可以保住他的吉他不被没收，没想到事与愿违，此举反而把他的吉他送上了不归路。

四

第二天，我给萧燕打电话，萧燕以为我有了萧邦的消息，语气有些激动。我说没有。我问你有什么线索没有？萧燕也说没有。接着她又说，要么你陪我到附近的工厂找一找吧，行吗？我当然求之不得。我以肚子痛需要上医院为理由请了一天假，匆匆赶去旅馆找萧燕。

萧燕对我的热心很是感动，说萧邦有你这样的朋友真是难得。我点头微笑。我说应该的。

　　我终于知道，在城市里找一个人真的如同大海捞针。我暗地里嬉笑自己，表面上却表现得比萧燕还要紧张。一个工业区进去，我们竟然一个工厂一个工厂地询问，问有没有一个员工叫萧邦的。期间是有几个工厂有叫萧邦的员工，结果一看，不是，就一脸的失望。

　　和上次一样，萧燕一边找一边和我说了很多关于萧邦的事，在萧燕的描述中，萧邦的形象在我心里更为全面了。萧邦竟然用学费到镇里买了一把吉他，他放弃了学业，心比天高，梦想做一名歌手，流浪歌手，和崔健一样的歌手。在某个清晨，萧邦真的背着吉他离开了村庄，选择了真正的流浪。为了寻找弟弟，萧燕也跟着南下广东，费了不少周折才在东莞找到了弟弟。后来，萧邦又偷偷地离开东莞来到深圳，打电话告诉姐姐，你不要跟过来了，你跟过来了我就跑，你不跟过来我就好好待下来。萧燕说，我都不知道他是怎么想的，尽给家里人添乱。话里虽有埋怨，却明显能感觉出爱怜。

　　我突然发觉自己竟和萧邦有相似之处，想当年，因为和父亲大吵一架，我愤愤地离家出走，南下三年了，都没回过家，也和家里失去了任何联系。三年过去了，父亲那句"我就量你没什么出息"一直响在我耳边。不同的是，萧邦的消失有一个寻找他的姐姐，而我的消失，不知道有没有人也在寻找。我突然很羡慕萧邦，感觉我们是同一类人。

　　整个上午，我们一无所获。我以为萧燕会就此放弃在工厂寻找的方法，谁知她竟然更坚定工厂是唯一能找到萧邦的希望。想想，萧燕说得有道理，萧邦除了进厂还能去哪里呢？我被这样一个执着的姐姐感动，决定和她一起找下去，哪怕再请一天假，再找一天。

　　天快黑的时候，我们走进一家电子厂，心想应该也是最后一家了，已经到了下班时间。我们把萧邦的名字告诉厂里的人事部，人事部的女孩还算热情，帮我们查了一下工厂的名单，说出了一个让我们激动不已的字：有。我们想见一见。我和萧燕几乎是同时说出来的。女孩说，好的，不过现在已经下班了，你们到宿舍里找吧。

我们赶到宿舍，天已经完全黑下来了。远远地，我已经看到了萧邦的身影，他正站在走廊上，注视着远方，不知看着什么。萧邦的身影对我来说印象太深了。我喊，萧邦。萧燕也跟着喊，萧邦。

面对我和萧燕，萧邦一时没反应过来。我能理解他此刻的感受，对他来说，再戏剧性的原因我都不可能再次出现在他的面前吧，而且还和他的姐姐一起。

不过萧邦没说什么，把我晾到了一边，仿佛我不曾存在。萧燕和萧邦说了一会话，当然是批评的话。然后我们一起进了宿舍。宿舍和我们宿舍没什么两样，整个南方城市的宿舍可以说都没什么两样。一进门，我一眼看到了萧邦那把被我压断的吉他，赶快把视线移开，我感觉它就像是一对恶狠狠的眼睛，在瞪着我看。

萧燕也看到了吉他。萧燕吃惊地问萧邦，吉他怎么断了？萧邦看了我一看，我和他做了短暂的对视，我的眼里分明在无声地乞求。然后，我听萧邦说，不小心摔了。萧燕说，不过断了也好，可以安心打工生活，别想太多不切实际的东西。

那天晚上我还请了萧邦和萧燕到街上吃桂林米粉，开开心心地像是老朋友见面。萧燕很感激我，对萧邦说，方南是个好人，你该好好珍惜这样的朋友，在城里好有个照应。萧邦看了我一眼，点了点头，说，那天对不起了。萧燕忙问，什么对不起？我忙说，没事，工厂里的事，小事。

萧燕回东莞那天，特意对我说，我弟弟就麻烦你照顾了。

我说没问题。

五

我决定给萧邦买一把吉他的想法是在一个月后。那天厂里发工资，拿着钱，一个想法准确地跳上了脑门。我要给萧邦买一把吉他。这个想法很强烈，强烈到恨不得马上去实现。打工三年来，每个月的工资发下来，总是没有一个明确的花费目的，最终所有的钱都在糊里糊涂中消失了。突然想买一把吉他，这样的想法让手里的钱都表现出了蠢蠢欲动，急于去实现如此宏伟的愿望。

然而我对吉他不在行，买什么样的吉他更是没头绪，而又不想让萧邦提前知道。我还要给萧邦一个惊喜。

我先是到吉他店看了一下，想找到一把和萧邦那把一样的。结果没有。我问老板，因为说不清楚，还画了图。老板说那样的吉他档次一定很低，他店里没有。

我想买一把好吉他给萧邦，萧邦一定会很高兴。

在老板的推荐下，我花掉了差不多一千元买了把深褐色的吉他。我以抱小孩的姿势把吉他抱回了宿舍。吉他被一个木盒子装起来，显得相当隆重，似乎正准备登上某个万众瞩目的舞台。

我抱着吉他走进宿舍时，尽管做到躲躲闪闪，还是有人看见了，他们对我怀里的东西保持着该有的好奇。他们欲言又止。不过我很快就把吉他给藏了起来。我把吉他藏在我的床被下，就像萧邦那天那样。我怕某些好事的人会去厂里告密。

有一把吉他在宿舍，我在车间上班也安不下心来，时刻担心着它的安危。是的，工厂真的不是它该来的地方。工厂容不下它，或者它容不下工厂。

我急于把吉他给萧邦送去，吉他在他手里或者更安全一些。

我选择一个深夜把吉他抱到了萧邦的宿舍。萧邦正在摆弄着他的断吉他，见到我来，突然有些不好意思。然后他看见我怀里的吉他。他当然能知道那是一把吉他，即使有盒子把它隐藏了起来。我不说话。我把吉他放在他的床头。我小心翼翼。我看见萧邦的眼睛突然就湿了。

一个月后，萧燕给我打电话，那时我和她的爱情已经有了可喜的眉目了。萧燕说，方南，快去劝劝我弟弟吧，他说要离开了，要继续去流浪。我问，他要去哪里啊？萧燕说，我也不知道。

我赶到萧邦的工厂时，萧邦已经辞职了。萧邦说，我正想和你告别呢。我用沉默表示我已经知道了他的事情。

那天晚上，我和萧邦到附近的一个公园里。刚开始我们就那样坐着。其实我们之间一直没什么话说，萧邦是一个习惯沉默的人。突然萧邦说，方南，我给你弹唱一个吧。我没说好也没说不好。萧邦拉开吉他盒子，拿出吉他横放在膝上。

萧邦开始弹了。公园在那会竟出奇般寂静，仿佛是为了迎接那美妙的和弦。夜色很好，甚至能看见月亮，迷迷糊糊的月亮，竟挂在公园的上空，很祥和。我第一次那么细心地倾听一把吉他所发出来的声音。我惊呆了，那声音原来竟是那般美好，美好到可以让我忘记所有的顾虑和忧愁。萧邦的歌声带着丝丝的嘶哑，或许是感冒了，或许是故意的，但那声音很好听，沙沙的，带着能触摸得到的质地，直接就唱到了我的心里去。

我不知道萧邦唱的是什么歌，是谁的歌，然而我敢肯定我知道他的名字。歌声是忧伤的，也是美好的，对生活有苦闷，却又充满希望。

萧邦唱：晚安，北京，晚安，所有未眠的人们……

萧邦唱：晚安，北京，晚安，所有孤独的人们……

突然，萧邦站了起来，抱着吉他。萧邦说，我要让更多的人听我唱歌。萧邦走了。我事先准备好劝他的话一句也没说。我也不想说了。

（原载《青海湖》2009.8）

Monkey

后来我一直想，一个人的长相如果太独特的话，是不是就决定他的命运会和别人不一样？他就像只猴子，他其实也挺高，又瘦，就像那种长臂的可以在树林间荡来荡去的猴子。我当初的第一印象是这样。那时我刚上初中一年级，对别的课本没啥兴趣，那本红色封面的英语却翻了又翻，老师新教的一个词，Monkey，猴子的意思。我竟有恍然大悟之感，像是一个词终于找到了它的用处，他不就是猴子嘛，他正好就是Monkey。于是，他再次出现在我家时，我就唤他 Monkey 了，而他只能朝我笑，他根本不知道我在说他什么。我的乐趣正源于此。

我对他是不尊重的。甚至，我是那么讨厌他，讨厌他的长相，讨厌他说话手舞足蹈的样子，讨厌他在我家喝酒，在排骨椅上抽烟，还把烟灰弹了一地。但我不能赶他走，我还小，代表不了一家之主驱赶客人。事实上，我什么都做不了，至少也应该让他知道我讨厌他。我没法子，我除了叫他 Monkey。在他看来，我却像是和他在打招呼。他是我哥哥的朋友。我哥哥也是一个不正常的人，一场车祸让他少了一条腿，看起来也是怪异之人。我哥哥脾气暴躁，经常埋怨母亲没有拿足够多的钱给他。我哥哥一天到晚都得伸手向母亲要钱买烟买酒，我哥哥说："你不给我钱，我就跳井。"说着他会真的朝我家阳井拐过去……我母亲真是怕了他。那段时间母亲很难有一笑。我想着有一天趁着他们喝酒，是不是可以往酒杯里下点乐果。听人说，乐果是甜的。他们喝不出来。他们就那样喝着酒，死了，像是睡一觉没醒来。那样的结果好像对谁都没有坏处。想起这些我就会很兴奋，像是真的要实施计划了一般。事实上我知道我做不了。

哥哥好像只有他一个朋友，他也只有哥哥一个朋友。没人敢和他们做朋友，都知道他们的脾气。他们走在一起挺般配的——其实他们也经常在酒桌上吵架，声音很大，有时还摔酒杯。我希望他们吵得厉害一点，分开了，谁都不理谁了，那最好。有几次已经是那样子的了，差点掀了桌子，哥哥举起身边的铁拐，差点就砸了过去。说来也好玩，他们总是讨论一些很严肃的话题，意见一分歧就骂，哥哥骂他像个癌症病人，他骂哥哥是破单车少个轮子。本来都已经不欢而散了，第二天，他还是往我家跑，进门就喊我哥哥的名字，像是什么都没发生过。哥哥也是，还像往常一个招呼他，先是抽烟，隔一会就会叫我去巷街商店沽酒，两块钱四竹壶的白酒，大概八两。我为了让他们喝少一点，会偷偷往巷渠里倒掉一些，后来我觉得倒了可惜，就干脆自己先喝上几口。于是，还没到家，我差点在半路睡了过去。

"Monkey，沽酒的马三说你老喝酒，是个酒鬼，没女人会嫁给你。"这话是我编造的，马三才不会说这样的话，也不敢说。"操他妈的马三。"他生气的样子更像一只猴子，皱着额头，上嘴唇往上提，露出了嶙峋的焦黄的缠着菜叶子沾着花生膜的牙齿，然后嗤嗤地往外呼着气。我看他那样子其实蛮开心。趁着这个空儿，我可以抓一把花生吃，很香的油炸花生。如果我手快的话，哥哥就打不到我，往往他刚抬手，我已经跳到门楼去了。第二天，当我忘了我编造过什么时，商店的马三会远远地招呼我过去。我以为马三心血来潮要给我一块粉末饼，就屁颠屁颠走过去。马三突然揪住我的耳朵，"我叫你嘴臭。"事后我才会知道，因为我的恶意编造，马三的商店差点让 Monkey 给砸了。我的耳朵被揪得生疼，但乐意。我还是有些失望，他怎么就不把马三的商店真给砸了呢？那样我就不用再帮他们沽酒了。

他们有时候会说起女人。这得看情况，我母亲不在家的时候，他们说起来就肆无忌惮。母亲在家时，他们也说，只是声音小些，有些话语焉不详，一笑而过。我对他们别的话题不感兴趣，一说起女人，我就会在旁边听两句。哥哥抓一把花生让我走开，我竟然还不想要，我得听听他们对女人的看法。照村里人的共识，当然也包括我和母亲，他们俩想要娶到女人是不太可能的事。听两个不可能有女人的男人在酒桌上谈女人，挺有想象空间。

"你睡过女人？"哥哥总是对 Monkey 的话深表怀疑。

"睡过，不骗人，在深圳的时候。"

哥哥没去过深圳，他不知道深圳是否真如 Monkey 所说的那样，随便花点钱就可以睡女人，就像打发我去商店沽酒一般，程序简单。哥哥是个聪明人，哥哥可以相信深圳，就是不相信 Monkey，因为他去深圳从没有超过一个礼拜，背着个包说是去找工，人都联系好了的，来向哥哥道别，甚至还蛮伤感地甩给哥哥一包沉香烟。村里人也目送他的离去，甭说心里那个高兴了，谁都喜欢他走得远远的，不要回来了，永远。然而没过几日，他又回来了，还是那身衣服，还是那个包。他活灵活现地走在进村的道路上，见者无不轻叹。

可就那么短暂的来来回回，他就说他睡过女人了，还不止一个。哥哥不相信。哥哥是那种有强烈叛逆心理的人，他如果说他从没睡过女人，去深圳那么多次也没睡过，或许哥哥还是不相信，那时便会一口咬定他是睡过的，肯定睡过，骗谁啊，然后哥哥会张大嘴巴目光迫切，希望他能讲点细节。那当会，哥哥还会把越靠越近的我推开："去去去，小孩子，不能听大人说话。"我现在想，那时哥哥他们也就二十多岁，比我大个五六岁，可在他们眼里我就是个小孩，在我眼里，他们也都成了大人。

Monkey 说四川女人奶子大，贵州的女人牙齿总是黄黄的，像是刚吃过伴了硫黄的芒果片，还有越南女人，颧骨很高，黑，像抱着一截烧过的木麻黄……他这么说不像是编的，如果是编的，那也编得太有经验了。哥哥其实挺喜欢他讲这些，只是等他讲完，哥哥总是摇着头说："我可不信你说的这些。"

"你信不信？"他突然回头问我。

我吓一跳，我喊："Monkey。"我走开了。他们在那笑，喝着酒。他们两人八两酒可以喝半天，吃了一地的花生壳。有时我会觉得他们是全村最清心的两个年轻人。那时二十岁以上的人几乎都要外出打工，哥哥断了腿自然出不去，Monkey 呢，在我看来，他好像有点舍不得哥哥。

Monkey 还有个妹妹，叫少莲。少莲长得好看，和 Monkey 一点都不像。后来我才知道，全村人都知道少莲不是他亲妹妹。少莲是他家收养的。少莲比我大一点，已经没读书，她给镇里一个当官的人家做家务，也就是保姆，我们村里叫作"家庭工"。她一个礼拜回村一次，回来一天，就礼拜天。所以我刚好能遇到她。她总是装得挺懂事的样子，连我母亲都喜欢她。我母亲说："男孩女孩就是不一样，一样大的，男孩还像个孩子，女孩却能赚钱，开始顾家了。"我弄不清楚母亲是拿她和我比，还是和她的哥哥 Monkey 比。我觉得她的懂事是装出来的，她的打扮也染了镇里人的风气，穿白色的连衣裙，有时还戴顶帽子，那天却一点阳光也没有。她来我家只有一个目的，便是训她的哥哥 Monkey。我一直奇怪，Monkey 谁也不怕，就怕他妹妹。其实也不是怕，就是她说话的时候，他马上就要顶出来的话也会突然咽了回去。

少莲把 Monkey 训了一通后，最后还得给他钱。我哥哥说："我要是有这么一个妹妹，也情愿天天挨训。"我哥哥有点喜欢少莲，这也是我看出来的，我没对谁说过，我哥哥也没对谁说过。哥哥总是算好周日这天，把 Monkey 叫来家里喝酒，一喝就是一天，没挪过位置。

哥哥等着少莲。少莲在家里看不到 Monkey，其他地方都不用去，直接来我家就是了。

少莲来我家则一点都不失礼，她带上糖，有时是饼干。她一进门，倒是一眼都不看大厅里那两个喝酒的人。她直接找我母亲，两人得先聊上半个钟头，家长里短，谁也想象不到，一个十七八岁的女孩能和一个六十多岁的妇人聊得彼此执手难分。聊过了，她也若无其事，来到大厅，突然很吃惊的样子："哎哟，原来你在这里，找你半天，我还以为你出门了呢，我还在想，这次你真的在外头待住了，都超过一礼拜了……"冷嘲热讽，她的嘴巴可厉害了。我哥哥只是看着微笑。Monkey 则埋着头，偶尔举头，笑一下，握杯喝一口酒，剥一只花生扔嘴里嚼得嘎嘎响。少莲每次说的都差不多，就是要 Monkey 不要老喝酒，老大不小了，该找点事做，出门打工也行，这个家靠的是他，她能顾上几年？迟早是要嫁人的嘛。少莲说到自己迟早要嫁人时，竟是那么坦然，脸都不红一下的。我哥哥这时候通常会插嘴："少莲，嫁给我吧。"我们都笑了，气氛一下好了许多。母亲也笑着凑过来，母亲挺喜欢少莲的，她凑过来的意思很明显。这时少莲倒也不恼，认为我哥哥是开玩笑，便从桌上抓了一把花生壳往我哥哥身上撒。我哥哥没躲开，他只有一条腿，身手不够敏捷，还差点摔倒，身上一时间便落满了花生壳，沾着他的棉衣不掉。

多少年后，我想，那是哥哥真正开心的日子。那些听一个姑娘唠唠叨叨的时光，都发生在星期日。以至于后来 Monkey 真的出外，在外面待了下来，即便就待的时间超过了一礼拜，对于哥哥来说，都是一个礼拜的怅然若失。Monkey 出外后，少莲便不往我家走了。她甚至都不回来了，就在镇里。有人说她交了一个镇上的男朋友，是个老师，还是当官人家中间牵的线。这些都是村里人在说，说不准，也有人因为孩子读书的事找过少莲，还真帮上忙了，说明她男朋友真是个老师，而且还是一个在镇里说得了话的老师，搞不好是个主任，甚至是校长。我哥哥是不愿意听到这些的。他的脾气越来越暴躁，动不动就掀桌子，用他的铁枴敲家里的任何一样家具，记得一个新买的 VCD 就是被哥哥敲坏的。为这事，我恨哥哥，恨死了，简直就恨不得他去死。他骂了母亲，回过头来，却要打我。我后来不肯让他打，我已经读初三，我比他还高，而且他是个独脚人，怎么可能打得过我。但我一还手，我母亲就疯一般跑过来，朝我脸上狠狠的一巴掌："他是你哥，你敢动手？"是的，他是我哥，我不能动手。我说："他不是我哥，我才没有这样的哥。"哥哥隔着母亲朝我啐了一口痰。我一拳打过去，却打到了母亲的颧骨上。

我哥哥那几年在家里闹，闹得我辍了学。我在家里待不住，背着几件衣服去深圳找门路。我没想过会在深圳遇到 Monkey，可那么大的深圳，就让我们遇到了。Monkey 当时踩着一辆三轮车，车上捆着一车子的纸皮。他说他在收废品。我说我在电子厂。他问我哥哥怎么样。我说嘿，他还能怎么样？他吃惊地看着我。说实在话，他更丑了，三十岁的人，看起来竟像是四十多岁的样子。他双颊凹陷，颧骨高挺，整个脸看起来和一个骷髅相差无几。他的头发也开始掉了，额头黑黝黝的亮得反光。他本来是要忙的，但还是掉回头，说带我到家里坐坐。我侧着坐在他的三轮车上，他吃力地踩着。路上，我明知故问："你结婚了吧。"他说："没人要啊。"气喘吁吁。"你哥哥呢？"他也在明知故问。我说我哥哥更没人要，你还健全他少条腿啊。我那样说我哥哥，其实心里还带着恨。Monkey 听出来了，此后没再问我哥哥的事。我们在他屋里坐了一会。他住的铁皮寮，一个工地里，工程搁浅了，他在里面住，听说守着工地，还能领点钱。我要走，他无论如何不让我走，非要请我吃饭。我们在街边的拐角处吃隆江猪脚饭。我问 Monkey 几年没回去了。他笑着说："三年了。"

在这里，我得说说 Monkey 为什么三年不回家。Monkey 被妹妹少莲唠叨的时候，正和我哥哥喝酒喝得起劲，没想过要出门。后来之所以出门——不，应该叫逃窜，Monkey 半夜点着马三的商店，火已经烧到床边了，马三及时醒来，否则马三得被烧死，他的商店也会成为灰烬。那晚，整个湖村的人都出来救火，唯独 Monkey 站在一边看。说起来是天在助马三，半途下雨了，且是大雨，火不救自灭。马三跪过天地之后，开始寻思是谁放的火——他怎么就坚信火是人放的，据说他看见窗口晃动的人影了。马三其实不用多想，他猜都能猜到，是 Monkey，就是 Monkey 放的火。Monkey 白天找马三赊一包沉香烟，马三没同意，马三说你上一包还没还呢，你还了上一包才能赊这一包。事实上，马三说过之后就后悔了，但他也是爱面子的人，不好放下架子。马三看着 Monkey 往回走。马三想，Monkey 要是回头，说一句："我妹妹周日就回来，她会给我钱，我两包一起还。"马三立马就会把烟给他。可 Monkey 没回头，走了。

马三报了警，警车开进村子的时候，Monkey 早就无影无踪了。为这事，少莲赔了马三不少钱，据说上万块。那个时候上万块不得了，可以起层楼。马三因祸得福，似乎还得感谢 Monkey。少莲哪来那么多钱，人们想到的是她的男朋友，也证实了之前的猜测。

到深圳后，我竟然和 Monkey 走得挺近，一则是实在没什么人可以亲近，二是 Monkey 似乎变了，至少看起来脾气比当年好了很多。他说年轻不努力，只知道喝酒、玩乐，现在一事无成，看看城里的人，三十岁都已经妻儿一室，住高楼，开豪车了。我说那也不能比，比上不足比下有余，不是有个故事，说一个骑驴的遇到一个骑马，回头一看还有一个推车的，是不是？和我哥哥比起来，你好多了……不知道什么时候起，我的嘴也变得挺能说，尤其是喝了几口酒之后。Monkey 突然问我，"你还恨你哥哥？"我不知道怎么回答。他又说："如果是你断了一条腿，一辈子窝在那个村里，你试试。"就那一瞬间，我不知道是 Monkey 的语气感染了我，还是我想起了什么，我的泪水流了出来。

哥哥后来做过两件很极端的事。一次，哥哥要母亲给他安一副假肢，要到大医院去，几万元才能装。母亲没那么多钱，母亲说我就是把全身的血都卖了也给你安不起假肢。为这事一吵又是一天。母亲后来对吵架有了一种很奇怪的心理，她不怕哥哥吵了，以前吵，全村人都来围着看，丢人。后来她觉得人已经丢够了，再吵，她反而希望哥哥闹得更凶一点，闹给全村人看。母亲也就坦然，她为了这么一个儿子，她实在没法子了，谁也受不了这样的儿子，即便他少了一条腿。母亲说过这样的话：要不是少一条腿，我真会把他毒死。母亲说的是气话，最终还是没办法绕开哥哥的腿。话说回来，哥哥要是不少条腿，一切也得重写。母亲以为那次哥哥还是和往常一样，吵吵闹闹，再喝点酒，就会过去。他扬言要跳井，似乎都是威胁，没真跳过。哥哥朝阳井拐去时，母亲拦过多次，就那次，她不想拦了，她好像还真想看看，看哥哥敢不敢往下跳。即使真敢跳了，淹死了，是不是也是一件好事呢？母亲的脑门大概闪过这样的念头，可她是个慈祥的妇人，她突然又意识到了自己的罪恶。然而，哥哥已经跳下去了。我亲眼所见，哥哥最后一绺头发消失在井沿上的瞬间。"啊！"母亲疯了一般，叫了。母亲软在天井，她吓坏了，这个一辈子连只鸡都不敢杀的妇女眼睁睁看着残疾儿子跳下了井，她实在无法原谅自己。好在那次营救及时，除了几处磕伤，哥哥并无大碍。后来的一件事则造成了严重后果。后来这件事说起来挺丢人的，我说给 Monkey 听时都感觉不好意思。哥哥要娶老婆，当然，他没明着说，他只是和我母亲谈条件："假肢装不了，你能帮我找到老婆吗？"母亲实际早在这方面努力了，四处托人打听，可惜没什么效果，村里的女孩大多出外打工，见过世面，谁也不愿意跟着一个独脚男人。那时，大概是哥哥对生活感到最无望的日子，他身边没有一个可以说话的人，他肯定极为怀念 Monkey，以及那些周日，少莲的到来。对于哥哥而言，那就是他生活的全部希望。哥哥选择喝农药，敌敌畏，他自己到马三的商店买，藏在被子里好几天，犹豫多时，终于下定决心喝了。那次哥哥没死，算他命大，他在镇医院里住了一个月。少莲来看过他，少莲没带她传说中的男朋友，少莲给哥哥买了一大袋红富士苹果，又跟哥哥讲了一天人生大道理。她显得更为成熟了，几乎就像个官太太。

　　谁也受不了哥哥这样闹，没有一天不让人提心吊胆。是我先受不了了。我和哥哥谈判：给我一年时间，我一定赚足够的钱给你安假肢，你乖乖的，在家里，别闹，行不行？

事实上，我不知道能不能履行承诺，我一个月才一千块的工资，不吃不喝，我一年也只能挣够一万二。我把这些说给 Monkey 听时，我含着泪。我把 Monkey 当作倾诉对象。在工厂的那些日子，我生活得暗无天日。我没想到的是，Monkey 会给我钱，而且一给就是两万。临近过年，Monkey 叫我过去喝酒，他问我给哥哥安假肢的钱赚够了吗？我苦笑，说过年都不敢回家了。他说你回去，我给你钱。钱装在一个信封里，厚厚一叠，崭新，刚从银行取出来的。那几乎是 Monkey 所有的积蓄。他说："别和你哥哥说是我给的，他脾气比我还犟，他要不是少条腿，那可比你厉害多了，说不定早就开上大奔，住了洋房。"

后来我不得不佩服 Monkey 的判断，果真如他所言，安上假肢的哥哥，立马就变了一个人。这是我和母亲都预料不到的。哥哥以前几乎一步都没离开家，后来的他一刻都在家里待不住。他往镇上跑。他不干什么，就跟踪少莲。所以说，我哥哥是全村第一个知道少莲当的竟然是别人的情妇，那个男人就是少莲之前打工的主人，少莲谎称是老师，其实也没错，早年当过教师。哥哥知道秘密后，他没声张，他表现出了智慧。他假装客人来到当官男人的家，他说他是少莲的哥哥，男人的妻子倒热情，她说少莲可乖了可勤快了现在去哪了……我哥哥说，没去哪，就在镇上。哥哥这么一说，对面那个男人的脸色就变了，他知道是怎么一回事了。两人另约了时间，哥哥想要一笔钱，而且还要男人帮忙，哥哥要在石码头做海鲜生意。其实这些对男人来说不过是举手之劳，好办。男人舒了口气。哥哥说："别告诉我妹，她不希望我这么干。"男人点头。

一直到哥哥把石码头的海鲜生意做出了规模，还在人民路开了一家海鲜餐馆，请了几个工人。哥哥的成功便成了一段励志故事在村里流传。这事谁也猜不透，不知底细。大概是当官的男人有一次说漏了嘴，提起了少莲的"哥哥"。少莲吓一跳，她选择和哥哥 Monkey 坦白，她说她是出于无奈，这么些年，他游手好闲，还惹了大麻烦，即使到了深圳，也没往家里寄一分钱，家谁照顾，父母谁养，还不是靠她？少莲在电话里说得大哭。我难以想象她哭泣的样子，她看起来是一个十分坚强的女孩。Monkey 二话不说，挂了电话。

说起来，我哥哥最后能和少莲结婚，靠的也是 Monkey。是 Monkey 提着刀闯到了当官男人的家里去要人。男人问他："你谁啊？" Monkey 说："我谁，我是少莲的哥哥。"那男人当即懵了，他想不到少莲有这么多哥哥，还一个比一个狠。经 Monkey 一闹，事情败露，当官男人的家也乱作一团。Monkey 找到我哥哥，两哥们多年不见，要好好喝一下。Monkey 却不单单是喝酒叙旧，他对我哥哥说："你娶了少莲吧，帮我照顾她。"又说："我知道你喜欢她。"我哥哥当即号啕大哭，从他得知少莲当了别人的情妇开始，那股悲戚就一直憋在心里。

哥哥和少莲的婚礼办得极其隆重。最开心的肯定是我母亲，她做梦都没想到，哥哥最后真的能娶上少莲。如果少莲不是结过一次婚，直接就嫁给我哥哥，那就更好了。在母亲的认知里，少莲已经是嫁过一次的人了，所谓情妇、二奶，还不是跟嫁了一样。母亲不计较，主要也是看在哥哥不计较。哥哥花了大钱，几乎请了全村人到镇里吃海鲜，他其实也是在村人面前说明：他不计较，你们可得放尊重点。我哥哥后来成了村里的风云人物，谁都得让他三分，自然也就没人敢拿少莲说事。然而，事情就诡异在这里，当全村人几乎都忘了少莲当过二奶时，我哥哥自己却时刻铭记着，并在一次夫妻间的争吵中，脱口而出。从此，他们的感情就走了下坡路，当然表面还是和好的样子，彼此合作，生儿育女，经营生意，生活是越来越好了。哥哥不甘心一辈子只睡一个女人，而且这个女人还让别人先睡过。他想起多年前他和 Monkey 的对话，Monkey 说他睡过四川女人、贵州女人，还有越南女人，当时哥哥是不信的，可后来他全信了，因为他觉得睡女人真的不是什么难事了。哥哥开始在外面乱来，也包养了情妇。少莲只能睁一只眼闭一只眼，假装不知情，似乎把这样的结局看成了自身罪恶的报应。

Monkey 最终一事无成，他离开深圳，又回到村里，一个人喝酒，酒后撒野，站在巷口骂满村子的人，也骂我哥哥。我哥哥已经搬到镇上住了楼房，他太忙，可没时间理 Monkey。而且，哥哥也看不起 Monkey 了，说他不像个男人。倒是少莲依然关心着 Monkey，一个礼拜回一次，每次除了训话，还是给 Monkey 钱。Monkey 生活在村里，没有一个可以说话的人，那些日子，他比谁都孤单，通常逮住一个小孩也想说说话，小孩也躲着他。少莲曾想给过 Monkey 找个女人，花钱买也行，却没得到我哥哥的同意。

Monkey 后来精神上有些恍惚，人们都说他疯了，其实他没疯，他就是喝了酒，装的。他酒醒了之后，不情愿醒过来，还是继续疯下去，装酒疯。装着装着，他觉得那状态挺好，就没改过来。他说他就是齐天大圣，拿着金箍棒站在云端，要消灭所有妖魔鬼怪、牛鬼蛇神。我对于他这样的话，大吃一惊，我叫他 Monkey，他一直不解其意，而他自认齐天大圣，却不谋而合。

Monkey 在言语举止上表现出了更多的反常，比如他收集村里所有女人的内衣裤，然后到池塘边点火烧掉。还有，他一到马三的商店门口，就拉屎撒尿，扬言迟早有一天要放把火将马三的商店烧掉。少莲看 Monkey 可怜，一直央求我哥哥带去大医院治疗。我哥哥怎么说也不同意，他一直是那句话："没法治，他是脑子出毛病，跟我不一样。"

（原载《满族文学》2013.3）

空　白

　　普树被一种莫明其妙的病缠了好几年，说它莫明其妙，是因为它其实也称不上是病，处理得好，并不会影响到生活，更不会有什么生命危险——至少到目前为止，普树没因此接受过任何治疗。医生说了，多锻炼身体。看来，医生也弄不明白。

　　总是突如其来的，普树感觉大脑一阵空白。那一阵，他会失去视觉，失去听觉，只感觉世界白茫茫一片，死亡将至。也就那一阵，只要普树能坐下来，或者找棵树倚一下，假装休憩，掩人耳目，大概也就一分钟的时间，便一切会恢复正常，甚至整个身心有一种劫难过后的舒适，说不出的惬意。毫无疑问，普树初次面对这种身体的"停机"，难免慌乱，时间久了，他也觉得平常，知道死不了，还微微有些期盼，像做爱时盼着那短暂的高潮。

　　普树把自身的病起名为空白症。不敢说是医学上的创举，但有一个自我命名的或许仅此一例的病症，他觉得也算是平淡人生的波澜。

　　普树自然瞒着女朋友，即使他们已经到了谈婚论嫁的时候，连婚礼上请什么人都一起商量了个大概。似乎也没告诉的必要，像是怀揣一个小秘密，就算是夫妻，应该也是允许的吧。

　　普树的女朋友在地产中介工作，售楼卖房，这工作看起来不像个工作，有时还要出去举牌子发传单，长得好看又能忽悠人是这个行业最大的优势。普树的女朋友资历一般，收入也就一般。普树的女朋友叫张白芷。张白芷刚认识普树时，曾想把普树也拉进公司，普树考虑了很久，没答应。现在挺庆幸的，普树想，张白芷也这么想。张白芷卖了多年的房子，却和男朋友住在五百块钱一个月的城中村出租房里，每次带人看房子，面对那么大的房子，她总在心里幻想着如果是她和普树住进去，该怎么布置那一切……张白芷受得住刺激，普树一个大男人可不一定受得了。张白芷没敢怪普树，一则普树算是个小作家，所谓的搞艺术的，万一哪天让他写出个"莫言"，不就发了，诺贝尔奖奖金怎么样也够在第五大道买一套百平方的房子吧；二则当年是张白芷倒追的普树，简单说，是被他的才情所吸引——即便，现在看来，所谓的才情一点鸟用也没有。张白芷心里这么想，可没敢这么说。

前不久，两人就因为婚礼的事吵了一架。普树要张白芷的亲人到场，至少父母不能缺席。张白芷看起来却不是很情愿的样子，说能简单就简单，大老远的，母亲又晕车。普树说我母亲也晕车不也要来，还有我那哥哥，还少条腿，是个残疾人呢，听说弟弟结婚，也非要来喝杯酒。不说起普树的哥哥还好，一说起，张白芷就来气。这些年，普树没少给哥哥钱，甚至有时话费没了，他那哥哥也打电话来，要普树帮忙充值。这些暂时还是他们哥弟俩的事，张白芷一个未过门的弟妇也管不了太多，关键是哥哥的生活其实比弟弟过得好，起初张白芷也不知道，以为一个残疾人不是穷困潦倒，也应该是生活困难的，后来她跟着普树回家，才知道他哥哥俨然是他们村的小地主，几十亩的果园，小楼房、家具电器一应俱全，娶了一个外地老婆，生了一小堆孩子。张白芷也算是在社会上经历过的人，不说阅人无数，看一个人，凭第一感觉还是就能了解此人的大概。张白芷对普树哥哥的第一印象就不好，包括他嫂子，一看就是贪婪自私的人。

"我看喝酒是假，吸血才是真，以为你是一块大肉呢。"

"你什么意思？"

"我的意思很明显，还用问吗？"

两人在出租屋里吵了半天，房东估计接到投诉，噔噔噔从九楼下来敲门，两人才噤了声。最后分别撂下一句："这婚还结不结啊。"

没过几天，他们又各自写好应该送函邀请的朋友。分别都写了满满一张 A4 纸，接着又咬着笔头斟酌，权衡再三，把其中一些名字划掉，或者又补上新的。

张白芷之所以不想让父母来参加她的婚礼，路途远，母亲晕车，倒是实事，最主要的原因是父母之间的不和。平时回家，张白芷就很难看到父母能出现在一块，如果女儿结婚要把他们凑一起，努力争取的话也可以做到，毕竟是不情愿的，她害怕到了婚礼现场，老夫老妻的还得闹出什么笑话来，丢脸。这些，张白芷一样没跟普树讲，留一点秘密吧，也没有说的必要。

甚至，张白芷还没有把要结婚的事跟父母讲过。她不知道为什么就迟迟不讲，仿佛这事还不够板上钉钉，还会有什么变故似的。等日期、地点和受邀的人都定下来后，再说也不迟，或者先斩后奏，结了再说，也没什么不好的，她那个家庭，已经够混乱，谁也没兴致关心她的婚姻以及嫁了一个什么样的男人。上次回家，张白芷看见母亲的头上包着白纱布，问是怎么回事，母亲支支吾吾，一直说是自己不小心磕到的。张白芷问唯一的弟弟要真话，弟弟伸手就向姐姐要钱，至少五百，否则不说。张白芷没少受弟弟的气，不读书，也不做事，整天在小镇上吊儿郎当，听说还吸毒，把家里能卖的东西都搬空了。张白芷给了弟弟五百块，才得知，母亲是被父亲打成那样的。父母以前吵吵闹闹很多，动手打还是少数，还下那么重的手。张白芷气不打一处来，要上街找父亲论理，问弟弟，父亲住哪，弟弟伸手还是要钱……

弟弟笑着说："铜鼓路 12 号。"

铜鼓路 12 号不是阿霞的理发店吗？

弟弟又说："他就和阿霞搞在一起了，早上帮她买菜，晚上给她扫地。"

张白芷一下子就不知道怎么处理了，有了个阿霞的介入，她闹也不是，不闹也不是。张家的笑话已经够大了，再闹下去，笑话就会变成耻辱。张白芷忍气吞声，没去找父亲论理，她临走那天，还是偷偷到铜鼓路 12 号看了下。当时夜幕降临，街上亮起了灯火，张白芷站在街对面，透过理发店的玻璃，果真看见父亲在帮阿霞打扫理发店。这个在张白芷的记忆里从没有动过一下扫帚一贯是跷着脚等着妻子把饭菜酒水摆上桌甚至连洗澡水都是妻子歪着矮瘦的身体给他提进浴堂里的男人，此刻却像个佣人一样把扫地的活干得是那么认真，是什么力量让他做出如此大的改变呢？张白芷眼看父亲把一地的头发一把把抓进尿素袋里，提出门口放着，进去，见地上还有头发，竟还弯腰把它们一根根捏在手里，丢到门外去……干完这一切，他还没有闲下来的意思，似乎从小就是一个爱干活的勤劳的男人（如果真是那样，他们家也就不会沦落到需要张白芷十五岁就辍学外出打工了）。他又拿来抹布，开始擦那一面面装在墙壁上的镜子，他的身影投在镜子上，看起来竟像是另一个陌生的人。张白芷看着，有一种想哭的冲动。父亲是不是年过五十才找到自己的幸福，或者说他和母亲的结合从一开始就是个错误，倒是阿霞的出现，让他找回了自我。似乎只能这么解释了。张白芷想。她为父亲的出走找到了堂皇的理由。

自那后，张白芷便很少回家，她甚至想遗忘有这么一个家。遗忘的唯一办法，便是尽快组建起属于自己的家。怎么样也得有个房子，再不济，男人也要有一份固定收入。朋友都这么说。朋友说的张白芷都没有，普树更没有——他甚至都没有一份工作。张白芷心里却也清楚，如果普树什么都有，或者说张白芷什么都有，那他们就不可能走到一起，普树不会看上她，张白芷也不会仅仅为一点所谓的才情而倾倒。一切都是刚刚好的。就是因为刚刚好，这世间才有那么多的人选择走在了一起。张白芷这么一想，就想开了。张白芷有一次跟普树说："买房干吗啊，我看那些人就是傻子，买了房，成了房奴，每月还不是得交管理费什么的，跟我们租个房差不多。"张白芷把话说得完全违背她的职业操守。普树听着，没说话。隔一会，普树说："你给我讲讲你们那一行的故事吧，我看可以写一写。"张白芷翻了下眼睛，没想出有什么故事可以讲给普树当小说素材，她说："什么才是故事？像电影那样吗？那可没有，我们这一行你还不知道吗，无聊得要死。"她每次看到他在电脑前冥思苦想，拼命抽烟的样子，也感觉难受。她知道他写不出东西来。倒是有几家刊物向他约稿，承诺的稿费也还可以，时间都快来不及了，他还苦于不知道如何下笔。他算是个有文字洁癖的人，这点竟跟他的生活不一样，生活里，他十分邋遢，大热天也可以好几天不洗澡。她不让他上床睡，他就傻笑，躺在地板上呼呼就睡过去了，也不怕蚊子，第二天满脸的红印，都是蚊子叮的。她让他开着灯睡，他最后还是把灯关了，说别浪费电，再说，亮堂堂的，也睡不着。

"我有一个同事，长得很漂亮，有一段时间我们很好，你知道她的男朋友是怎么来的吗？"晚上，张白芷一边剪趾甲一边说。普树还在电脑前坐着，一整天，如果没什么特殊情况，他都会坐在电脑前，有时写作，有时看电子版小说，有时看电影。

"哦，我哪知道。"普树没回头。

"你不是要我讲故事吗？她可能就是一个好故事。"

"爱情故事？拜托，可别是太俗的情节，白雪公主？灰姑娘？"

"是有点，也不全是。"张白芷把高丽参片一样的趾甲丢进垃圾桶，"她男朋友以前是她的客户，他的房子就是她卖给他的。结果，她现在住了进去。等于是自己卖房子给自己，还只赚不出。我看她那样子，幸福得跟什么似的。"

"搞不好那男人是故意的，在她面前演场戏。"

87

"你的意思是他早就认识她，还暗恋她？"

"对，似乎可以这样想，看来真可以处理一下。"

"不可能。你知道吗？那男人本来是有女朋友的，他买房是准备结婚用的，现在他和我同事爱上了，就和原来的女朋友分手了，你说这像电影吧？"

"是有点意思。"

普树面对电脑，噼里啪啦地敲起键盘，看来是张白芷所说的故事给了他启发。张白芷知道写作中的普树不能打扰，也就是说，只要他一进入写作状态，房间里就仿佛剩下她一个人，她得独自打发剩余的时间了。不能看电视，怕吵着普树，唯一的电脑也被他占着，张白芷有时候还真不知道干什么好。她没事就一遍又一遍地删增婚礼的宴请名单，实在修改得一片潦草了，她还会耐心地誊抄一遍，然后再作修改，看样子比普树写一篇小说还要难办。接着，张白芷会出去逛一圈，楼下有个小公园，各种小摊，卖各种东西，她不买，喜欢绕着看。有一次，鬼使神差，她竟然让一个留白胡子的老人看了一下手相。那老人跟她说："生命线最长，至少能活到八十；事业嘛，一般般，但也饿不死，生活无忧；至于感情，落底见好，就是会受点挫折。"似乎都还蛮不错，受点挫折，再正常不过，眼下受的不正是嘛。逛完回来，看普树还在写，看样子状态难得，他非得一晚上写好它了。她下厨给他煮了一碗芝麻粥——他喜欢吃，听说他母亲以前在家里就经常煮给他吃，说他读书写字，需要补脑，芝麻补脑吗？张白芷不清楚，她姑且相信，一大袋的芝麻也是他母亲托人捎下来的。张白芷把粥端过去，说先吃吧，吃完再写。普树扬起手一摆："先放一边。"她便不敢再打扰，把粥放在旁边的桌上，自己随手带上一本书，进屋里睡了。睡之前，她会先玩会微信，再看几页书，这都是受他的影响。起初，她只看跟工作有关的书，后来也看一些小说，国内的，国外的，莫言、苏童、余华、马尔克斯、村上春树……她知道得不少，最近在看一个日本女作家向田邦子的书，一本小说集，《隔壁女子》，写得真好。她倒也不是真能从专业的角度去分析和理解，她只是意外地发现，小说里的女主角，竟然也有和她差不多的遭遇，好像是作者知道了她的秘密，以她为原型写的。她开始觉得写作的人有些神奇，便努力把普树也往这神奇的方面去想象，似乎这样才有更多更好的理由坚持下去。

毫无例外的，她总是抱着书本睡过去。醒来时通常都是第二天清晨，她不知道他是什么时候进来睡的，总之是很晚，她不敢惊扰，悄悄起来洗刷，做早餐，上班。但那天晚上，他把她推醒了，她迷迷糊糊的，听他说："写好了，这次写得让我满意，明天再修改一遍，我想找个更好的刊物试试。"听语气，他的兴奋溢于言表。他一躺下就抱着她，伸手去摸她的乳房，没穿内衣，软塌塌的。接着又去摸她的下体。"多晚了，还要吗？"她尽量不张口，半夜口臭。"嗯。"他翻上她的身体，慌忙地脱去彼此的衣服——这些，都是他兴奋的表现。而他的兴奋总是和他的创作结合在一起，这又让张白芷觉得自己永远没有那些文字重要。

有时候，是出于赌气，或者试探也好，张白芷会把普树堆了满桌都是的书胡乱搬到一个角落里，像是等待丢弃的垃圾；更甚时，通常也是生气了，她还会把床头的书直接扔到床底去，使之看起来像是一只受惊的鸟……这时候，普树会很生气。他会说一些激动的话，比如："我们以后得靠它们活着。"比如："它们比什么都重要，是我的饭碗。"说的都没错，但也都言过其实，太把它们当回事了。越到后来张白芷越知道，即使普树每天都有那么多东西写，即使他写成了大作家，那么，想要在第五大道买套房子，几乎也等同于是痴人说梦。也就是说，普树嘴里所谓的成功，在张白芷眼里，还远远达不到成功的标准。这些年，普树不是没参加过工作，广告策划师、杂志编辑，甚至还去给午托班的小学生教过作文，最后都没能坚持下来，倒也不是他做不了，而是他不想做。

"别吓我，没听说过捧本书当饭碗的。"张白芷半开玩笑，却也充分表达出该有的轻蔑。她故意这样，做出对书和对他适可而止的"侮辱"，以表明她独立的存在，并不是一切都可以依着他的。她并非他的影子。但每次这么做，过后，她通常也会感觉难受。

　　几天后，普树收到那家在他心目中至高无上的刊物的通知：小说留用，请勿另投。短短的八个字，普树不知道趴在电脑前看了几遍，每一遍都念出声来，最后才确定，他终于成功了。有些作家一辈子都做不到的事，他眼看就做到了，他想象着小说一发出来，圈里人会怎么讨论他，怎么讨论他的作品。他再次参加活动，估计同行们看他的眼神都会不一样，他们会主动过来打招呼，会安排他说几句，而他一开口，底下的人会立刻安静下来，就算讲得不出彩，他们也会报以掌声……这些虚荣，他其实更看重。当他准备把这一喜讯跟张白芷分享时，突然又不知道怎么解释这一切了，隔行如隔山，他得先从刊物的重要性说起，再说上稿的难，还得举一个有名的作家，当年也是因为在那刊物发表了一篇东西而走红的，或者谁谁谁，挺有点名气吧，写作十多年了，如今也没能在那上面发表一字半句……他这么解释时，多少就已经激情消退了，就算他解释得很到位，她也不一定就能听明白，或许出于配合，仅仅是配合，她会装出惊讶的样子，哇，那真不容易哦，事实上她哪知道有多不容易。往往，普树会这样跟张白芷类比——其实，就相当于你一个月可以卖出十几套房子，那样的不容易。

　　"哦，那我明白，真明白了。"她说。

　　类似的情况，普树在面对母亲时也是，记得发表处女作那天，他还特意打了电话回家，跟母亲说，他成功了，联想起投稿的种种不易，情到深处，竟然在电话里哭了起来，弄得母亲也泣不成声，以为儿子终于出人头地，下一步就能衣锦还乡了。结果，那篇处女作甚至连十块钱稿费也没为普树赚到。

　　更多时候，普树更愿意和朋友分享喜讯，所谓朋友，就是文友，他不用做出多余的解释，只需说出收到某某刊物的留用通知，对方就会在电话那头惊叫起来。普树就喜欢听到那样的惊叫，像是一个站在舞台聚光灯下的成功者。

母亲每次给普树打电话，都习惯响一声就挂掉，然后等着普树打回去。这是普树教的，普树是为了给母亲省电话费。母亲的手机也是普树买回去的，是第二个了，第一个手机比较贵，触屏的，花去了普树一篇小说的稿费，母亲却不会用，最后母亲在电话里说，手机好是好还能看电影就是不懂怎么用，你哥说手机给他吧他买一个便宜的给我就一两百块钱。普树蛮爽快的，好吧你叫哥也不用买了，我再买一个回去。普树没敢把这事跟张白芷说，他骗她，说是母亲第二天去市场手机就被人给摸了。没过多久，这事忘了，带张白芷回家时，也没留个心眼，偏好就让张白芷看到嫂子拿着触屏手机在玩微信，搜索身边的人，摇一摇，啥的，玩得比张白芷还专业。不，比张白芷好，张白芷的手机还没人家的好。事后张白芷也没说什么，却狠狠地不高兴了一段时间。

这天母亲的电话一来，普树刚好旧病发作，他把头趴在电脑上，等待空白过后一瞬间的舒适。普树回拨母亲的电话时，人刚清醒过来，心情还不错，但一听完电话，心情就怎么也好不起来了。母亲说，你哥的儿子，脖子上长了东西，需要动手术，你哥没钱，你也知道你哥过得不容易，少条腿和别人没法比，你在外面弄得不错，你得帮帮他，寄点钱回来……还没等普树问多少，母亲就先替他安排了，"大概要五千块钱。"

普树留着结婚用的钱就一万块，当然张白芷有点钱，但那是她的钱，普树没好意思向她要。

普树一时都不知道说什么好了。

"你哥说就等着你的钱回来，才去医院。"母亲说。

这话让普树一下子生气了。

"等我，等我，什么都等我，他就不会先向人借啊，他以为我是取款机吗，我哪有那么多钱啊，他以为我在外面卖毒品啊……"普树一口气发泄一通，他从没有这样跟母亲说话，声音大得自己都受不了。他说的是哥哥，却更像在说母亲。他怪母亲把所有责任都推给他，他不是哥哥的父亲，只是弟弟，一个弟弟有必要像照顾儿子那样去照顾一个哥哥吗？这些他当然还不敢说出口。

最后，普树才知道，母亲已经先把电话挂了。

回头，看见张白芷站在门口，刚下班。看样子她心情不错，似乎以此赞扬普树刚才的表现，"忘了买菜，我下去买。"一般情况下，她下班回来，都会病快快的样子，嚷着要普树下去买菜。普树抢着说："还是我去吧。"

普树在菜市场转了一圈也不知道买什么，心里还想着刚才的事。回来时，他站在楼下，又给母亲打了个电话，电话响了很久，母亲才接听。

"生气啦？"普树恢复一贯给母亲打电话的语气。

"没。生什么气。"明显是生气的样子。

"我刚才在路上脑袋一片空白，差点晕了过去。如果真晕过去，肯定就被那辆泥头车轧死了。"普树不知道怎么回事，竟撒了一个莫明其妙的谎，类似他身体里出现的莫明其妙的症状。

"你千万要担心哦，她没给你煮芝麻粥吗？"

"煮了。每天晚上都煮。她挺好的。"普树一直觉得母亲不太喜欢张白芷。

"好就好，芝麻粥补脑的，你要跟她说，我跟她说，她还不信呢，什么都不懂。"

"……"

"……"

"我明天一早就把钱汇回去。"

"好，家里多亏有你，不然都不知道怎么办了……"

普树这下心里才踏实下来，他一边上楼，一边开始想如何瞒过张白芷。

"上次跟你讲的,我那个同事,竟然这个周六要结婚了,比我们还快。"吃完饭,张白芷很开心地说起这事。

　　"白芷,跟你商量个事。要不,我们明年再结婚吧!明年三月,我看一本书上说,三月结婚是最合适的。"普树说话时其实都没敢看张白芷。

　　下了班,张白芷最不想回的竟然是家。要在以前,她把回家当成是下班后最大的乐趣和坚持上完班最大的动力。不想回家已经一段时间了,自从和普树吵了一大架,差点打起来,已经商量好的婚礼,连邀请人的名单都列好,最后关头他竟然退缩了。肯定有问题,她站在门口听到他打电话时就知道有问题,问题还是来自他那个家庭,那个残疾的哥哥。如果不是张白芷逼着他,他还想继续瞒她。最后,张白芷摔门而出:"好吧,你把钱都汇回去,你就等着你哥给你娶老婆吧。"几天后,张白芷想起这话,"扑哧"一声笑了。不过,她真的没了回家的兴趣。她不想再看到他。

　　鸣乐路几乎从头到尾走了两遍,所有能进去逛的商场和门店,张白芷都进去了一遍。天黑了,街灯都亮了起来。张白芷决定去河边喝几杯。普树的电话已经打进来好几个,都被张白芷摁掉了。她一个人坐在西乡河边,要了两瓶啤酒,一盘花生,一盘开心果,靠在藤椅上,跷着腿玩手机,和那些装逼的女青年一个范——原来她也可以做这样的事,以前她可是看不惯那些独自一人装清高实际却寂寞难耐急需有人说说话的女人。这样的女人要是长得很女神那还说得过去,长得像张白芷这样一般的,是不是有点丢人。张白芷不顾那么多了,河边上一长溜都是喝酒聊天的,有三五成团,也有单独的,更多成双成对,小声说话,或者搂一起……河水在夜晚的灯光下,显得很清澈,实际上挺脏。张白芷和普树来过这里好几次,刚认识那会,后来就没了,感觉老夫老妻了,没必要那样了。

　　好久没在微信里摇一摇了,感觉无聊,张白芷摇了一下,摇到好几个，选择帅的聊了几句，却都没办法聊下去，对方一上来就目的性强烈，非得三五句就想把女人弄上床那种。张白芷气不打一处来，回了一句："想搞女人，又不想浪费时间，最好的办法就是去嫖娼。"谁知对方还厚颜无耻地回："那你说说，要多少钱？"张白芷都差点摔手机了。啤酒已经喝掉一瓶，张白芷的酒量不怎么样，一瓶就已经到顶了，她还继续喝，她觉得怎么样也得把两瓶啤酒喝完，否则都对不起这个独自出走的夜晚了。

桌面的手机响了一下，肯定是那个无聊的男人又发微信过来了。

张白芷懒得看，继续喝酒。她觉得灯光闪闪的河面，和小时候父亲带她去池塘看月亮的倒影时差不多。可惜今晚她看不见月亮。月亮在云层里。她又想起父亲，不知道他是否还在帮阿霞打扫理发店。很奇怪，她就想起了父亲。从小，父亲疼她多过疼弟弟，倒是母亲，典型的重男轻女，一直都护着弟弟，要张白芷什么好吃的好玩的都让给弟弟，无条件的。每次，张白芷都只能含泪地把一颗糖一架塑料飞机亲自送到弟弟手中，弟弟嘴角一撇的样子，让她感到绝望，这辈子有弟弟在，她就别想拥有任何东西了。而事后，父亲会偷偷给她买吃的，让她在街上吃完了再回家，"别让你弟弟看见。"她两口就可以把一块绿豆饼吞下去，也尝不出什么味来，不过她确定自己吃了，弟弟没有，也没看见。张白芷十五辍岁学外出打工一年后，就听说弟弟和镇里一帮小混混搞在了一起，还吸毒。她第一反应竟然是暗自开心，是啊，母亲不是疼着他宠着他希望他将来出人头地好为父母养老吗？如今，还不是一场空，还不是需要张白芷从外面寄钱回去，养着一家人，否则都得饿死。张白芷这么想，更觉得应该寄钱回去，大把大把地寄，寄到母亲都不好意思接。事实上，母亲都没不好意思过。那个脸皮比城墙还厚的女人，看起来却是柔弱温善的样子。

张白芷抓起桌面的手机看时间，才发现刚才发来的微信并非来自那个无聊的陌生人，而是她的一位客户，之前在她手上买了一套一百多平方米的大房子，当时她还觉得对方那么年轻竟然这么有钱，不是富二代就是官二代，结果不是，他竟然是自己赚的钱。天啊，人家三十岁还不到，比普树还小两岁。也是出于佩服，张白芷一直留着他的电话，还加了微信，希望他再赚到钱，还从她手里买房。他叫康强。康强给她发微信干什么？她急切地打开来看，写着："嗨，你好，还记得我吗？真巧，我刚搜一下附近的人，你竟然显示在100米以内，一个人吗？要不要一起，我也一个人。"

张白芷突然心跳加快。这哥们来得太及时了。

"发生在同事身上的故事该不会也在我的身上重演吧？"张白芷想着，"扑哧"笑了。

正当张白芷要回复康强时，普树的电话又打了进来，张白芷愣在那儿，瞬间脑袋一片空白，她不知道该不该再次摁掉普树的来电。

（原载《福建文学》2014.1）

朗 读 者

各位，我的小说是这样开始的——

余树17岁那年跑步去了县城。进城不是去打工，也不是去赶圩，而是要买一把独特的刀。所谓独特，就是要和村里人用的菜刀、镰刀、砍刀都不一样。为什么要不一样呢？因为他要剁掉村主任儿子王天佑的手。剁手这样的事自然不能让人知道，刀当然也不能用自家的刀。

村里每家的刀其实都沾了主人的气息，要是谁家丢了刀，路过的人一眼就能看出是谁的。况且余树家就两把刀，一把是母亲切菜用的菜刀，由于长时间没接触到肉，已经面呈憔悴，一副营养不良的样子，不像是把能剁手的刀了。另一把则是父亲上山砍药材用的砍刀，沉重、锋利，黑夜里都能发出寒光，且带着药材的悲情味道，是挺适合剁手，可那刀白天随父亲上山，夜里则被掖在父亲的枕头之下，轻易拿不到。

余树怀揣着平日里积攒的十块钱，跑步去了东海城。

一路上，余树的脑海里闪过各种各样的刀，武侠小说里的、电视剧里的，小到飞刀，大到屠龙刀、包青天的铡刀，都在想象里舞了一遍，早已经把王天佑的手剁了个稀巴烂了。兴许是精神世界里的刀过于精彩，以至于他真的站在县城的刀铺里面对一把把颜色浑浊、样式笨拙的刀时，他失望了。最终没买成，余树揣着钱往回跑，一路又沉浸在想象里。他梦想有一把刀，一把伟大的刀，去干一件伟大的事。从那时起，余树就有了梦想，他一直觉得这个梦想很伟大。

读到这里，马冬站了起来，说烟没了，要出去买包烟。

九月底，我们组织了一次聚会。我们是一个团体，具体来说是一个民间组织，彼此自愿地走在一起，在这个叫深圳的城市里。我们都不是原居民，我们来自祖国各地，是外来工，其中有收废品的、小业务员、流水线工人、洗头妹、送外卖的和无业游民。我们走到一块，抱团取暖。我们大概几个月聚一次，说说各自的生活和最新的想法，当然我们谈得更多的是现实以外的所谓梦想，那些梦想隐藏在我们心底，被日常生计遮得严严实实，只有在聚会的时候，才能露出可人的一角。

今天，马冬给我打电话，他的声音哑哑的，像是刚哭过。他说，无论如何，今晚我们该见一见面了。我问你嗓子怎么这样，他说昨夜写了一夜小说，还没合眼，突然想起我们，心里唰的一下，就想见见大伙。我受其感动，心也唰了一下。

马冬是我们当中的才子，是个作家，每次聚会，他都会带上自己最新的作品，向我们朗读。

余树本来是有一辆单车的，不小心摔坏了，却没有修理的钱，单车就成了废铁。从此他到哪都需要跑着去，包括去五里外的学校上学。半道上，余树总会遇到王天佑。王天佑不跑步，也不踩单车，他骑摩托车，他爸是村主任，有权也有钱。王天佑老是把摩托车停在路边，支起车脚，坐在摩托车软软的后座上，跷着腿，稳当得像座三山国王庙里的神像。他还抽着烟。余树甚至不敢看他，他的勇敢只属于心灵上的臆想，真让碰到王天佑了，他还是有点怯。他知道王天佑在路边等着谁，所以从他的身边跑过不远，余树就拐进了路边一丛芒花，躲在后面偷看王天佑的动静。

不一会，余树等来了动静，王天佑也等来了他要等的人。远远走来的正是他们的同学诗。诗也是他们一个村里的，她每天走路去学校，不跑，毕竟是女孩。诗长得好看，头发总是乌亮乌亮的，扎着小辫，笑起来像是电影里的女人。余树喜欢诗，暗暗地喜欢。王天佑也喜欢诗，可他不藏着，他是个二流子，总缠着诗不放。他爱把开得老快的摩托车叽的一声停在诗面前，拧着油门，摩托车呜呜地叫着。他扬着头说，我带你兜兜风。诗每次都低下头，绕着走开了。王天佑追着不放，实在无趣了，才拧着摩托风一样冲到路前，嘴里喔喔地叫着。这次半路拦截，同样没能让诗坐上他的摩托车。这一切余树都看在眼里，他喜欢诗这样坚强，他其实也想拉着诗跑起来，却是不敢的。他没有王天佑的胆子大。

　　有时候，余树会幻想着自己是上天派下来保护诗的天神，他拿着上天赐予的金光闪闪的刀，守在诗的身边，诗走哪，他保护到哪。王天佑见了，摩托车都忘记怎么开了，扑通一声，跪地求饶了。余树老沉浸在这样的幻想里不能自拔。老师走过来，拧起他的耳朵，说，你的神都走到后山去了，还不赶快去追回来。余树这才红着脸，端坐起来看黑板。同学们哈哈大笑。王天佑笑得最凶。余树不敢去看笑得最凶的王天佑，他只是用眼睛的余光偷看诗，看她笑了没有。诗就坐在靠窗的位置上，与余树差不多平行，他眼角一斜刚好能看见。诗没笑。她埋着头记笔记。

　　老师在讲台上气还没消，继续说，你们湖村啊，就出女状元，男的没一个有用。

　　老师这话说对了，历来如此，如今湖村就他们三个上了初中，俩男的成绩烂得跟牛屎差不多，唯独诗成绩拔尖，语文好、数学好、英语好，连物理化学都好，都有点没天理了。可是一个女孩子家成绩再好又能怎么样呢，长大了还得嫁，嫁了再好也是别人家的。村里人说，那是"状元出在别人家"。余树打心里替诗着急，因为用不了多久，她就会辍学的，别说她家穷，就是不穷，也不可能为一个别人家的状元去花大钱哪。余树转而又想，这状元出在别人家事大，要是出在别人村，那事就更大，所以诗如果能嫁给自己村上人，还不至于吃多大的亏。湖村能配上诗的，除了王天佑，就是他余树了。这么一想，余树感觉自己和王天佑之间的战争是铁定要打的，不是你死就是我亡，事情只能这样。

刚开始余树还没有伟大的梦想，也就是说他还没有实际去想拥有一把刀。刀的形象只是在他的脑海里，暂时还没想过拿在手里。他觉得还不是王天佑的对手。王天佑在明处，他还在暗处。暗处的好处就是明处不知道暗处的存在，而暗处却时刻观察着明处。这就是余树的优势。可是有一天，这样的优势变成了折磨。那天黄昏，放学回家，王天佑又把摩托车横在了诗面前，诗还像往常一样绕道离开，可王天佑不干了，他一手抓着车把，一手去拉诗的手。诗身子一侧，手没被抓到，倒是让王天佑揪住了衣领口。这衣领口可是女孩的敏感地带，平时时刻保护着的地方，神圣得不容侵犯。如今被王天佑抓在了手里，就好像让他看到了自己的身体一样可怕了。诗的脸瞬间红得像西边的落日，旁边路过的同学们见状，也都雀跃起哄。见人起哄，平时就颇有表演欲望的王天佑一下子进入了角色，手抓着不放不说，还用炫耀的表情看路过的人。诗急了，喊，放开，你。她拼命挣脱。王天佑这才意识到举动的过分，松了手，愣在原地。诗则撒腿奔跑，边跑边哭。不远处的余树心如刀绞。他想，他得拥有一把刀了，非得要把王天佑的手剁下来不可。余树一路狂奔回家，呼呼的风吹在脸上，他悲壮得像是电影里含恨归来的英雄。

我和马冬是在2000年秋认识的。当时我从另外一个城市来到深圳，身无分文。在另一个城市时我上当受骗，身上除了刚好买一张车票的钱就是一小包衣服了。我想我必须尽快找到一个愿意接受我的工厂，否则就得饿死在街头了。我把希望寄托在街角那些残缺的招聘启事上。我一边看一边移动身子，那面墙壁上贴满了招聘的信息，我幻想着它们就像面包一样被我一个个吞进肚子里。可我才吞了一半，身体就被另一个身体挡住了去路。那是另一副饥肠辘辘的身子。

马冬个子很高，很瘦，所以看起来更高了。我们约好一起找工作，也有个照应。身处异乡，这样的友谊都该倍感珍惜。白天我们到处找工作，去一个个厂里问要不要人，到了晚上，我们只能睡公园的长板凳。八月的天气已经很冷了，我们蜷缩在一起，取暖。一大早，实在睡不着，我们就起来跑步，把自己弄得满头大汗才罢休。然而更折磨人的不是冷，而是饿。我说过我已经身无分文了，马冬刚进城，身上是带了钱，但不多，未出门前他以为这个南方的繁华都市到处都是赚钱的机会。他的眼神里闪烁着初涉江湖的雀跃和天真，这样的神情我曾经有过。我以早两年的经验告诉他城市的种种困难和打工的种种屈辱。然而他不受我的影响。他是一个有梦想的人。有一次我发现他的行李包很沉，问他里面放了什么，他打开链子给我看，我一看，笑了，竟然全是书。

马冬说他刚刚辍学——出来打工的人都有类似的命运，说他成绩很好，可家里穷，供不起。一段时间下来，我们成了无话不谈的好朋友。有一次，一家工厂答应要我们去面试，面试的人看了我们一眼，二话不说，点了马冬往里走。马冬问，那他呢？他扭头看着我。面试的人冷冷地说，他不要。马冬立马往回走，那我也不去，我们是一起的。那人虎着脸，说，随你。我说马冬你傻啊，有工作不先干。他看着我，笑着说，我们是一起的嘛。那一刻，我想，这样的朋友打着灯笼都难找啊。

谢天谢地，几天后，我们一起进了一家电子厂，总算没饿死街头。我们在那个电子厂一待就是五年，本来那是一家效益不好的厂，工资少，加班费少，还喜欢拖欠，大多数员工进来没几个月就会辞工走人，所以车间的工人几乎几个月换一次新面孔。我们之所以一待就是五年，主要是对它怀有感激之情，毕竟它曾经救了我们一命。滴水之恩当涌泉相报。马冬经常这样说。

余树那天没能在县城买到刀。他跑回湖村时已经是夜晚了。又饿又累的余树像只牛一样咻咻呼气，他脑子里老是浮现王天佑的手，其实那只手更像是一把刀了，余树躲都躲不及。路过村主任家的巷子时，余树看见王天佑的摩托车就停在门楼口。余树也没多想，几步上前，把摩托车重重地推倒在地，然后风一样穿过偏巷跑了。第二天，余树仔细观察了王天佑的摩托车，发现车的前手刹断掉了。那可是自己的成绩。余树倍感欣慰，跑在路上都哼着歌了。摩托车的手刹不也相当于王天佑的手么。痛快。余树真想把这样的壮举说出来与诗分享。

不久余树就辍学了，父亲要他认识山上的草木。

那所窝在山脚下的中学向来培养不出人才，每年中考最多就是几个拔尖的人能考上县里的高中，其他人只能面临辍学，家父有手艺的自然会去继承手艺，没有的只有远离家乡，去比县城还要远的城市打工。

让余树担心的倒不是自己能不能上学，而是诗能不能继续上学，这比余树自己的事都大。按成绩，诗是为数不多几个能考上去的，问题是她的家人愿不愿意。果真如余树担心的那样，离报名还有几天时间，诗却还在村里割猪菜、洗衣服，丝毫没有动身去县城的意思。诗看样子不急，或者是急在心里，外人看不出。她总是沉默不语，低着头走路，她是一个好女孩。村里人说了，谁要是能娶到诗，谁家祖上就有福。这样的话在村里传来传去，诗不激动，余树先激动了。

余树已经接过父亲的砍刀，每天随着父亲上山找药材。砍刀抓在手里，他时不时会想起王天佑的手。他更多是这样打算的，他要私自赚一部分钱，给诗交学费。只要她愿意，她上她的学，甭管等多少年，他都愿意等她。这样的幻想最终还是被王天佑无情地打破。

王天佑是考不上高中的，但他父亲有办法，早把上学的路像铺地毯一样笔直地铺在他面前了。

那天，王天佑随着父亲来到了诗家，把诗的父亲叫进了屋里，半天不出来。余树刚好路过，看此情形，不知道王天佑父子演的是哪一出，他守在诗家门楼不远的榕树下。终于等到他们出来了，余树看见王天佑父子笑盈盈的，像是逢了喜事，诗的父亲也笑盈盈的，也像是逢了喜事。村主任没走出多远，突然回头："就这么说定了。"诗的父亲说："听村主任的。"什么事说定了？余树一头雾水。这时王天佑看见了树下的余树，王天佑嘴角一翘，笑了。那一笑，让余树的心冷到极致。

没过几天，余树看见，诗坐在王天佑的摩托车后面，两人一前一后，开出了村子，去了县城。余树目送着他们，他感觉自己的心，正被一把攥在自个手里的刀狠狠地给割了下来。很快，余树就听说了事情的真相。原来村主任供诗上学，条件是要诗和王天佑好。这样的条件，诗最终没有拒绝。这正是余树绝望的地方。

村里没了诗的身影，余树也没有了继续待下去的兴趣。他把父亲给他的砍刀扔出了巷子，独自离开了村子。父亲在身后喊，有种你就别再回来了。他头也不回。他想，再也不回来了，再也不。

五年后，厂子在经济萧条的环境下倒闭了。我和马冬离开了厂子，那个老板没有扣除我们一分工钱。我们如释重负。我说，无论如何，我得回家看一看了，我已经五年没回家了。我知道马冬五年来也没回过家。我故意这么说，想试探马冬。马冬沉默。我终于问，你不打算回家啊？他说，我不回家。

我回家待了一段时间，重返城市时，第一件事就给马冬打电话。他说他租了房子。我去他的出租房一看，看见不到十平方米的小屋子，堆满了各种旧书和盗版书。马冬则坐在一角，拿笔写着什么。我凑近一看，他密密麻麻的字已经写了厚厚一沓了。我问，你干吗？他扬起脸，一脸严肃："我在写小说呢。"我惊讶不已,那你以什么生活啊?马冬环视一屋子的书,说,我晚上在海滨市场摆地摊。我不说话,看着一屋子书发呆。

马冬接着说,我有一个伟大的梦想,你知道吗?

什么?

我要当一名作家。

马冬拿着稿子,他的手在发抖,继续朗读——

余树先到了县城,经过询问,找到了县城中学。他不敢进去,守在门口候着。他在候谁呢?诗,还是王天佑?总之他就那样候着。终于候到了下课,潮水一样的学生从校门里涌出,余树退到一边,拿眼看着这些穿校服的同龄人,他们和她们脸上都带着笑,欢快地从余树的眼前走过,没有谁留意他一下。他是谁?他站在学校门口干什么?

余树没有看到自己想看的人。他记住了县城中学的名,转身去寻县城的邮局。他在邮局里写了一封信,一下笔竟收不住手,足足写了五页纸,他把泪都写出来了。他在信封上写上"龙山中学 诗(收)",匆匆投进了绿色邮筒。他不知道诗能不能收到他的信。他真不知道。第二天,他坐上了一辆驶往远方的客车。

他跌进了另一个世界,这个世界是全新的,大路、高楼、汽车和晃着黄色头发的女郎。他呆住了。这是一个超乎他的智力范围的世界。他还没来得及准备,就已经进入它的怀抱里了。

晚上,他睡在公园的长板凳上。城市的天空没有星月。整个晚上,他的眼前都亮着光。他总是睡不着,因为冷。实在冷得受不了,他爬起来,满地找可以点火的东西,可他马上意识到这里已经不是湖村了,不是可以随便起火的地方。找的过程中,他看见了好几个别人遗弃的烟嘴巴,还留着长长一截白色烟卷。城里的人挺大方,剩那么一截就丢了，要是父亲的烟，非得抽到烫手才舍得扔，就算是王天佑，也会抽得只剩下烟嘴巴。他捡起烟嘴巴，放在口袋里，一截一截地点来抽，那点微弱的火星让他的身体温和了起来。父亲说过，抽烟可以暖身。他从来不觉得父亲是对的，尽管父亲用一把砍刀养活了他们一家子。可此刻，抽着烟嘴巴，他终于意识到，父亲的话是对的，至少抽烟可以暖身，这话错不了。

在烟嘴巴的温暖下，余树终于睡了过去。梦里，他看见了诗，她笑盈盈地朝他走来。正当她快走到他面前时，她的身边突然站出另一个人，定睛一看，是王天佑。王天佑也笑着，他一边笑，一边把手搭在诗的肩膀上。搭在肩膀还好，他还顺势垂下手掌，抓住了诗的奶子。余树实在看不下去了，他把手从身后抽出，亮出了一把银光闪闪的刀，猛地向王天佑不安分的手砍去……他真的砍到了东西，随着一声惊叫，他醒了过来，睁眼一看，看见眼前站着一个女孩。女孩穿着蓝色厂服，单眼皮，眼睛浮肿，脸色和刚刷的墙那样白。她退了几步远，捂着被余树砍到的手掌，警惕地看着他。她正要转身离开，余树却喊住了她："没伤到你吧。"她一下放松了警惕，竟笑了起来："没有，你是不是做梦啦，不过你把我吓到了。"他点点头，默认自己是做梦了。她似乎来了兴致，问，你怎么睡这里啊，这么冷？他低下头，说，我没地方睡。女孩"哦"了一声，看了余树一眼，还想说什么，没说出口，跑出几步，她回头说，再见，我上班去了。

余树看着她的背影，突然觉得这个背影和诗十分相像。

接下来几个清晨，余树都遇到了女孩。女孩说她每天很早就来公园里跑步，跑完步才去厂里上班。他看见女孩额头上冒出细细的汗珠，想着跑步也是驱寒的好办法，于是也跟着跑了起来。两人围着公园跑了一圈又一圈。歇下来后，女孩说，没想到你还这么能跑啊，要不你到我们厂里上班吧。

余树很顺利地进了工厂，有点出乎意料。进了厂，余树才知道女孩是厂里的质检员，人们都喊她QC。余树不知道QC是什么，也跟着大家喊她QC。女孩说，你就别叫我QC了，你叫我桦。余树感激桦在紧要关头帮了他一把，出门遇贵人了。所以，每天早上余树都会陪桦出来跑步，那个铺着鹅卵石的公园，布满了他们的脚印，也洒落了他们的汗水。

有一次，余树问，怎么这么喜欢跑步？

桦突然一脸雀跃，说，我想当一名运动员啊。

余树看着桦，惊讶地问，怎么有这样的梦想哦？

桦问，你呢？你有什么梦想？

余树本想脱口而出，他想拥有一把好刀，可他噎住了话，他不敢说出来，不敢说倒不是怕"刀"这样的字样把桦吓着了，而是他感觉他所谓的梦想，放在桦的梦想面前，已经不是什么梦想了。他突然醒悟，自己从来就没有梦想。和桦一样，他必须得有一个像样的梦想。

余树想了很久，也没能想到一个适合自己的梦想，他每天陪着桦到公园跑步，又陪她跑去工厂上班。晚上不加班，桦还领着他去看电影，吃肯德基，让他见识一个城市所能呈现给他的陌生和惊喜。无论去什么地方，他们都是跑步去的。在熙攘的大街上，他们奔跑的身影显得很特别，大家都看着他们。他们满头大汗，说说笑笑，俨然是一对小情侣了，可他们不是，他们从来没说过一句私下的话，他们所谈论的都是阳光下明晃晃的话题。他们说着梦想哩。确切说是桦向余树说着梦想，余树只是一个倾听者，一个陪伴者。虽然没有自己的梦想，每天能陪着别人实现梦想，余树不后悔。他知道桦在紧要关头帮过他，如今桦需要他，他就得时刻出现在她身边。滴水之恩，当涌泉相报。

桦总是说，余树哥哥，如果上天能给我五年，我一定能当个运动员。

余树说，你还有很多年呢，何止五年啊。

桦笑了，说，是啊，我还有很多年。她一手拉起余树的手，绕着公园又跑了一圈。余树跑出了一个强壮的身体，他每天早上都要吃掉五六个馒头。桦却总是跑出一身冷汗，脸色越来越煞白。有一天，她终于跑不动了，她倒在了余树的怀里。她说，余树哥哥，谢谢你陪我跑了这么久。

桦住进了医院，她的亲人们都到了医院，大家的眼眶都含着泪。医生拍了拍余树的肩膀，说，谢谢你。余树愣在医院长长的走廊里，他仿佛闯进了另一个世界。有些事他好像一直被蒙在鼓里。

待余树醒悟过来，一男一女站在了他的面前，天啊，竟然是厂里的老板和老板娘，他们都哭红了眼。男的说，谢谢你陪我女儿跑过这么一段日子。女的说，她很开心，在你面前，她实现了梦想。余树提出要看一眼桦，他们不让，他们说，你走吧，你还有很多年的时间要跑，你肯定也有自己的梦想。

可余树还没想清自己的梦想呢。

余树走出医院，明晃晃的阳光照着他。他突然想起了父亲，想起了父亲的砍刀，父亲的砍刀和父亲一样，每天都在山林里出没。父亲和砍刀一起在普通的山木草丛里寻找药材，那些根根藤藤看似平凡，却一次次把上门来的病人变得脸色红润、病痛痊愈。以前余树看不起父亲，也看不起父亲的药材，甚至说父亲装模作样，欺骗病人。附近村庄里的人都尊父亲为神医，他们总是送来一面面绣着"妙手回春"的锦旗，顶多也是挑来一担红苕，或者几斤芝麻，作为父亲高明医术的酬劳。很少有人送钱。余树家里最需要的是钱。余树看不起父亲，跟父亲赚不来钱，不能像王天佑父亲那样财大气粗有关啊。如今，余树只有一个念想，那就是回家，求父亲出手，用山上的药治好桦的病。

余树甚至没来得及回宿舍收拾衣物，他脚步匆忙，向车站奔去。

那一刻，他感觉自己是一个有梦想的人了。心头那把悬了多年的刀，"哐当"一声，落了地。

……

听到这，我们都竖起了耳朵，静悄悄的，没有谁敢插嘴，甚至连呼吸都不敢弄出明显的声响。马冬总是有这样的魅力，他的声音不是最好听的，可他的朗读，却能一次次把我们带入另一个虚拟的世界。鬼知道他笔下的世界是虚拟的，还是现实的一部分。

沉默了好大一会，马冬抽掉了两根烟。一个在附近青丝坊发廊上班的洗头妹忍不住，落了泪，问马冬，后来呢？

我们都看着马冬，又看着他手里的稿件。

马冬突然说，很遗憾，昨晚就写到这里，今夜就到此为止吧，欲知后事如何，请听下回分解。

我们"哗"的一声笑开了。各自抓起杯子喝酒，剥桌上的花生吃。光听马冬朗读了，我们每人面前的酒杯都还斟满着酒，这会一口酒喝下去，一直从喉咙凉到胃里。很爽。

我们七七八八又聊了些话，时间不早了，是该散了，明天大家还都要上班呢，我们总是这个城市睡得最晚又起得最早的人。

走时，马冬拉住了我，叫我陪他走走，我欣然同往。由于刚应聘进一家工厂当主管不久，工作忙，最近很少有时间跟马冬独处，听他说已经不再去海滨市场摆书摊了，他把所有的书都留给了自己。他说他现在基本能靠自己的文字过日子了。这对我来说有些不可理喻，一个人写写画画也能过日子，可马冬做到了，所以他在我面前，总能给我一种神秘的感觉，具体说我总是怀疑他真实的存在。

我们肩并肩走在车来车往的前进路上，深圳的夜晚向来这么热闹，从来没叫我们失望过。多年的城市生活，我们已经习惯了它的热闹，喜欢上了它的热闹。一刻都离不开了。不可否认，城市是很美好的地方。我们当中，无论是送外卖的，还是建筑工人、洗头妹，还是马冬这样的知识分子，都打心眼里欣赏城市的好。

转过一个路口，一切稍静下来，马冬扭过头来说，你知道吗，我要结婚了。我吓一跳，在我的印象里，马冬是不结婚的，也从没有谈过恋爱，不是没女人喜欢，是他不接受。他多少次向我们宣扬过他的不婚主义，侃侃而谈那些我们陌生的人物，卡夫卡、凡·高……说他们是真正的天才，为什么不接受爱情？就是为了使自己完全燃烧。我曾经激烈地反驳他，同时心想，一个如此拒绝爱情的人，肯定被爱情伤害过，且伤得不浅。时隔多年，如今我已结婚生子，承担一个家庭在异地他乡的不易和四处逼迫过来的种种压力，突然意识到马冬的高明之处，单身一人多自在啊，于是也开始动摇，赞成他当初的观点了。现在他却反过来跟我说，他要结婚了。

我问，什么时候？

他说，明天，我带她回去见见家人。

我更惊讶，你真打算回家了？

他说，回，已经十年了，该回了。

我问，她是谁啊？

他说，她的眼睛看不见东西。

我知道她是谁了，记得一年前，有一天晚上我发了工资，去找马冬，看见他趴在屋角写东西。这样写下去人会写疯的，我说，我带你去放松一下吧。我连拉带拽，把马冬拉上了隔壁一家盲人按摩店。休闲完毕，我正要走，去敲隔壁的门，却隐约听见朗读声，推门一看，傻了，原来马冬正在给按摩女朗读自己的小说呢。

马冬说，我每天都把写好的文字向她朗读一遍，她是我的第一个读者。

（原载《特区文学》2011.1）

模 拟 亡 故

×作家做梦都梦见自己成名了。

成名有什么好，当然是样样都好。作为一个不成名的作家，×作家简直受尽了窝囊气，甚至可以说是凌辱，他给刊物寄稿，刊物永远冷着面孔拒绝；他给出版社寄稿，出版社倒是不冷漠，他们笑呵呵的，要×作家出钱，或者，"书我们可以出，你得负责全部买下。"×作家杀人的心都有了。他发誓，等有一天出名了，这些狗娘养的就是跪在他面前，磕头，磕出血来，他也不会签他们递过来的合同。为了等到那一天，×作家盼星星盼月亮，日思夜想，最后终于患上了所有伟大作家都会患的抑郁症。

这下可好，×作家没成名，倒先成了病人。每天早上，他起床，靠着枕头读几页博尔赫斯，然后把看过的全都撕下来，塞于裤子后袋。他要出去散步了，每天都是一样的路线，沿着小区的石子路，顺时针走一圈。这一圈下来，得走半个小时。当然，如果是正常人，是不需要这么长时间的，谁叫他是个病人呢。是个病人得慢慢走，一步一步走。×作家喜欢这样，他得思考。他还得把后袋里那几页博尔赫斯给背下来，再找一块泥土，将书页埋掉。这么多天了，他不知道撕掉了多少博尔赫斯，也不知道埋了几处，他找不出来了，更记不起来了。他觉得这样蛮好，挺像一个病人应该做的事。

当然，他也不是真的就什么都干不了。×作家正在创作一部作品，和之前的无数作品一样，他觉得手头写的是一部能留下来的杰作。他每天按一定的进度写，越接近尾声越感觉紧张，以至于都快写不下去了。他下楼散步的频率越来越高，他想象着这个作品将会给他带来的荣耀和地位。也许，就像每次都是以心灰意冷结束一样，到头来还是一场空，那些自认牛逼的稿件最终只能寂寞地躺在电脑硬盘里，如被皇上遗忘的佳丽，就算偶尔×作家会点进去看一看，感觉也像是一个太监面对丰乳肥臀时的无奈与愤慨。

　　好吧，×作家对自己的文学前途感到绝望了。他甚至有了放弃的念头。但一想到因为写作，他丢掉了会计师的工作不说，还和妻子离了婚，他的妻子跟他说，我们不可能在一起过日子了，你是那么爱文学，如果你能拿出一半的爱来爱我和爱我们这个家的话，我都不会选择跟你离婚的。尽管是到了那时候，可敬的×作家还是说他做不到；尽管妻子走后，他面对一屋子的狼藉，还是感到后悔了……他付出的代价如此巨大，他觉得不应该轻易放弃。

　　那个女人临走时，留给了×作家一张纸条：我的号码不变，有事给我电话。

　　他看着纸条傻笑。电视里正放着一部二战时集中营的纪录片，手里这纸条一下子便有了诡异的气息，似乎是从集中营里某个犹太人偷偷递出来的。×作家将它撕得粉碎，第二天早上同博尔赫斯的书页一起埋进了小区的花圃里。她的号码他自然是牢记心里的，真要给她电话，除非他快死了。一个人，加上还是个病人，×作家还是被这种体贴感动了。

　　这天，×作家接到一个电话，电话里的人自称是出版商。这样的电话他接多了，不是花钱买版面就是自费出书。然而这个出版商有些不一样，他竟然看过×作家的作品，声称对×作家充满敬仰，想商量出版事宜。×作家心想这次遇到的骗子还舍得花时间做功课。他正要挂电话，怎么说也是个文明人，他还是客气了几句，说谢谢不需要拜拜再联系。

出版商却在这关键时刻，问了一句：你想出名吧？

想又怎么样？

我可以帮你。

一个小时后，出版商就敲开了×作家的门。这让×作家觉得出版商好像就蛰伏在他的周围，观察着他的一举一动，他有些提防，又不好意思反悔。离婚后，他的生活显得过分冷清，有个人来说下话也是好的，哪怕真是个骗子，又能从他这里骗到什么呢？

×作家倒要看看这个自称出版商的人怎么帮他出名。

眼前这个中年男人看起来比×作家还要潦倒，他抽八块钱一包的中南海，还把香烟像《飞越疯人院》里的麦克·墨菲那样煞有介事地塞在右边肩头上，短袖 T 恤被撑起一个小方块，使之看起来两个肩头一高一矮。他一进屋就到处找烟灰缸，像是和×作家有多熟，这里是他常来的地方，都有点是自个家那样随便了。×作家戒烟几年了，这会却很想抽一根，他找来一个一次性杯子，倒了些水进去，放在他们中间的地板上。他们盘腿坐了下来。很奇怪，他们都不坐凳子，可能是天气太热了，只有地板还显得凉快些。他们一起抽烟，把烟灰弹进一次性杯子，水慢慢变成了黑色。

是这样的，我做梦都想捧红一个作家。

×作家一惊。眼前这人的处境看来和他一样窘迫。

也就是说，出版商到现在也没捧红过一个作家，就像×作家到现在也没把自己写红一样。好吧，不用说了，这是一对同病相怜的人儿。如今，他们坐在一起，想做一件能实现他们各自梦想的事情。大事情。他们都有些激动，以至于大热天的，他们都不约而同地颤抖起来。

什么法子我都试过了，我对现在的文坛大失所望，老实说，真正懂文学的人不多，写得好的出不了名，那些整天制造垃圾的却爆得大名，天天上报，月月开研讨会，年年得大奖……没法子，现实就这样，像您这么优秀的作家——虽然我看您的作品不多，真的，我不是谦虚才这么说的——我知道您是优秀的，因为您还默默无闻，还默默无闻的作家肯定是优秀的，这是一个埋没好作家的时代。所以，如何把像您这样的优秀作家捧红呢？我是思考过的，我思考的结果是，您得"死掉"——放心，不是真的死，我的意思是您得假装自己死掉，您明白我的意思吗？

出版商把一截烟屁股"嗞"的一声放进一次性杯子里。他看着×作家，脸色灰暗，像是水里已经灭了的烟屁股，还带着重燃的顽强希望。

×作家不知道怎么回答。身为作家，他显然明白出版商的意思。出版商说的也不无道理，文学史上因死而爆得大名的作家确实不少，不消说，这还真是个好法子。但是，既然人都"死"了，出名又有何意义呢？这也是×作家疑惑的地方。

出版商似乎看出了×作家的疑惑。他又点了一根烟。他的烟瘾还不小。

您一定在想，人都"死"了，出名有何用呢？首先，咱们得确定一点，您是假死，不是真死，所以您和历史上那些真死了然后出大名的作家有着本质上的区别，他们看不到自己死后的大名，而您是看得见的。您会像个观众那样，清清楚楚地看见自己怎么出的大名，看见书店里到处是您的书，读者天天排着队去买您的书，生怕晚一点就买不到了。您还能看见那些您"生前"刊发不了的文学报刊辟出几乎一半的版面来刊登您的作品，还得请那些对您曾不屑一顾的评论家评论，他们会逐篇逐句阅读您的作品，如拿破仑发现新大陆，发现您的惊人价值，继而把您颂扬得如何的杰出如何的天才如何的人间少见世间少有……对的，这些您都能看见，还能参与，如果您感兴趣的话，当然，您得换个笔名。您想想，这本身是不是就很刺激？还没开始就已经让人兴奋不已了。

确实很刺激。×作家开始遐想那些动人的场景。

只要您答应"死掉"，余下的事情就包在我身上，您不用干什么，您就当一个已经死了的人，在这个城市里消失。如果您同意，我们接下来就商量一下下面该做些什么，怎么做，然后签合同。作为一个严肃认真的出版商，我们丑话还是要说在前头，您"死"后，所有书稿都要交给我处理，因为一个死了的人不可能自己投稿，也不能再写稿，除非您去韩国整容然后又换个笔名写作，那样的话您就需要一大笔钱——是的，说到钱，我们还得说清楚，该怎么分配您出名后的版权收益，我们可以商量。当然，我觉得五五分成是比较合理的，这是我个人的想法，还得征求您的意见——据我所知，您已经离婚了，不需要再征求妻子的意见了吧。

果然，这个出版商对×作家了如指掌。

×作家这时候也不计较太多了，他觉得出版商的主意很好。他做梦都想看看自己出名的样子，想看看那些退了他稿看不起他的人到时候的虚伪嘴脸。

事情似乎很容易就谈妥了——这让出版商有些兴奋，显然抽烟已经满足不了他激动的心情，他起身，问×作家家里有酒吗。没等×作家回答，他已经跨到厨房，开了冰箱，取来了两瓶青岛啤酒。×作家都忘了什么时候还留有酒在冰箱里，应该是妻子没走之前就买了的——离婚几个月来，他没上过一次商城，尽管离商城就一街之隔，站在自家阳台便能望见。好吧，那就喝一杯吧。此刻似乎也应该喝点酒。

他们开始聊文学，从卡夫卡一直说到了马尔克斯。他们相见恨晚，他们是可以成为知己的，至少会成为很好的文友——而很快就要成为合作伙伴了。

出版商在天黑前离开了，他的离开和他的到来一样干脆，以至于×作家恍然觉得是做了场梦。他看着空荡荡的家，不像有人来过的样子，好在地板上有两个空了的酒瓶子和一杯烟灰水，他才确定这是真实发生过的事儿。

他说了什么？×作家想了想。是说了什么，肯定说了什么，他的头有些大，昏沉沉的，是酒精的缘故，他不是很会喝酒的人。哦，他说了，得回去准备合同等资料，几天后，他还会过来，办理手续，签合同。看样子是个办事谨慎的人。正因为此，倒让×作家有些紧张了。问题是，他还得等几天，也不知道这几天是多少天，他后悔没向他确定，到底是几天，他好做准备，或者准时在家等他。又想，似乎也没必要，他需要准备什么呢，他只要准备去"死"就行了，死还不容易吗？他什么地方都不会去了，也不想去，就在家里等着他的到来吧，就仿佛是等着死期的到来——这么一想，×作家倒想起了妻子来。妻子最后留下的纸条，那熟记于心的手机号码，是不是该通知一声，转而又觉得这想法有点冒险，还是算了。这一刻，×作家有些黯然神伤，仿佛自己真的是濒死之人了。

确实很奇怪。接下来几天，×作家每天都写作到深夜，早上起不来，他放弃了下楼跑步和埋书页。他竟变得十分爱惜时间，真如某些励志的句子——把每一天都当作生命的最后一天。是的，他从没有这么感到充实过，除了吃饭和睡觉，他把所有时间都用在了写作上，那些字一个一个被敲出来，竟有了遗言般庄重。他甚至设想，如果一生真的走到头，如果他真只有这几天的生命了……他会怎么样？相比而言，他在面对真正的死亡时肯定没办法表现得如此豁达，就像闲来无事时经常想的那样，如果某天体检医生跟他说，先生你得做好心理准备，你的身体可能长癌了——就那一刻，他都不敢保证自己能不能站稳脚跟。他每次都会被这样的念头吓得心情不太好。他没办法成为一个出名的作家，却也仍然是个怕死的男人。这不矛盾吧。不相干的事情又怎么会矛盾呢？而如今，出版商倒像是个梦想实现大师，他的突然出现，或者说聪明才智，让×作家既能体验到生命将死时的悲壮感，同时又知道这不过是个成人游戏，悲壮感瞬间会转换成庆幸感——当亡故只是一次模拟的时候，死亡多少就成了一件让人兴奋的事情。

×作家知道，他就要死了，即使身体不死，作为一个作家的名号，从此也是死去的人了。这多少还是有些沉重的。如此重大的事情，他是否应该告诉妻子一声，不，已经不是他的妻子了，应该叫前妻。虽然作为一个作家，他一直以笔名行走在外，就算世间人都不知道笔名背后那个实际的身份，前妻却是知道的——也就是说，他能骗过世上所有人，唯一不能骗的便是他的前妻，或者说，骗不了。

好吧，这个时候心情总是有点复杂。×作家最清楚不过——小不忍则乱大谋。他们即将干的可是事关文学史的大事，哪需要考虑什么杂七杂八的琐碎。现在他唯一要做的便是保持好的心态、好的状态，赴死。对，赴死。事关重大，哪容得他半点马虎。他甚至破天荒的，下楼吃了顿好的，说是好，其实也就炒了几个客家小菜，喝了一瓶冰镇啤酒——天太热了，他感觉整个城市都快着火了。第一次一个人喝酒。偶尔，他会和前妻喝一杯，那通常是什么节日，前妻总有那么多节日需要和他一起欢度，初次见面纪念日、初吻纪念日、初夜纪念日，当然，更少不了结婚纪念日——如果有可能的话，他觉得前妻还会跟他来一个离婚纪念日。他心有厌烦，他是要成大作家的人，哪有心思搭理这些没意义的日常。此刻，他多少有些落寞，需要一个人来完成一场虚拟的告别。他翻看了手机里所有号码，他想干什么呢？其实也是翻翻，他唯一能告别的只有自己。他自己跟自己干了一杯。他说："再见，×作家。"

"你很快就会出名了，就会火起来了，你会不会抛弃我于不顾呢，你是不是忘恩负义的人？你火了之后会不会就不认我了，不记得我了，甚至不承认曾经你就是我，你和我会不会就会分割成了两个人，两个毫不相干的人，人们说起你不会想到我，说起我更不会想到你——不，人们根本就不会说起我了，人们只会说起你，一个业已死去的名义上的虚拟的作家，而我，一个真实的本体，却永远会被人遗忘，其实也不存在遗忘，因为从来就不被世人记起过……你说我是不是很悲哀？所以，我祈求你不要忘了我，拜托了。×作家。"

一瓶啤酒竟也能把他喝成这样。他红着脸，不知道下一步还需要干什么去。对，他需要买一身好衣服，就像人死去了总得穿身干净的寿衣，否则下了地狱也会被人看不起。他要买的当然不是寿衣，就权当买一身新衣服，这意思差不多。他竟觉得这是必须执行的仪式，如每一个作品完成之时他都得敲下日期，一身新衣服也就相当于他生命走到这里为止的标识。买什么样的衣服呢？他平时可没有这样的经验，前妻在时，家里的大小琐事，他吃的穿的用的，从来都不需要他多操心，他就像个少爷，享受着饭来张口衣来伸手的生活——这一切他接受起来心安理得，也全是因为他写的那些破玩意，似乎在干着什么伟大的事业。

　　×作家在一家服装店里选了一套西装，窄腰小袖，码数刚好。这是一套新款的时尚西装——他喜欢极了，尽管有些贵。他突然有些迫不及待，他想穿上这身西装，约出版商尽早签订协议。他记得好像是存了出版商的号码的，拿出手机在通讯录里翻，很快就看到了"出版商"的字样，他停顿了一会，拨了过去，响了有五六下，对方才接。

　　"怎么啦？"是个女生的声音。

　　"您是出版商吗？"×作家礼貌地问道。

　　"你又怎么啦？你打电话给我就是为了气我吗？"这声音怎么这么熟。

　　×作家吓了一跳，挂了电话一看，傻眼了，通讯录里存的是"出版商"的字眼，手机号码却是前妻的。也就是说，他刚刚给前妻打了个电话，一个不是打给她的却偏偏打给了她的电话，可恶的是，他又一次把她气着了。惨了，这下她再也不会理他了。这样也好。他狠下心想。只是他有些奇怪，存好的号码，怎么会出现这样的错误呢？确实不应该。问题是，他再也联系不到出版商了，只能眼巴巴等着他再次出现。距离上次见面，时间已经过去一个礼拜了。一个礼拜原本很短，如今却感觉像一个月那样漫长起来。

　　他赶紧回家。万一出版商已经在家门口等他呢。他得在家里老老实实地等着出版商出现。

　　晚上，刚吃了晚饭，×作家果然接到了出版商的电话。让他纳闷的是，手机里显示的是"未识别人来电"，他犹豫了很久才接上的。出版商语言冷静，只交代了×作家接下来需要做的事，×作家问协议什么时候签，你什么时候过来。出版商说快了不过这不是重点他现在已经策划好了一切就等着计划启动的那一天如同导弹都安装好了就等着手指往发射键上一摁了……×作家听明白了。这个出版商确实不是一般人物。他回想出版商交代他做的两件事，一是整理文稿拷贝在 U 盘里；二是同一时间在博客、微博、微信、QQ 空间等一切自己管理的平台发布同一个内容，怎么写都可以，越短越好，越含糊越好，必须能让人隐约感觉到发布者的消极情绪，甚至是轻生告别的遗言——这对于×作家来说不算难事，他太擅长于写这样的文字了。说干就干。这将是他所有公众空间的最后一次更新，从此以后，他就在这些空间里销声匿迹了。

事情不难，也就整理文稿需要花点时间，本来也可以在几分钟之内搞定的，他虽写了十多年，其文稿的容量却还没几张图片大，往 U 盘里一发送，一分钟就传完了。×作家还是不同意自己如此草率，他对文稿得有取舍，一些实在拿不出手的，他藏了起来，或者狠心删掉；一些喜欢的，按捺不住喜欢，他又花时间读了一遍，做了些细微的修改——在写作这个事情上，他是个十分较真且极具耐心的人。如此一折腾，他又到凌晨五六点才睡下，一觉便睡到了大中午。他起来的第一件事倒不是找吃的，或像往常那样看几页博尔赫斯……他打开电脑，查看昨天发布的信息是否引起了别人的注意，后面是不是已经跟着了几十页的评论——然而，一切如常，空空如也，他的所有空间，一点反应都没有，就好像他从没发过任何信息，他的那些空间，能想象平日里也是门可罗雀的。他有些失望，却也不至于难受，他知道，很快，用不了多长时间，那些评论便会一条条一页页快速地出现，应接不暇，而他可以喝杯茶，优哉游哉地一页一页往下看，从未有过的新鲜感。

两天后，出版商来了，和上次不一样，这次他一语不发，让×作家签了协议后，便带走了×作家的文稿。

好吧，接下来的新鲜感对于×作家来说就没再停下了。他仿如生活在梦境里，他掐自己的手臂，会疼；拍自己巴掌，也会疼。是的，他出名了，他真的出名了。×作家与出版商签了协议过后——甚至他都没怎么仔细看协议里写了什么，总之密密麻麻的都是字，如同购房合同，统一格式，对于出版商来说，这样的案例绝不止×作家一个吧，这份协议，那么也绝不是针对他一人的了——也就是半天的时间，×作家发现微博上到处都是他抑郁自杀的消息，并配有图片——作家×于昨日自杀身亡，享年 38 岁。据悉，×作家由于创作，长期患有失眠症、抑郁症，就在自杀前不久，×作家刚离婚……信息客观简单。这些×作家都是知道的，协议里似乎有写到这一块，即×作家是怎么死的，对于一个作家来说，再也没有一种比自杀更光荣的死法了。让×作家惊讶的倒是，就这么一个简单的死讯，竟奇迹般地在微博和微信上铺天盖地转发开来了，人们开始讨论×作家，他的生平，他的为人，他的作品……×作家知道，这背后，是出版商的手在操控，具体的细节和方法，对×作家当然要保密，那是出版商的机密。×作家能理解。他只需充当一个公开的死者、隐蔽的观众。

一切如同之前的想象，×作家出名了，谁都得评价几句，否则就落伍了。作家、评论家、编辑、作协领导，都纷纷发声。报纸刊发整版纪念文章，刊物开始发表×作家小说专辑，配发专家评论，只是在目录上，×作家的名字被打上了一个小长方形框框，表示作者已经亡故；出版社也开始在抢时间，编辑出版×作家的旧作遗稿，预计半个月之后新书便能上市……这些倒是×作家能想象的，有一天，当他看见曾经因为相轻而失和的某市大作家，竟然也在报纸上写了纪念文章时，在×作家看来堪称龌龊的往事在大作家笔下却化腐朽为神奇成了佳话一段——×作家这才知道，原来文学史上那么多这啊那的某某才子才女的佳话说到底其实都是笑话。好吧，×也不计较这些了，他只觉得是打了一个胜仗，尽管这胜利来得比较晚，以至于他都要在"死后"才能看到。

他到了街上，怕被行人认出来，其实也大可不必——他特意戴上了鸭舌帽，压得很低。他在报刊亭站了下来，一张张翻阅报纸，几乎每张都能找到关于自己的文章，还有那些之前做梦都上不了的刊物，如今竟一登就是半本。×作家把这些能找到的报纸刊物都买回了家，他得好好看看。

×作家面对一大堆报刊，一时难以自禁，竟号啕大哭了起来。

这时，出版商来电提醒，是时候动笔写回忆录了。×作家这才记起，协议书上约定，他还得为自己写回忆录，当然是以死者亲戚的名义，题目都拟好了——《文学英才：我的弟弟×》。关于自己的平生，×作家感慨万千，他完全可以写下几十万字的大部头。

网上的言论是在一天之内发生逆转的。

一篇名叫"死亡能成为拔高作家的理由吗"的帖子，开始在微博、微信之间疯转。等×作家察觉时，形势已到了难以挽回的地步。光看题目，×作家就打了个寒战，似乎被戳中要害，好在匿名发帖者还没直接揭开谎言，他的所有言论还都是建立在×作家已经死了的这个事实基础上来发表的。无可否认，网络舆论就是墙头草，风往哪边吹就往哪边倒，刚开始叫好派和质疑派还势均力敌，各占一半，×作家如趴在山头，看着两军为他而战，从文本争辩到人身攻击。然而也就一天的时间，质疑派越来越多，迅速占了上风，他们口径一致，把×作家贬得一无是处，还挖出他多年前在三流刊物发表的劣质的应景之作，恨不得挂他起来鞭尸示众……×作家几乎没睡过一天好觉，他的心情糟透了，像是从天上直接摔进了深崖。早知道这样，他还不如继续默默无闻。他几次致电出版商，出版商却笑着说，放心，赞和骂的都有我们的人，一切都在我们的掌控之中，骂得越凶您越出名书也就卖得越好，请原谅我事先对您有所隐瞒。出版商又说，如今木已成舟，大家是一条船上的人了，只要外界还坚信您已经亡故，我们就一直走在成功的康庄大道上……您明白我的意思吗？×作家当然明白出版商的意思，也就是说，他还是上当了。早知如此，他真不想出这名。×作家后悔了。他再也不敢上网，他关掉了电脑，卸了手机微信，他实在受不了那些粗暴的字眼，就像是他们都围在他楼下，各提着一桶粪水，等着往他身上泼。让他害怕的是，竟然还有网友人肉出了他的住址和邮箱，这期间，他已经接到过不少邮件，他们或撰写长文辩驳，或直接开骂。×作家以家人的身份应对着，他甚至不敢回骂一句，怕人家一气之下真跑上门来闹。他甚至不敢长时间待在家里，他把门窗都关严，自己则躲在楼下小区，注意着电梯口每一个进出的陌生人。

就在这时候，他接到了前妻的电话。

刚开始手机里显示的是"出版商"的字眼，等他意识到是前妻时，他已经把电话给接了。这电话一接，×作家便违反了与出版商签订的协议，协议里第28条清清楚楚地写着，除了出版商，不得接听任何人的电话。这真是一个致命的错误。×作家只能沉默，这是唯一的办法。但他无法阻止对方说话，他听到妻子在电话那端哭了起来，妻子抽泣着说："你没死，你是骗人的，是吧？你说话啊，你是骗人的，你还活着，你都已经接听了，我甚至能听到你的呼吸，闻到你身上的味道……"好吧，全都被前妻说中了。这下完了。玩完了。连谎言都被揭开了。从此，×作家作为一个骗子，将会被钉上历史的耻辱柱上。

×作家不知道该怎么办才好，他不敢跟出版商汇报情况，唯一的侥幸便是希望前妻能清醒过来，否定自己所有的猜想。然而他也理解前妻的脾性，这个女人，要是不倔强，也不会和他走到离婚的地步。当×作家夜里回家，站在门口，一转动门钥匙，便知道，有人回来了。这人不会是别人，就是前妻。前妻搬走时，也带走了一把家里的钥匙。他本应该找她要回钥匙的，可他觉得那样做的话太绝情了，毕竟结婚已经七年。

没办法，他只好开门进屋，脑中迅速准备着该如何应对眼前的状况。

他在大厅没见着她，在卧室也没见着她，厨房里也没有……都没有，莫非是幻觉，或者遭遇小偷了，然而一切都安然未动。正当他站着发愣时，一双手从背后抱住了他，并将头靠在了他的肩上，她说："你回来啦？"

×作家如遭电击，瞬间又平静了下来，往常他回家，偶尔也会有如此温馨的一幕。

于是，在这个晚上，他们夫妻一起吃饭、喝茶、聊天，到卧室做爱，很难得的，谁也没提出要戴套，这应该是他们唯一一次抛开那层薄膜肉贴着肉进入了彼此的身体，从来没有过的体验，双方同时获得了高潮……他们并躺在床上，床头灯灰暗，他都差不多快睡着了，才听她轻轻问："你为什么要装死呢？"

如梦境初醒，全部回到了现实。

×作家不知道几点了，大概是凌晨四五点的样子，因为这时街道上还没发出扫大街的声响，说明离天亮还早。×作家选择在这个时候把前妻的尸首搬运出去。他把她装在一个大号的行李箱里，有滑轮，很轻易就推到了电梯口。他不用担心会在楼道里留下血迹，因为他没有使用任何凶器，前妻是被他用双手掐死的，除了脖子瘀青，全身完好无损。他竟一点都不紧张，仿佛真的推出去的就是一个行李箱，他只是要出一趟远门，为了赶飞机，早起了几个小时而已。是的，应该就是这样。他把行李箱推到了小区的花圃里，那里泥土松软，况且前不久还下过一场很大的夏雨。他很快就在边上找到一把园丁遗留下来的小锄，不费多少劲，他挖出了一个一米长宽的小坑。让他惊讶的是，他竟然挖出了以前埋在下面的博尔赫斯的书页，那些书页都已经被泥土和雨水浸得发黄发烂，只是废纸一团，再也看不出是博尔赫斯的大作了。

埋好了前妻，×作家返回家中，很快就睡着了。他实在是太困了。

第二天，我们伟大的×作家在清晨的阳光里醒了过来。他依稀记得梦里的事，却又无法确定。他急忙上网，方才长吁了一口气，是的，网络上并没有关于他的一个字，倒是在邮箱里，他又收到了几封杂志社的退稿信；桌面上正创作的长篇也因为卡在一个节点上无法继续，如野兽落于陷阱，进退两难——他并没因此失落，反倒有一种一切都还安然无恙的庆幸。他出了卧室，看见沙发上放着妻子昨天帮他挑的西装，窄腰小袖，尺寸刚好，是一套新款的时尚西装。他喊了一声妻子的名字，没应，这么早就出去了吗？这不像平日里的她。他打了她电话，发现铃声在卧室里响了起来。妻子的手机就遗落在床底下。×作家一阵慌乱，他似乎记起了什么，却又不愿相信，他冲出楼道，拼命按电梯。他几乎是跑着来到小区花圃边上的，除了几团湿烂的书纸，他还看见花圃里有个一米长宽的新土堆子，傻瓜都看得出来下面埋了东西。

（原载《芙蓉》2016.2）

颧　　骨

一

时隔多年，我在深圳的街头遇到她时，愣是叫不出她的名字。事实上，我并不知道她的真名。水银或许知道，可是水银已经多年不见人影。所以，当她站在熙攘的街头，问我水银的近况，我同样一句话也说不出来。

她比以前显得瘦些，颧骨很高（记起来了，那时我们都习惯叫她"高颧骨"）。她的牙齿有些往外凸，一颗颗很大很白，很强壮的样子，这不是她的缺陷，以前看着并不显丑，反而有另一番味道。如今，人一瘦，牙齿也往外凸出了些，关键还不只是凸，她的牙齿还很脏，牙龈收缩，呈乌青之色，像是刚被人打了一拳，流血过后的样子。她不笑还能掩饰，一笑，把整排牙齿和牙龈都露了出来，像是套了假牙，让人担心她整排牙齿会随时掉出来。

女人上了年纪就这样，很让人惋惜。

我一点都不喜欢高颧骨的女人。我母亲在弥留之际，都不忘嘱咐我：女人，三种不可娶，一是高颧骨，二是断掌纹，三是男人嗓。排在第一的便是高颧骨，可见其忌讳。母亲说："此三种女人，均克夫。"这个啰唆了一辈子的妇人，最后关头的几句话竟难得精简。

鉴于此，我对水银和她走到一块，就不看好。我怕有一天，水银真的会被她克死，那可怎么办？那时我和水银情同手足，恨不得内裤都换着穿，自然不想他被人克死。不想水银死，唯一的办法便是拆散他们，说白了，就是把她从水银身边拉开。

我说："水银，你真打算娶她？"

水银吓一跳："怎么啦？"

"我觉得你们一点都不配。"

"嘿，不知是谁，还说过我们天下无双呢。"

这话我确实说过，是我们刚认识她的时候，也是好玩，能撮合一对是一对。水银老实，看见女孩就抖，没人在一边"帮声"是不行的。我便是水银身边的那个"帮声"。照说，我早就看出她的缺点来了，为何还要"帮声"，只是想着兄弟们玩玩，不会认真。更具体一点，是想找个女的给水银破破处，就这样，也不能太高要求对方了吧。谁曾料到，他们的感情会日渐笃实，且发展到了谈婚论嫁的地步。

我说："你没发觉嘛，你高出她一个头加一个肩膀。"

我没说她的高颧骨，我知道水银不信这些，更何况两人已经到了热恋的程度。我说她的矮，是退而求其次。她确实矮了一点，一米六还不到，站在水银的身边，那才真是小鸟依人。

"我还没瞎了眼。"水银显然生气了。

二

"什么时候到深圳的？"我问她。

"嘿，好多年了，都记不清了。"她道。

我们站在东门街上。周日，人很多，多是女人。我能在那么多女人当中，一眼认出她来，实为巧合。实际也是她的长相帮了她，使她更容易被人在人群中认出来。

我们都要往地铁站走，一问，还是同一方向。她说她住西乡，而我住福永，相隔不过两三站。这么多年了，竟然彼此不知道。

　　期间我们聊着少量的话，相互简单说了下近况，她并没有工作，我想她可能嫁了个好老公。我开始怀疑母亲临终前的告诫。我并没有往深处问，她说她其实也有一份工作，如果那也算工作的话，或者说，准确点应该是一份自由职业。我问是干什么的。她的神情让我觉出神秘。她左右看了一下，仿佛怕让别人听见，旁边一个戴墨镜的中年人为她的唐突探视而显出不满来。她凑在我耳边，一手掩着满嘴的龅牙对我说："帮人治病，专治不孕不育。我是送子观音。"

　　说实话，我吓了一跳。她竟然称自己是送子观音，还能治病。据我了解，她小学都没毕业就辍学了，更别说学医了。我不便质疑，我"哦"了一声。

　　"你在干什么？"她问，满脸舒展，似乎因为清楚地解释了她的职业而深感轻松。

　　我说我在写作，写小说，写没人看的小说。这年头跟人家说起这职业实在有些难堪。

　　她做出惊呼的样子："不会吧，你成作家啦。你倒可以写写我。"

　　满车厢的人都看着我们，怪不好意思的。

　　西乡先到。她邀我到她家里坐会，其实也是她的办公室。她强调了"办公室"三个字。我答应了。

　　"水银混得怎么样？"路上她又问我。

　　我说还行吧，我不想让她知道我和水银已经断了联系。

三

　　水银坐牢之后，我们就再也没联系了。他什么时候出狱，出狱后去了哪里，我一概不知。他判了几年，我倒是清楚，三年，或许表现优秀，提前出来了。总之，凭水银的性格，他再也不敢惹是生非了。如果埋头苦干三五年，过上小康不成问题。

现在想来，我真是不够哥们。

在坪洲出站。我们来到一片握手楼，脏乱差自然是可以想象的。前些年，我也住过城中村，后因一部长篇小说卖了电影版权，还卖了个好价钱，就毫不犹豫的，把大部分钱交了房子的首付。深圳的房子贵，宇宙人都知道，我靠写小说赚的那么点钱，估计还要还上不少年。比上不足比下有余吧！当我站在阳台看轮船徜徉的伶仃洋上雾霭层层，我想这样的景象很多人还是看不到的。我就认识一个自由撰稿人，本来稿费就低，他还是个诗人，以至于每次去他家，我都得担心推开门，看见的是他已经饿死了的尸体……这样的想象让我深感写作真是一项悲壮的事业。

"这里像不像昌盛街？"她回头问我，期间她钻进一家小卖部，买了一罐可乐。她还记得我喜欢喝可乐。

是哦，昌盛街。我都忘了。那时我们就混在昌盛街，四个人，三男一女，女的自然是她，这个被我们称为"高颧骨"的女人；男的除了我和水银，还有罗一枪。罗一枪后来也和水银闹翻，是因分赃不均。这让我觉得罗一枪是个很操蛋的人，所以这么多年来也没联系过。听说他重返陆城，还在昌盛街开了三家餐馆，一家湘菜一家粤菜一家川菜，请了湘、川、粤三批人当服务员，而他作为一个福建人，到哪个店，就自称是那的人，弄得昌盛街的人都不清楚他究竟是湖南人是四川人还是广东人，难能可贵的是他三个地方的方言都会讲，讲得还很地道。唯独没人知道他是福建人。我不知听谁说起这些，不由得大骂一句："他妈的罗一枪，真是一条人才。"

昌盛街当时有一家很大的制衣厂，叫嘉兴制衣厂，制出来的衣服都统一贴上一个很国外的名字：伊娜玛斯。我们就是在这家制衣厂员工。当时她是检验员，我和水银和罗一枪都是车工。有一段时间，罗一枪还被叫去剪文胸线头，由此被我们耻笑很久，说他每天至少摸了上千个奶子。

是我先认识了她，我一开始称她为"检验员"，检验员在厂里可是有身份的人，那样叫她是一种尊称，她很乐意。当然，所谓的认识，其实就是上下班时点点头。制衣厂其实不乏女人，但都上了年纪，身体臃肿，形象拖沓，还喜欢趁人不注意把厂里的文胸往胸口塞——她们有时故意不穿文胸来上班，每次塞一个回家，塞得多了，还可以在家门口摆个卖文胸的小摊位——放眼看去，人潮中，她最年轻，年轻总是好的，高起来的颧骨似乎也不是那么碍眼了。

"怎么样？"我问水银。

水银在制衣厂的老实人人皆知，挨厂长的骂不说，那些肥胖的妇女还喜欢把水银拉到身边，用带有汗味的胸口磨蹭他的手肘，每次都把他吓得不轻。

"挺好看的。"水银看着她从远处走过。

"我介绍给你认识。"我那时很爱吹牛。

还真的，那天晚上，她便被我约了出来。我说请几个同事到河边吃冷饮，一起吧。她问都有谁。我说水银和罗一枪。说到罗一枪的时候，她的眉头皱了一下，可见她对罗一枪不怎么喜欢。

现在想来，陆城真是一个好地方。准确说，是曾经的陆城。和地球上任何一个县城一样，陆城也有属于自己的八景：仙桥夜月、碣石观海、图岭斜晖、甲石吞潮、法留停云、龙山烟树、洛洲芳草、乌坎归帆——至少我还记得，那晚护城河的水真清，河两边的垂柳随风荡漾，真美。河堤上都是冷饮摊档，大夏日，天热得起痱子，一到晚上，陆城人几乎没一个愿意待在家里，都往河堤吹凉风吃冷饮来了。好不容易占了个桌位，还得几个人一起趴开四肢镇着，再派一人去端吃的。生意一好，老板跟上帝似的，爱吃不吃，自己端，不吃大把人排着队吃。罗一枪早就破口大骂，扬言日后要在陆城开最有服务意识的餐饮业。现在看来，罗一枪的理想基本实现了。

我们可爱的检验员则在一边笑，她似乎一整晚都在笑。当然，她其实挺开心。她在陆城并没有朋友，她也是外地来的。

当我和罗一枪把吃的端过来时，发现水银已经和检验员聊上了。

一人一杯啤酒（我不喝酒，我喝可乐），一盆干丝鱿鱼，一小碟芥末，还有一盆炒田螺。四个人，就那样。那晚谁请，我倒给忘了。

四

她住在三楼。一个独立小院，这样的楼房深圳已经很难找到。一楼是一家废品收购站，门口放着"收购废品"的牌子，红色的字，已经泛白。啤酒瓶、旧报纸杂志和其他杂七杂八的废品堆了一院子，我们走过时，还得绕着。一个肥胖的妇女弯腰分拣，汗衣松垮，两个啤酒瓶似的奶子明晃晃；一边坐着一个男子，满脸胡子，抽烟，看着我们上楼，他突然喊一句："神婆，又有客人啦。"

她没应，看样子关系不怎么好。

我倒奇怪，她竟然被称作"神婆"。

一进门，我便知道楼下的人为什么称她为"神婆"了。我实实在在被吓一跳。不足二十平方米的小房间，竟然有一半的空间供奉着神位。神位前供奉着牲礼纸锭，香火缭绕，加上红色灯光和循环梵音，让人瞬间毫毛倒立。

我想转身离开，显然为时已晚，她关上了铁门，甚至还不忘把门闩上——也许是她日常的习惯，可在那一刻，作为一个细节，刺激了我脆弱的神经。我靠近窗口——这儿还能见到外面透进来的一点阳光。我久久不敢落座。她帮我开了可乐，漏气的声音清晰可辨，她把可乐放在茶几上，说她要忙会让我自个先坐。

她所谓的忙，就是先打一盆清水，往水里放上几颗稻谷或是小麦的谷物，我猜是五谷。接着还往水里扔了点青翠的叶子，乍一看，是榕树叶子。做好这些，她才把手放进去，浸洗一会，起身，到一边，拿起一块白色纱布擦拭。她来到神像前，从一个角落里抽出三根红色的香，抓起龛桌上放着的火机，捧手点香。她跪在神像前，那儿有专门的跪垫，都被她跪出一个凹槽来了。她拿香跪拜的方式有点奇特，不是双手执于眼前，而是举到头顶，横着戳向神位，十指的交织看样子也颇为讲究，不像是随意做出来的姿势。她开始念念有词，听起来也不像随口编造。

当她娴熟而庄重地完成整套仪式，时间已经过去半个钟头。我其实可以借口离开。奇怪的是，我又不想离开了，她触发了我的好奇心。我想和她聊聊，长时间地深聊。这些年，她究竟经历过哪些乱七八糟的事，以至于能成为现在这个样子，被邻居随口唤为"神婆"而习以为常。她曾是那样洁身自爱的女孩。

五

那时，在她面前，我们必须小心翼翼。她十分敏感，仿佛能看穿别人的心思。即便一句无关紧要的话，她都能哭上一整夜——我们自然不敢当面讨论她的高颧骨。这点让我后来很烦她。她嗲声嗲气，一下班便缠着水银不放。我听说，她还有一个笔记本，类似日记，每天就记录着水银对她承诺的一言一语，像录口供，以便日后作为指证水银的罪证。我说："水银，你怎么受得了？"水银反问："怎么啦？"看来他一点都不知觉。我怀疑他是个受虐待狂。

水银变得重色轻友，轻易不和我们一起。有一段时间，我甚至只能在制衣厂才能一瞻他的尊容。

听人说，他们经常钻玉照公园的小树林。

"迟早会出事的。"那些爱嚼舌头的妇人边干活边说。

平时我特讨厌她们多嘴多舌，那会却同意她们的说法。我也感觉他们会出事。为什么呢？玉照公园之前就发生过不少事，陆城有一帮烂仔，染红毛，逛街都插着刀，他们吸白粉，专门找小树林里拍拖的男女下手。水银是案板上的肉，在等着人宰呢。他竟一点都不自知，说明已经被狐狸精迷惑了心性——我称她为狐狸精，不知怎么那么恨她，大概因为她的存在，破坏了我们兄弟之间的情谊。那时我把友情看得比什么都重要，事实证明，这很一厢情愿。

那些日子，制衣厂的宿舍闷热如火上的锅，我和罗一枪百无聊赖，各自趴在窗台，看夜幕下明暗交织的陆城。

"这会水银在干什么？"罗一枪问。

"亲嘴吧。"

"这会呢？"罗一枪隔了一会又问。

"摸胸吧。"

"这会呢？"过一会，罗一枪又问。

"哦，摸尻了。"

"这会呢？"罗一枪还问。

我回头给了他一拳："妈的，水银在树林里干她了，干了，你满意了吧。"

罗一枪嘿嘿笑着："真干上了啊？妈的，那得多舒服啊，尻是怎么样的？我还没见过呢，你呢？"

我说我也没见过，只有水银见过，不但见过，还干过了。

"水银会出事的。"我说。像是预先知道一般。话还没落，便听到玉照公园突然一阵骚乱，隔一会，有人从公园里跑出，直奔制衣厂而来，不用问，那人便是水银。

"是水银，怎么啦？"

"快，帮忙。"水银站在窗下大喊，看样子他很想一手把我俩拽下去，好去救他的女朋友——那个高颧骨女人，不能给男人带来好运的女人。

我倒没多想，虽说讨厌她，也希望他们早点出事，真出了事，我又急于插手帮忙了，以此证明友情永远比爱情重要。如果不是在三楼，我和罗一枪真会一跃而下，那样架势看起来更为潇洒，更像香港电影里的古惑仔。我们不敢，再说一跳，不是毙命就是骨折，哪还潇洒得起来。我们噔噔噔跑楼梯，在厂门口，摸索半天，硬是找不到一样称得上武器的物件，最后一人拿一小块断砖，呼呼啦啦跟在水银的后面朝玉照公园走去。我心跳如雷，巴不得水银突然说："算了，不去了。"却得装出很勇猛的样子，嘴里骂骂咧咧，急于赴死一战。

到了现场，除了哭哭啼啼的她，鬼影也没见一个。

"靠，我们来晚了。"罗一枪把断砖朝地上一掷，声音超大。

架没打成，甚为遗憾。

事情却有了些微妙的变化。那晚，她的手机被抢了，刚买的三星。手机被抢倒不是最主要的，最主要的是手机被抢的时候，水银却跑了。水银跑去叫我们，按他的说法是搬救兵，救兵是搬到了，可也于事无补，等于没搬。而在她想来，水银的胆子也太小了，胆子小还好，还缺乏责任感，不顾她的生死，转身就跑，要是那些人不抢手机，劫色，该怎么办？

"说实话，他们只是抢了你手机？没干别的？"水银简直是神补刀。

这不是找抽嘛。

我亲眼看见，她抽了水银一巴掌，转身哭着跑开。

"哪有那么老实的，至少也要摸一下胸。"罗一枪在一边帮腔，又被水银甩了一耳光。

事情弄得真糟糕，不可收拾。

六

"你可以写写我的故事。"眼前这个颧骨越发高凸的女人看着我。她脸部轮廓由于侧着光，看起来有种阴郁的严肃。高颧骨的女人天生有种让人恐惧的气质。她真让我发怵。"这么说，不知道你信不信？我觉得我的身体里还住着一个神，我清醒的时候，神沉睡；我沉睡了，神开始清醒……"

"我相信。"我似乎只能依着她，一是我想继续听她往下讲，二也是不敢说我不信，我怕激怒她，或者说激怒她身体里的神。

"我先后嫁了三个丈夫，我为他们其中两个生下三女一男，他们都不在我身边，他们都被他们抢走了。前年，我的第三个丈夫去世，我们还没生下儿女，他便得了癌症，胃癌，才一个月，就瘦得一塌糊涂。我看着我的丈夫变了一个人，不像是我之前的丈夫了。他是那样丑，眼睛都快凸出来了，脸上的皮也像是贴上去的粗布。那样的脸，就是你看了，也会不喜欢的。可我丈夫才45岁，他是个电焊工人，没得病的时候，他一个月能赚3000元。他为什么会得胃癌？他三餐都准时吃，每天早餐能吃掉三个大馒头和一瓯白粥。可他偏偏得了胃癌，如果得个肺癌得个肝癌什么的，我倒可以接受，他爱抽烟也爱喝酒——得胃癌，我就觉得他死得不明不白。是不是？"她停下来，看着我，等我点头了，才继续，"我们花光了所有的钱，你知道，我们的钱其实不多，他每个月都要寄钱回去，养他的父母，还养他那傻乎乎的哥哥。等他躺在医院里了，他的父母，和那个傻乎乎的哥哥却一步都没来，他们说路远，来了也没用，人肯定活不了，死后，记得把尸体弄回家。去他奶奶的。人家儿子都不要，我还要一个半死不活的丈夫干吗？我就对他说，反正也是死，你出院吧，少花点钱，将来我可不想为你还一辈子债。他答应了。他怎么能不答应呢？他其实都说不了话，只是点了点头。我知道他不想死。谁又想死呢，谁不怕死？你怕死吗？"她又等着我回答。我说我也怕。"我们回到家，他就躺在你现在坐着的位置。"我突然一抬屁股，浑身起了一层鸡皮疙瘩。"最后一天，他的胃口出奇地好，竟然吃掉了两碗米饭。我还以为他的胃好起来了，就像电风扇，坏了，放了大半个月，突然有一天，随手一开，竟然好了。我以为是个奇迹。可是，当天夜里，他就死了。他死的时候，肚子是饱的，全身都干瘪瘤，唯有肚子是胀的。怎么说，至少没当个饿死鬼吧。"

"对不起。"我说。

我想对一个女人来说，这真是一段悲惨的经历。

不过，我母亲的话倒因此又得到一个验证，这个高颧骨女人，真的克死了她的丈夫。当然，她丈夫是得胃癌死的，是不是她克的，谁知道？但也可以想见，她的婆家肯定也像我母亲那样想问题，否则一个三餐准时又抽烟又喝酒的儿子不得肺癌也不得肝癌偏偏得了胃癌？不是她克死的还能是怎么死的？

水银还挺幸运，仅仅是猫了几年牢。

可我还是不明白，她所说的身体里的神到底是怎么回事。

"我知道你一直不喜欢我。"她说，"刚开始我还以为只是你一个人不喜欢我，后来我才知道，原来所有人都不喜欢我，包括水银，我那没死或死去了的丈夫，还有我的家人，我的婆家……他们都不喜欢我，都视我为克星。唯有神，神在宽恕我，在眷顾我，神还住进了我的身体。

"说了你或许不信。2010 年 12 月 3 日，我记得很清楚，就是这一天，神住进了我的身体。那时我还在电子厂上班，下班途中，我经过学校，看见那么多孩子背着书包吵吵闹闹走出来，我就想起了我的四个孩子。他们离开我时最大也才一岁，也就是说没有一个孩子会记得我这个妈妈。我站在校门口，突然不想回家，我像是个来接孩子回家的母亲，等着自己的孩子向我走来。我等了一会，我真希望能在人群里看见我的孩子。虽然我不知道他们已经长什么模样了，我坚信只要他们一出现，我就能认出他们其中的任何一个。是的，你要相信母亲的直觉。"

她看着我，我习惯性地点头，只要点头，她便满足，便会继续说下去。

"我竟然真的看见他们了，他们四人走在一起，三女一男，四姐弟，那么漂亮，可爱，简直就是天使。我跑了过去，我喊着他们的名字，他们的名字我都记得，都是我起的。但他们似乎已经不叫原来的名字了，对于我的叫喊无动于衷。我急了，我冲了过去，我努力抱住他们，不让他们任何一个从我身边逃走。我死死地抱住他们。我又哭又喊，我实在太幸福了。我终于找到他们了，抱紧了他们……"

"后来呢？"我问。

"我也不记得后来发生了什么，你不问，我真没想过这个问题。后来，我只记得后来我在医院里醒了过来。"

"在医院？怎么去了医院？"

"我也不知道，他们说我是人贩子，还说我疯了，是个疯子。我说你们才疯呢，你们把我的四个孩子弄哪去了。然后我起身，扯掉手腕上的吊针，我跑出病房，我要去找我的孩子。结果，你猜我看到了什么？"

"什么？"

"我看到了鬼，满医院的鬼，七孔流血的，断手断脚的，还有无头鬼，他们密密匝匝，站着或坐着，在医院的走廊和大厅里，他们和医生和病人们一起，医生和病人看不见他们，只有我看见了。起初那些鬼并不知道我能看见他们，他们经过我身边，不会看我一眼，可我死死地盯着他们，他们看见我的眼神，才意识到我的异常。他们开始和我微笑，点头，甚至停下脚步，问我好点了没有。我不敢回答他们。我其实一点都不怕，我好像和他们有某种共通的东西。如果能坐下来，好好聊天，说不定还能说上不少合意的话。在他们中间，似乎还看见一些熟面孔，他们有的以前跟我一个工厂，有的和我住过同一个城中村，后来他们都失踪了，我还以为他们都回家了，或者去另外的地方打工，原来都死在医院里了。这些熟人，我想过去跟他们打声招呼，虽然他们生时我们不是很熟，死了，还是感觉相识是多么有缘 。其中有一个整条手臂都没了，被扯烂的布料和肉渣子混合在一起，还有那些白色的骨头、青筋，都吊在残臂上，他每走一步，它们便跟着摇晃，滴着血。血一滴到地板上，便吱的一声消失了。我隐约还能记起他的名字，但硬是想不起来。我倒记得他的手臂是在工厂被胶粒机绞烂的，那时我们同在一个机房。事发后同事们还在放塑料粒子的桶里翻找到被绞成碎粒的肉丁——我足足一个月不敢吃肉。想不到，我又见到了他。如果不是老板无良，耽误了抢救时机，估计他还不至于死，也就不会在医院里成了鬼，让我再次遇见血淋淋的他。

"我想我不能在医院过多地逗留。我绕开他们，避开他们好奇而热情的眼神，我来到大街上，可我发现，大街上的鬼更多，密密麻麻，是街上行人的好几倍。至此，我才知道，我们这个世界上，人不过是少数，鬼才是多数。想想也是，死了多少人，那些死去的人原来都不会消失，他们只是换了一种方式，存在于我们周围。我看见有男鬼用猥亵的眼神看对面走来的美女，有女鬼在服装店里看着琳琅满目的冬装，有老鬼和行人争着过马路，差点把一个牵狗的男人撞倒，前面的车一个急刹车，戛然而止，探出一个光头，骂：'想死啊你。'我还看见几个小鬼围在肯德基门口，隔着玻璃望窗上贴着的三层夹肉汉堡流口水……

"人和鬼又有什么差别呢？我甚至觉得那些鬼看起来比人更为和蔼。这时候我才发现我的身体里有了神，因为神，我似乎可以目空一切，原谅一切……有了大爱。"说到这里她举起双手，像是在拥抱什么。

我惊讶于她的状态，曾经，她是那么羞涩沉默。

七

制衣厂的宿舍也闹过鬼——这倒是她提醒了我。

事发在水银和她遭抢的几天后，谁都知道，那几天，水银痛苦不堪，因为她没理他，要分手——这倒是我希望看到的。所以，那几天，我异常兴奋，纠缠在水银面前阴魂不散，没少请他喝酒吃饭，罗一枪也沾了不少口福。

那晚我们子夜一点才回厂，宿舍的人早已熟睡，我们边走边叽叽歪歪，满口江湖义气，还不时把铁罐的啤酒瓶扔在楼道，哐哐当当的声响，如一路跳跃的青蛙。

　　路过她的宿舍，水银突然止住了脚步，猛敲宿舍门。我们把水银架开。水银坚持那样做，他要再次向她解释：他的离开并不是逃跑，是去搬救兵。

　　奇怪的是，宿舍一点动静也没有。我们仨屏住呼吸，似乎在那一刻，整条昌盛街都陪着我们安静了下来。突然，宿舍里传出哭哭啼啼的声响，似有似无，仔细一听，确实是女孩的哭声。这其实可以解释。情人闹矛盾，躲在被窝里哭呢。水银急了，一把转动门把，发现门没锁，一头就撞了进去。这样当然很不合适。厂长最不喜欢男的往女宿舍跑，扬言被捉到就开除。我和罗一枪没能拽住水银，只好站在门口，进退两难。水银摸索了一会，没能打开屋里的灯，停电了，显然不是，陆城一片通明。水银便一张床一张床去摸，他实在是吃了豹子胆。隔了一会，水银来到门口，说奇怪床上一个人也没有。哭声却还断断续续。我们紧张起来。突然，对面的窗户被推开，一个人影跳了出去。月色朦胧，其实也看不太清楚，加上我们又喝了酒。水银却坚信她跳下楼了，她自杀了。我们知道，楼下，是一条河，河水穿城而过。待我们赶到河边时，什么也没发现，只看见河水凌凌，漂浮着各种生活垃圾。我们上楼，大呼闹鬼，鬼就在女生宿舍里。可当我们召集一大群人围着女生宿舍时，敲开的却是灯光通亮，所有女工都睡眼惺忪地从被窝里坐起来，骂骂咧咧的，其中便有她。她并没有如水银所说，跳楼自杀。

　　事后水银一直耿耿于怀，我和罗一枪都觉得是喝多了，他却坚信没看错，尽管他喝最多。他觉得那是一个谶语，它预先告知水银，她终有一天会自杀，会打开窗户跳进河水里。水银为此魂不守舍，整天跟着她，怕她自杀。

　　没过多久，水银就丢了工作。水银丢工作的原因很简单，她和厂长好了，具体说是厂长想和她好，第一件事自然是先把水银踢开。自闹鬼事件后，我对女宿舍留意起来，有一天晚上我亲眼看见，厂长走进了女宿舍，大半天才离开，怪不得他不让我们靠近女宿舍。我听说，也许是我猜想，厂里的女人大都被厂长睡过——我怀疑那晚跳窗的身影就是厂长。因为只有她，没被厂长碰过。厂长当然想碰，不可否认，她是全厂最年轻的女人。我看见厂长进去时一身整洁，离开时却衣裳凌乱。我决定把这事闹一闹，为水银出口气。后来我放弃了，甚至没敢告诉任何人，连水银也没说。可能是怕伤害人，更多是怕被炒鱿鱼——那时我真需要一份工作。

水银被炒掉后，还不肯离开，直到被人揍了一顿。揍他的人也是厂长叫的。水银说，揍他的人正是那晚抢了她手机的人。似乎一切都在厂长的策划当中。水银咽不下这口气，想出了个馊主意——在他看来却十分悲壮，甚至可以一改在她心目中懦弱的印象。水银想偷厂里的衣服，那些"伊娜玛斯"，似乎也值点钱。水银找罗一枪帮忙，负责放哨，事成之后，五五分。罗一枪想了一大会，点头答应了。罗一枪也想赚一笔，辞工开他的餐馆。结果水银没能偷到值钱的"伊娜玛斯"，倒是在厂长的抽屉里翻到了一万块。一万块在当时是一笔巨款，水银抽出一半藏在身上。现在想来水银还是太老实，他大可以把钱占为己有，也就不会导致后来罗一枪的质疑，闹了矛盾，事情一暴露，当即就被厂长派人围在了昌盛街，插翅难逃。

抓捕水银和罗一枪成了那一天昌盛街的大事，除了为数不多的警察，更多的是我们制衣厂的员工。厂长发话，谁要是抓到水银或者罗一枪，升工资，还奖励一千元。诱惑不小。

我站在制衣厂五层高的楼顶上，俯视抓捕水银和罗一枪的全过程。整条昌盛街的一举一动都在我的视线之内。我看见水银钻到河边，发现藏不牢，又爬上来，钻进了玉照公园的小树林……我看见罗一枪一直在小巷子里转悠，最后翻进了一户人家的窗户，刚好那户人家没人在，否则罗一枪不会一直待在里面，并因此逃过一劫。厂长带领着制衣厂浩浩荡荡的员工，如上街示威，淹没了整条昌盛街，人声那个鼎沸，陆城前所未有，后也难寻。当人群涌进公园，把所有草木踩平，并从里面提出水银时，我看见水银先是吃了一顿暴打，也不知道是谁带的头，怒气大概来自寻找过程中的烦躁。总之，他们都觉得水银不应该藏得那么牢，以至于他们在街上吵吵闹闹一整天。水银被厂长拖着领子交给警察时，和一只死狗没什么区别。

很快，她辞职了，离开了昌盛街，大概受不了厂长肆无忌惮的骚扰。

八

她后来去过不少地方，也干过不少活，自然也认识不少人，而昌盛街的那段经历，在她看来，已经是不起眼的一小段。如果不是遇到我，她都已经把昌盛街逐渐淡出记忆。于我而言，昌盛街也没什么值得追忆的，倒是她后来所遇到的事，改变了她的人生。

我不敢确定这个世界有没有鬼神存在，在此之前，我怀疑的成分要多一些，可听完她的话，我觉得她不像是在说谎，她一遍遍地问我是否相信，也是怕我怀疑。

事情远不是她突然能见到各种鬼魂那么简单。同样是在一夜之间，她换了个人，会说满口流利的粤语，能唱粤剧，甚至她还能说出一个人的过去和未来。这些都还是小儿科，她还能在某个特定时刻，精神抖擞，观音上身，医治病患，无所不能。她名声远播，越传越邪。

"果真这样？"我问。

"你还是不相信我。"她显然有些失望。

她的精神是否出了问题？这是我关心的。

"我就靠这过日子，我没向他们要钱，病好了，他们自然会给我钱。"

我笑着，假装轻松："或许你可以开一家诊所，现在生不了孩子的人不少。"

"不行的，"她摆摆手，"不是任何时候都行的，我得等着神的到来。"

我想起老家的拍桌神，神一上身，神婆子便会猛拍桌子。我母亲在世时十分迷信，我一有病，母亲不会送我上医院，必定先是去找拍桌神。我很讨厌那些丑陋的满嘴口臭的神神道道的老婆子。如今她竟然也成了这样的女人。我难以想象她靠着这个在深圳这样的城市讨生活。

后来我想，她或许是出于无奈，一个女人，孤寡寂寞，靠什么生活。她只是虚拟了一个世界，接着又虚拟了一个自我。

九

我答应她，把她的故事写成小说。在这里，我却想以另外一个故事收尾，这个故事来自我的母亲。

我母亲临死前嘱咐过我，不能和高颧骨的女人结婚。实际上，我母亲也是一个高颧骨的女人。我母亲的高颧骨越到年老越明显，活像是两座大山，压着母亲瘦小的脸无法自拔。

我母亲年轻时是个泼妇，她和我父亲没有一天不吵架。我母亲还爱赌，赌得比男人还凶，村里没人不知道。我父亲为了逼我母亲戒赌，竟当众砍下自己的手指。那场面我没亲眼所见，却被我母亲说得栩栩如生。我母亲说，那根小指头，一刀下去，竟飞起了一米多高，跳出了围墙，落到了猪槽里。待我母亲到猪槽里翻找时，才发现我父亲的手指头已经被猪给吃了。我母亲哭天抢地，当天就把那头猪杀了，刨出猪肚子，像在泥里抓泥鳅，找父亲的手指。

父亲因失血过多，还没送到医院，就死了。母亲后来终生悔恨，守寡一辈子。母亲一直坚信父亲是被她克死的，她不能改嫁，去克死其他男人。母亲一生最痛恨她那两个高高的颧骨，她曾说过，她死后，周年捡骨，务必记得把她的高颧骨敲掉再葬，否则她下辈子投胎，如果还是女人，就还会是一个高颧骨的女人。

这么多年了，我也没打开过母亲的坟地，更没遵照母亲的吩咐，不知母亲会不会因此责怪我不孝。

（原载《山西文学》2013.10）

少　莲

一

　　濮可不知被谁拉进了一个群里，群的名字叫"青春记忆"。仔细一看，是一个初中同学群。群是刚建的，很快就拉进了十几个人，闹哄哄的，你一句我一句，对话栏里向上滑动的字句都看不过来。大家互道名字，那些名字起初有些陌生，渐渐就立体了起来，并能想象名字背后那一张脸、一个发型，或一个笑容……总之，活泛了起来。濮可也来了兴致，本来并不怎么喜欢网络聊天的他，突然表现出了极大的热情，与同学们忆故叙旧，感慨颇多。多少年不见了？十几年了吧。初中毕业后就没再见过，也有偶尔联系的，但不多。他们这一届当初也没什么同学会之类的组织。如今，这个周末的上午，濮可有了恍若隔世之感。

　　记忆在对话中渐渐清晰了起来。有一个女孩，叫少莲的，濮可都忘了她姓什么了。总之，这个叫少莲的女孩让他一下子印象深刻，小个子，短头发，虎牙，喜欢笑，也爱来事，动不动就跑上讲台大声讲话。那时的濮可内向害羞，没太敢和女生说话。他记得三年初中下来，和那个叫少莲的女孩都没说过一句话。但他关注着她，甚至还可以称得上是敬畏

——所以记忆的开关一揿，那些隐藏着的空间就一个个亮了起来。有些事情确实很美好，青葱岁月，无拘无束，濮可边打字边想，不由自主地笑着。妻子看见了，问跟谁聊天呢？这么开心。他说是一个初中同学群，刚加进去的。妻子问："遇到老情人啦？"语气是半开玩笑的那种。他却紧张起来，说哪有啊。仿佛他真的和那个叫少莲的女孩有过一段校园恋情似的——他倒是希望有过。

濮可的校园生活其实挺失败，别说谈恋爱，就连走得近的同学也没有。他的成绩不算好，也不算差，恰恰是那样不上不下，处境尴尬，才没引人注意。那些成绩好的，老师们爱着，同学们敬着，女生们也远远地注视着；而那些成绩烂的，也就破罐子破摔，反正一塌糊涂，无所顾忌，半路拦住一个女生调戏也不为过，偏偏就这样的坏孩子，也得到了一些女生的好感，出了校门，女生都喜欢往他们的单车后架上坐。

濮可也不是不喜欢学习，事实上他听课做作业比谁都认真，在班级里是出了名的挑灯苦干型的学生，因其成绩平平，一切苦干也就如流水般白白流逝，丝毫没有引起老师和同学们的关注。老师不关注濮可情有可原，他那情况上不了台面当榜样，只会给学生落下把柄：都那么刻苦学习了，不也一样；而与同学们的疏远，则是濮可故意为之，他心里深藏着自卑。

他们的学校位于山脚下，那样的学习环境在今天看来真有点求之不得，可当时的濮可，就极其厌烦学校边上的山，还有那些茂茂密密的松柏树。一下大雨，雨水会把山里的树叶杂物都冲进教室里。课余时间，同学们都喜欢往山上跑，其中自然也包括少莲。通常就剩下他一个人待在教室里，记笔记写作业，勤奋得让人看不起。他也不是特别喜欢那样，只是一直那样做了，一时改不了，怕随意地放弃会更让人看不起。他怎么就那么注重别人对他的看法，如今想起都感觉可笑。他其实也想跟同学们一起玩，说说话，像一滴水融进一片水里。

少莲却俨然是同学们中的大姐大——她身边总是团结着一伙同学，亲如兄妹，一起爬山，在山里包野兔、烧番薯，甚至一起到小卖部买零售香烟。少莲也抽，像男孩子一样；有时也会和周围村里的人骂阵打架。班里的女生超不过五个，少莲和男生玩在一起，一点都不为人所诧异。他们中有的成绩好，也有的成绩比雨后的泥还烂，但他们走在了一起，没有谁会计较谁的成绩好跟坏。他们表现出少有的成熟，和老师也敢开玩笑，经常还能看见他们在老师的宿舍里聚会，无拘无束的样子，颇让濮可羡慕。

一次濮可有事去找老师，这种时候他总是很紧张，碰巧遇到少莲他们一伙人也在，他们几乎称得上谈笑风生，让置身其中的濮可深感卑微。

他记得少莲当时还笑着问："这位同学，你找老师有什么事？"

他支支吾吾，比害怕老师还害怕少莲。

二

濮可点入了少莲的空间，很顺利就进去了，不像其他女生非要给空间加个密码——热情的少莲随时敞开怀欢迎人，就像她当年位于省道边上的家，同学的单车总是把她家门口都给堵住了。他每次经过，多想也停下单车，到她家里坐坐，终究是不敢。

他先点开了空间里的相册，照片不少，分成几个夹子，都公开着，不加锁。他想一个人的性格总能在不少细节上体现出来。他看着照片，有她本人的，一眼就认出来了，还是短发、单眼皮、笑着露出两颗虎牙，只是稍稍成熟了些，头发也染了红，胸口凸得惹目，毕竟也年近三十，结婚生子了。奇怪的是没她老公的照片，剩下的照片几乎都是她儿子的，上百张，从刚出生时到上幼儿园，几乎可以当场电影来看。女人到了这年纪，最在意的还是孩子。

他印象深刻的是十多年前她的模样，其实模样已经模糊，他能记住的只是一些事情，回忆事情的同时她的模样也渐渐清晰了起来。记得有一次，下了好大一场雨，学校害怕山体滑坡，停课一天。一天后，去上课，发现教室里爬满了蛤蟆。当时班里的同学都很害怕，尤其是女生，其中有一个竟然给吓哭了。少莲却一点都不怕，或许她也是怕的，但为了继续表现她一贯的胆大作风，她竟然把教室里的蛤蟆一只只抓在手里往窗外扔。这事濮可印象深刻，多年来都没有忘记，当时他就站在门口，看着少莲弯腰，抓蛤蟆，直起身子，再往窗口甩，窗有铁棂，有时甩不准，蛤蟆砸在铁棂上，噗的一声，哇哇直叫。同学们围着看，哄笑不止。最后老师也围着看，看少莲把教室里的蛤蟆抓得干干净净，再拍拍手说："好了，诸位请进。"那简直就是一场壮举。

濮可看着电脑屏幕上的照片，神情有些恍惚，仿佛时间被人用剪刀拦腰剪断，剪去了一大段，再接上。于是，少莲从一个勇敢抓蛤蟆的小女孩突然变成了一位成熟的母亲。这期间的突然，让濮可感觉神奇，仿佛电影里那些叙述一个人成长的老套方法，一个小孩跑着跑着，就跑成了大人，之间只需要稍微模糊一下镜头过渡——至少还有过渡。濮可不知道少莲是否还记得当年她怎么把一只只恶心的蛤蟆抓在手里，如果记得，她是否也在佩服当年的勇敢，或者纯粹就是要强；现在，说不定一只蟑螂，就足以让她满屋子躲了——也是情理之中。他这么想着。如果她的丈夫听说了她的壮举，会作何惊讶的表情呢？

离开那个学校后，濮可就没再见过少莲，也没留下任何联系方式，就那样各自消失。不但是少莲，几乎所有初中同学都失去了联系。于他而言，每个同学其实都会突然变得让他感觉神奇，就像他自己，这么多年不也正是一点点变过来的吗？不是也结婚生子，当了老公又当老爸，不是也眼尾纹一天天加深，越来越不相信多年前照片里的那个青涩少年就是他自己了吗……同学们看见了，同样会感觉他突然变成这样是颇神奇的事。

142

三

少莲在群里很活跃，就靠她挑气氛，话尤其多，无拘无束，比之当年非但没收敛反而有了为人妇后的肆无忌惮。她说她当年暗恋的男生，一列开来，竟然有十几个。濮可明知道那个名单里不会有自己，还是挺兴奋地看着。大家聊得正欢，皆因少莲的存在，整个群便洋溢着一股暧昧之气。濮可打上一句："我当年也是暗恋着少莲的哦。"后面加了十几个感叹号，话一发送，引起了同学的起哄。濮可有些紧张，想着趁机也疯一把吧，反正几乎是两个世界的人了。只是他这话确实不是玩笑，他是喜欢过少莲的。

"你是扑克牌？"少莲问。

濮可的 QQ 名就一个"可"字，"扑克牌"是当年同学们给他取的外号，当然这个外号并不闻名，只有少数几人叫着，到如今，连濮可自己都忘了曾经有这样一个外号。少莲还记得，且一下子就和暗恋她的人联系在了一起。看来濮可当年的暗恋并不"暗"，至少少莲是有所察觉的。

至于怎么就对少莲有好感，濮可也说不出个由头，就是一种吸引力。在课堂里看不够，每次上下学经过她家门口，他还是忍不住朝里望，想多看她一眼，又怕被她发现。每次路过省道那一段，他都有些慌里慌张。多年以后，同学们散落四处，有辍学的，也有的到外地继续读书，当然也有像濮可那样回家当了一名小老师。他不知道少莲的去向，也没打算探问。他那时也释然，不把少莲放心上，只是再次经过她家时，瞬间还是有些紧张。那时她家弄了几个豆油瓶为路过的摩托车加油，濮可有时也把摩托车开过去加点油，近距离看她家里的模样——他终究没有进去过。她的父母都不认识他——眼前竟是女儿少莲的初中同学。女儿的同学几乎都来过家里的，几乎都认识。他知道她的父母不认识他，可他却知道他们，知道很多东西，他感觉自己站在明处，有一种心底澄明的优势。他本可以说："我和你家少莲是同学呢。"由此进一步不就可以知道少莲的近况了吗？他不想这样，即使说了，她的父母也会认为他和少莲不算很熟吧，否则她怎么一次都没带他到家里来。她家离学校那么近，又是当年同学们举办各种活动的重要场所，几乎就是一个俱乐部。同学们都说她的父母好。他一次都没去，似乎少莲也没邀请过他，怎么还好意思说自己是少莲的同学呢？他发现她的父母日渐苍老，那个家也沉寂得很。他可以断定：少莲外出了。再后来，她家干脆就没人了，听说是搬家了，留下的房屋空荡荡的。他每次经过，还是忍不住要看一看。

濮可在一个村里当了几年老师，终于也离开了。至今他都深信那是一个明智的选择，否则也不会有今天，混了个记者的身份。记者本也是份小工作，累死累活，还经常被领导骂，但毕竟是个记者，仗着名字经常出现在报纸上，这些年濮可的名声也传回了家乡，往日的同学多少有耳闻，有同学在城市当了记者，牛吧，谁呢？濮可？就那个"扑克牌"啊，哦，真没看出来，当初他挺老实的，怎么都当上记者了？真是人不可貌相——仿佛当记者就得奸诈狡猾似的；也有记不起来的，想半天都不知道濮可长什么样，甚至是不是同学都怀疑。

濮可这点骄傲还是感觉到了，或者说是虚荣也好。总之，他颇有扬眉吐气的意思。每次回老家（他很少回老家了），他也故意深居简出，尽量不和老同学相聚，为的就是保持那份神秘感。为什么这样？他也不太摸得透自己。其实他不算成功，有时还感觉挺窝囊。

四

吃午饭时，濮可主动说起他的初中同学，说都十多年了，大多数同学今天才算真正联系上。妻子问，刚才你看着的照片有点眼熟，她也是你初中同学？

"是。"他说，"她叫少莲。"

濮可说出这个名字显然让妻子有些吃惊。妻子说："我有个朋友也叫少莲。"

叫少莲的女孩多了去了，同名而已。濮可想。可他想妻子其实也极有可能认识少莲，妻子的村庄离少莲省道边上的家不算多远。濮可当年在妻子的村里教书，认识妻子之前，她在周围的村庄有着不少女伴，其中当然可以包括少莲。

一边吃饭，妻子一边说起她的朋友少莲。

她说她其实和少莲也不熟，只能说是朋友的朋友，为什么对少莲有印象呢？缘于一件事。妻子说那年她的一个朋友死了，是一个男孩，很帅气的男孩，也讲义气。他那天去镇里，和人打架，被人用榔头砸死了。后来才知道，他和人打架正是因为少莲，还知道，他和少莲谈恋爱，只是当时和少莲谈恋爱的还不止他一个，碰巧在街上遇到了另一个，于是打了起来……他们兄弟姐妹都去看望，满满一屋子人，见少莲哭得死去活来，不顾形象。当时她们都被感动，也陪着一起哭。她们都说少莲的命苦，本是一个那么快乐的女孩，遭遇那样的横祸，一般女孩还真的没法挺过来。她们好长一段时间都守着少莲，生怕她寻短见；她的父母更是彻夜难眠。然而事情并不仅仅如此，那个被砸死的男孩的家人还是闹事来了，当初男孩和少莲谈恋爱，似乎就没得到过家人的支持，如今还遭遇这样的悲剧，那家人简直疯了，拿刀拿棍，不找凶手，反倒往少莲家里赶，通通围住，要少莲偿命。少莲遇到这样的事，真恨不得以死相还。她是那种平时嘻嘻笑笑却性格刚烈的女孩，那天当着好多人的面，少莲举刀跺下了自己一根手指——说到这里，妻子恶心了一下。濮可说："咦，吃饭呢。"濮可故作掩饰，其实希望妻子往下说，像是妻子已经把他带到一个洞穴之中，怎么会希望妻子弃他而去呢？妻子继续往下说："当时所有人都惊呆了，看着少莲倒在地上，鲜血像是刚挖的泉眼往外喷，周围的人无不沾着她的血。

可竟没有一个人意识到要上去救她，好像还不相信眼前发生的一切。突然有个朋友尖叫了一声，人们这才醒过来，纷纷抬着少莲，往镇上的医院送。后来那根手指头还是没能接上，不知丢哪去了，她家养了几条狗，估计被狗吃了。这事过后，男孩的家人都退了，再也不敢来闹事，而我们这些朋友一时之间也吓傻了，慢慢和少莲疏远，谁也说不清原因，其实谁也清楚，这个刚烈的女孩确实不能再交往下去了——人就是这样，做了一件自己看来很对的事，却也会吓到了你身边的人。后来我就没再见过少莲，听说她走了，去了汕城。再后来，她家也搬了……"

按妻子说的，她所认识的少莲似乎就是濮可的初中同学少莲，这事有点巧，想不到夫妻俩竟都认识同一个女孩，却互相不知道。这也没什么，他们那个镇上也就几条村子，总会认识一些同样的人。只是濮可有些愕然，身为同学，甚至是暗恋过的同学，竟然不知道她身上还发生过这么大的事情。不知怎么，濮可十分坚信剁手指这种事肯定是少莲能做出来的，和十多年前她在教室里抓蛤蟆那幕联系起来，本就一脉相承，注定是同一个人所为。

妻子说："不知道我说的这个少莲是不是你同学。"

濮可笑了一下："我也不知道，可能是，也可能不是。"

他们都缺乏探究真相的热情，即使探究的对象是他们的同学和朋友。要验证是不是同一个少莲，濮可只需再问妻子一句她说认识的少莲住哪，便可知道答案；或者妻子去少莲的空间仔细看看照片，即便多年过去，人再怎么变还是能认出来的。他们都没有这个欲望，都把少莲当作是故事里的人物，只供夫妻吃饭时间一次话语消遣。

妻子已经忙着收拾碗筷了，她仿佛忘了少莲的事，或者压根就没说过少莲的事；妻子这样，濮可当然不好主动去捅破这层纸，就算夫妻俩认识的真是同一个少莲，也可以把少莲一分为二，各自当作是记忆里的那一个。

五

无论有过什么样的遭遇，如今的少莲应该是幸福的吧。她的儿子都那么大了，长得也很可爱，空间里放那么多儿子的照片，足见少莲对儿子的爱。女人即使一辈子受尽爱情的欺负，到头来她也能在母子亲情里得到平衡和安慰。

再次看少莲的空间相册时，濮可留意了她的手，但每张照片她都把手隐藏了起来，似乎是刻意，又是不经意。看她儿子的相片时，濮可倒是发现了一个细节：她儿子竟是十一指。儿子是十一指，按濮可当地的说法，其母或其父必有一个是九指。这样的说法似乎也有不少实例佐证，濮可村里就有一对父子，父亲当年为了戒赌砍下一根手指，生了儿子就是十一指。

濮可觉出自己的无聊，验证这个有意思吗？

晚上，群里有人说起濮可，大致也就是濮可当了记者，真是为家乡争光，为母校争光。少莲还是最热闹的一个，她说早知道濮可能当记者，当初她就是死也要赖上，那么好的机会，竟然错过了。大家你一句我一句，开足了玩笑。濮可也兴致高涨，一种被人赞赏的虚荣心在鼓舞着他，多说了些话，尽管他已经说了不少，所说的也不是平日里他所能说的。

少莲突然单独给濮可发来信息，要濮可把妻子和孩子的照片发给她看看。他发了，挑一张全家合影。合影有不少，有些他好看些，有些妻子好看些。他挑的是妻子好看的——他有让妻子给自己添脸面的意思。少莲要照片的目的，不也是要看看濮可的妻子长得如何吗？

果然，少莲说："嫂子好漂亮。"

他回："可没你漂亮哦。"

她发来一个脸红的表情，下面加一句："你真暗恋过我啊？"

他回："那还有假，比珍珠还真。"

他有些兴奋，一种类似偷食的感觉，这样的暧昧他也不是第一次玩，只是这次有点不一样，暧昧的对象是多年未见的初中女同学，多少有点纯真。

她说："早知道就等你啦，真后悔。"

他一时语塞，不知道往下该说什么了。他说：

"你老公是干什么的？在家吗？肯定不在家，要不你哪敢和我这样聊天啊？"

她说：

"我老公才不管我呢，我也不管他，他帅得很，也讲义气，女孩都喜欢他，大众情人型，呵呵。他出差了，去成都。"

如果此刻他和她同在一个城市，他想是可以往下发生点什么了。同时他也清楚，此刻他和她相隔上千公里，一切只能止步于暧昧。再说真在一个城市，他敢吗？她愿意吗？这些都是未知的问题。

他说："哇，嫁了个不错的男人吧。"

她说："哪有你爽啊，大记者。"

他说："记者不一定大，也不一定爽哦。"底下还跟着一个坏笑的表情。

她发出一个流汗的表情。

接着他们说起了孩子，她问他的孩子上幼儿园了吗，多少钱一个月，等等，母亲关心的问题。他对这样的话题不感兴趣，简短地回答着。她说她儿子在香港读幼儿园，一个月就要三千块，不过也值，那边教育好，孩子也喜欢在那里，不愿意回大陆（她用了"大陆"一词，让他吓一跳）。她说前不久和老公去香港看儿子，儿子跑过来，抱住她就喊："I LOVE YOU，妈咪。"她高兴死了。她说她这辈子第一次听男孩子那么大声说爱她，她真的很感动。

她喋喋不休，拿他当倾诉对象。他想起村里那些妇女在巷子的交谈，顿时感觉到无趣。他对孩子的话题实在不感兴趣，别说是别人的孩子，就自己的女儿，他都懒得和别人说起。不是他不喜欢孩子，而是觉得没那个必要，在一个本该暧昧的氛围里展开育儿话题。

他突然对少莲有些失望，甚至是反感。他觉得她说那么多，无非就是在炫耀自己的生活多么幸福美好。此刻，濮可真的没法把眼前这个幸福的少莲和妻子所讲述的那个命苦的少莲联系在一起，她们真不是同一个人。但人是可以从不幸慢慢幸福起来的，只是少莲不知道，此刻，她炫耀幸福的对象其实了解她曾经的不幸。这点很重要，要是少莲知道，她可能就会知趣，不敢炫耀了。

——濮可这么想着，一会工夫，对话框里已经挤满了少莲连续发过来的话。濮可懒得看了，他不想再如此对话下去，回了一句"我先忙"，就下了。

之后，"青春记忆"群里依然热闹，活跃的还是少莲，她有时说他的老公，有时说她的儿子，无论说谁，语气都洋溢着幸福。她似乎不用上班，或者上班也是没事干净聊天那种。她总是发一些衣服和鞋子的图片，说要给老公或儿子买这套衣服那款鞋子等等，她甚至不厌其烦，讲解着布料的好坏、鞋子的舒适，各种牌子、款式，她都了如手掌，还真是一个会过日子的少妇——不，应该是富太太吧。晚上，稍晚了，她又发几张宵夜的图片上来，现拍的，那些宵夜花样多种，几乎一夜一个样，有时是甜品、糕点，有时是粥，或者其他什么看不出原料的食品……都能感觉到袅袅的热气。她真是一个手巧的女人。冷不丁，她突然会说："刚刚买了海虾跟螃蟹。刚刚捞上来的哦。还活的，下个面条，海鲜面怎样？"她又说："俺老公回来了，俺去做海鲜面了，老公工作那么辛苦，得犒劳一下。"都有些神经质了，没完没了，烦不胜烦。群里的同学还是得表现出羡慕的样子，说她老公真幸福，娶到她这么一个贤妻良母。她会回一个脸红的表情，看样子一边煮着海鲜面一边还盯着电脑看。

一段时间后，还是吃午饭，妻子问濮可："你还记得吧，上次跟你说的那个剁手指的朋友？"

濮可故意迟疑了一下，说："记得，好像叫少莲的吧。"

"嗯，今天我和一个朋友联系，我特意问了少莲的事。她说少莲后来嫁给了一个外地人，好像是四川的，人长得丑不说，还没什么本事，经常打骂少莲。现在已经离婚了。他们有一个儿子，归少莲一个人带，生活挺艰难的……还听说她现在这里有些问题。"妻子用筷子指着脑袋。

濮可边吃边含糊地说："嗯嗯，这么看来，你认识的少莲和我的同学不是同一个，我那同学可比谁都幸福，天天在群里晒呢。"

妻子说："嘿，同名不同命呗。"

（原载《绿洲》2015.5，《小说月报》2015.12）

天　黑

大热天，汪永夹着几本发了他的小说的杂志去一家文化公司面试。他相当紧张，紧张是因为他急需一份工作。他已经三个月没事做了，之前存的一点钱快花完了，女人抱着孩子眼巴巴看着他的眼神让他不敢正视。他真的需要工作了，尽管他一直很讨厌工作。他说过："人类最大的悲哀就是发明了工作这玩意儿。"他想过一种悠闲自得的生活，他怕忙、怕顶着压力做事。可他毕竟要吃饭，不但是他，还有跟着他的女人和孩子。再说也不仅是吃饭那么简单，在深圳这样的城市，你就是不想跟人家攀比，人家也会跑你面前来炫耀。

汪永在这家文化公司的前台坐着，等着有人唤他进去面试。这家公司蛮大的，装修也好，可以说是金碧辉煌，墙壁上的装饰细节也颇具文化内涵，比如在汪永正对面的墙上就挂着一幅画，画着一条龙，龙的一只眼睛上面吊着一支毛笔，毛笔正在给龙点睛呢，画下有一句话：我们需要的是这一笔。

"谁都需要这一笔。"汪永笑了一下，"一笔钱。"

这一自我调侃，让汪永稍稍放松了不少，手心里的汗也慢慢干了。他已经在前台坐了很久了。那个长得高挑可人的前台文员一连给他续了几杯茶。每续一次，汪永都要看她一眼，他没打算问人家什么，他知道人家也是打工的，见到上司同样哆嗦；他就是问了，她也做不了主。但他看她的时候，那眼神分明又是一种无奈的询问。前台文员看样子是个温和的女孩，没有一般高挑美丽女孩都有的高傲，她甚至也感觉抱歉，好几次进去看了看，出来很有礼貌地对汪永说："先生再坐一会，经理今天有点忙。"汪永忙说："没关系，没关系。"找工作嘛，连这点耐心都没有，谈何诚意。他这么安慰自己，看着前台文员转身离开，就在那一瞬间，他看见了她手臂上一个长得很好看的疤印，像是一只小田螺吸附在上面——那是小时打卡介苗留下的痕迹。汪永以前不知道，他小时在农村，没打过卡介苗，手臂上的疤痕倒是不少，都是爬树打架留下的，就是没有打卡介苗留下的，这对于一个完整的人生怎么说都会是一种遗憾；汪永的女人也没有，她和他来自同一片农村，对卡介苗这个不知所云的物件缺乏认知，女人的手臂倒是一点疤印都没有，她从小文静，生在农村竟然还没爬过一棵树。汪永喜欢过女人那没有一点疤印的手臂，曾认为是一种完美，可现在他不这么认为了，他认为女人也和自己一样，缺乏一个卡介苗印记——他们的孩子是有的，是他亲自抱着去医院打下的苗子，他才知道原来城市里的每个孩子都要打卡介苗，都要在手臂上留下这么一个永久的疤痕。疤痕似乎总是丑的。此刻他看见前台文员的疤痕，却是那么好看，让人羡慕，它又像是个小句号，在雪白的手臂上，兀自地存在着，如平静的湖面上漾起的小涟漪……他越发觉得自己的女人少了点什么。

前台文员走回她的位置，坐下，露出一个头，盯着门口的方向看。她好像没什么事可做。这个盛夏的下午实在让人想睡觉。

这家公司的经理总算忙完了事，汪永被前台文员领着进了经理办公室。前台文员在前，汪永在后。她的脚步轻快，像是赶路，因此屁股的扭动显得很明显。他们一起穿过办公区，有几个埋在电脑里的头抬起来看了看，又埋下去了。环境是陌生的。汪永对陌生的环境总是心怀畏惧。他想着要是真到这里来上班，该需要多久的时间，才能把这陌生的环境看熟悉，才能把这些陌生的人处成朋友，甚至怎么样才能在美丽的前台文员面前展现他幽默的一面。

汪永把夹着的几本样刊放在眼前这个头发梳得发光的男人面前，杂志名不见经传，是地区级别的小刊物，放在家里时还能在女人面前吹嘘几句，一旦摆上了经理的台面，就显得畏畏缩缩，如第一次回外婆家的小外甥。它们一路走来，被汪永夹得变形，躺在桌面上都抻不直身体，变形的身体上还残留着汪永腋下的汗水。汪永这会倒出奇地平静，他不明白怎么一点都不紧张了，他眼看那几本杂志怪模怪样地躺在经理面前，却有置之度外的意思，像是看着几个不争气的儿子，它们的不争气是它们的事，倒和汪永没有了关系一样。

张经理甚至连翻开杂志的兴趣都没有。他扶了扶黑框眼镜，问汪永：

"应聘什么职位？"

汪永回答：

"文案策划。"

张经理皱了皱眉头，说：

"嗯，我们可不要作家。"

"我不是作家。"

汪永回答得很坚决，第一次把自己和作家的身份撇得一干二净。他知道企业都不喜欢作家，即使是文化企业，同样不喜欢。他不知道作家干吗啦，这么讨人厌。他曾经是多么想成为一个作家，想象着那该是怎么样的一份荣光——他现在也是想的。身边不乏真有作家朋友，不认识他们时，他感觉他们应该是另一群人类，至少跟自己不一样，认识后就颇为失望，原来号称作家的也是凡人一个，也会憋屎憋尿，也会挖鼻孔，见到老板也会低三下四，甚至半夜还会手淫……总之，汪永在这个城市的文学圈子里混了几年，已经完全对作家不迷信了。

来这家文化公司应聘之前，汪永曾在另一家文化公司工作过几天。那家公司的老板也混文学圈，写诗，但从未发表过，书倒是出了不少，都是自家公司设计印刷的。汪永也听说过他的名字，似乎还在某个聚会上一起喝过酒。按汪永的想法，他实在不愿意替一个之前就认识的人打工，都是圈内人，彼此都留了面子，工作起来难免磕磕碰碰，操作起来就很不方便。但汪永还是去上班了，上班第二天，刚好遇上公司集体外出旅游，去的地方还不错，是十个小时车程之远的厦门。老板不计较汪永是刚来的，邀他一起。汪永也愿意，毕竟也算个文人，都喜欢出外跑跑。旅游对汪永来说真是奢侈事，尤其是结婚生子以后。

于是，汪永随那家公司十几个员工一起去了厦门。厦门倒是漂亮，尤其是鼓浪屿，汪永心想真要是能在鼓浪屿上租个老房子住下来，读书写字，该是多么惬意的事情。当然也只是想想。汪永人到三十，就已经彻底地明白人生不过是一场美好的想象，上渡轮的时候，汪永单独行动，一个人先上了渡轮，过了鹭江，上了鼓浪屿。刚一上去，手机响了，是老板打来的，老板问他在哪。他说他已经到岛上了。老板明显有些不悦，说你怎么单独行动啊，要有点团队精神。汪永一听心里就不快，他打工多年，一直对什么团队精神持排斥态度，倒不是认为团队精神不好，他只是不喜欢。汪永在手机里还是道歉了，说下次不会。因了这点小细节，汪永和公司里的那些人更融不到一块了，倒不是他们排斥汪永，是汪永自己拉不下面子，去跟他们套近。汪永是一个内向、慢热的人，他跟熟悉的朋友可以疯了一般，而对陌生人，他不愿意多说一句话。

整个鼓浪屿逛下来，汪永经常落队，他们相互拍照，欢笑呐喊，汪永却站一边，独自看风景。汪永甚至还和一个陌生的游客聊了几句，他就是提不起兴致跟同事说话。不但是他们感觉汪永怪，连汪永自己都感觉自己怪了。

一天下来，汪永像一滴油一样融不进他们那盆水。当然这还不足以让汪永有了离开的想法。他知道每到一个公司都有这样一段时间，慢慢就好了。真正让汪永产生走人的想法是晚上的聚会。晚上他们在一家餐馆吃饭，吃饭免不了喝酒。汪永酒量不行，几乎就是三杯倒，他本不打算喝，但想到喝酒或许可以拉近彼此的关系，就举了酒杯。谁知道公司的那帮年轻人都是酒鬼，凶残无比，大家都以汪永新到公司为由要敬汪永，一人一杯，一圈子敬下来，汪永非倒不可。汪永这下不干了，他认为他们是在有意刁难，别人站起来敬酒，先干为敬，汪永就是不喝，抱拳道歉。如此一来，就扫了大家的兴，大家也不再敬酒了，酒桌上的气氛一下降了下来，仿佛就因为汪永，使他们都不开心了。这时有一个人（汪永也不知道他是什么职位）说话了，他说这位新来的兄弟，你要么就不举杯，不喝，没人强求你，一旦喝了，大家敬你酒你不回，可没有这样的道理。话一出来，句句在理。汪永难堪不已。他想着自己也算是个有头有脸的人，在圈内也有人老师前老师后，却在这么一个酒桌上出了洋相，下不了台。更让他受不了的是，从头到尾，老板竟没有替汪永说过一句话。汪永一圈人看过去，竟都面目可憎。

从厦门回来后，汪永就没再去上班。想想也真难堪，有点骗吃骗喝的意思。汪永想着那帮人在背后不知会怎么说他。老板打电话来，劝汪永回去。汪永编了个理由，意思是说自己有更好的去处。有更好的去处人家当然不能拦着。汪永窝在家里，一个小说刚写到一半，女人就说起，家里的米快没了，煤气也快完了，孩子的奶粉和尿布也都用得差不多了……汪永烦，叫女人别再说了，他自会想办法。想什么办法呢？除了工作，他能有什么办法，他又不能偷不能抢。压力一来，汪永又后悔了，后悔当初不该因一时之气主动丢了工作，如今吃回头草是不可能的了。汪永感觉自己是一个没主见的人，决定一件事时他百分百肯定不会后悔，真做了，没过几天，百分百后悔。

汪永丢下写了一半的小说，又上网撒简历，夸大了一些工作能力和经历，投了几十家公司，最后就等来一个面试电话。汪永实在讨厌面试，他容易紧张，又不会说话。比如此刻，眼前端坐着的张经理要汪永介绍工作经历和对文案写作的想法，汪永愣了半天，满头是汗，支支吾吾说了几句，也不知道表达了啥意思，然后就不说了，等着张经理下一个问题。他其实也清楚，自己不会说，做事却不算差劲，可惜人家就要听你怎么说，暂时还不需要你怎么做。汪永看张经理的眉头皱得更紧。他恨不得赶快离开，不想跟这样难缠的人为伍，他想着即使进来工作，估计和他也很难打交道。汪永一时间想了很多需要放弃这份工作的理由来。

张经理让汪永回去等通知，意思很明显，就是不要了。汪永转身出了办公室，大舒一口气，路过办公区，几个埋头做事的人又抬头看了汪永一眼，随即又埋了下去。汪永感觉到幸运，至少此刻，他可以自由地来去，而他们不能。然而很快，一股悲戚的情绪开始弥漫汪永整个身心。天啊，工作还得继续找，不找真不行。人为什么就非要工作？汪永一拳头擂在电梯内壁上，把旁边一个女孩吓了一跳。他不知道电梯里还有别人。

外面阳光很好，那种夏天的大阳光，大展手脚，把整个城市都揽在怀里。汪永热得不行，这些天到处跑，阳光已经让他黑了一圈。他举起手中的杂志，遮在头顶——它们似乎就剩下这么点用处了。

路过一家咖啡店，汪永想着是不是应该进去喝一杯。以前他刻意培养过喝咖啡的爱好，让生活小资一点，再小资一点，至少像个白领，像个写字的人。那时他在一家文化公司上班，工作清闲，中午休息时他都要下楼喝点东西，随手带本村上春树或者卡佛的小说。楼下有一家名匠咖啡，他是那里的常客。眼前的咖啡店也是名匠，很熟悉的颜色和装饰，汪永甚至有错觉，以为回到了过去。他真想扮演一下过去的汪永，演戏也好，自欺欺人也好，他要进去再喝一杯咖啡，吹一下空调，接受那些服务员礼貌的招待。咖啡不会知道他已经三个月没事做了，那些服务员更不会知道他因为找工作受尽委屈……

大白天，汪永站在咖啡店门口，犹豫不决，不少路过的人朝他看，他假装掏出手机，放在耳边，哦哦啊啊发出几个声音，装出一副有事在身和这个忙碌的城市很契合的样子。他最终边"打"电话边走进了咖啡厅，从容自得的，面对门口服务女生的"欢迎光临"，他淡然而过。一系列动作，显得大方得体，是像个城市白领的样子，傲慢、自信。

找个位置坐了下来。这里冷气开放，灯光灰暗，气氛营造得很好，和外面的世界简直判若两界。他的手机还拿在手上，胡乱地摁着，旁边的服务女生站着，等着他下单。他颇为礼貌地说：等会。先来杯冰水。

此刻，汪永最需要也就是一杯冰水，他口渴得很。

就着一杯冰水，汪永在咖啡店里坐了许久，他都不想求证一下坐了多久。总之里面光线灰暗，他也看不出外面到底还是不是大白天。他希望晚上早点降临。至于晚上降临了之后他干什么去，心里也没有打算。他其实就是希望时间的流逝，然后在适当的时候回家，面对女人孩子，再表现出一副疲惫的样子，也就不至于让家人认为他根本不把工作的事放心上，是个不负责任的男人。

他确实想负责任，他恨不得明天就能找到工作，上班下班；他又不太愿意在没工作到有工作这段距离里付出努力，也不是不愿意，是没底气。从这点，他确实是个懒散的男人，凡事都想着伸出双手去接结果，过程，却让他感觉难堪。比如他不想过多地和这个城市的人相处，他理想的状态是一个人在咖啡店里喝咖啡，与身边的人可以了无关系，但他们分明又是共同阵营里的人，一起在这个城市平起平坐，享受一切可以享受的资源和优雅。

汪永喝了水，接着点了一杯咖啡，他知道价格不菲，要是到商场买雀巢速溶咖啡，肯定能喝不少时间。但总得点一杯。喝完这一杯，估计天就黑了，就可以回家了。端咖啡过来的服务女生跟端水过来的是同一个，她长得很好，皮肤稍黑，却一点都不影响她的美丽。汪永特意留意起了她的手臂，果然在她的手臂上也看到了一个打卡介苗留下的疤印，不过她的疤印稍大，完全没有前台文员的具有说不清道不明的美感。或许服务女生的皮肤黑，影响了手臂上疤印的形象，使之看起来像是一只小毛虫爬在一面黑褐色的枯叶上。汪永想着她应该也是农村里出来的吧，接受的阳光多，肤色看起来挺健康，农村里能长这么好看的女孩其实也不多，她在家里肯定有不少人喜欢。到了城市，自然有不少人对她寄予厚望，即使没赚多少钱，至少也应该交到一个比较好的男朋友，男朋友不一定家产万贯，至少也应该是一个白领。她的家里人知道她现在只是一家咖啡店的服务员吗？大概也是知道的，当服务员又不是坐台小姐，没什么觉得丢人的，自然也不必向家人隐瞒……汪永这么胡乱想着，他知道想这些没什么意义，但总得想一想。他还想着回去可以把她作为原型写一篇小说，写一写她手臂上打卡介苗留下的疤印，当然还有那个美丽的前台文员——说不定写得很好，运气一到，竟在北京的文学杂志上发表了，真成了作家，谁都认为他能在北京的刊物发表小说是一件很牛的事情；然后还获奖了，鲁迅文学奖，再茅盾文学奖，总之什么奖都要拿一下，名气赚了，钱也拿了，然后圈内人还都汪老师前汪老师后地叫……

汪永真的想这么做。他决定和她聊聊天，聊出一点故事来更好。但他又不善于跟女孩子搭讪，他不是那种风流的人，如果让他给自己定位，他不属于徐志摩、郁达夫那一类会疯狂泡妞或者出入红楼的文人，他更接近那个连回一次老家都要不断给妻子写信的沈从文。他也不太像沈从文。事实上他时刻都想着跟一个女孩发生点关系，这样的关系当然要来得文雅，不留后患。红灯区当然去不得，那是不文雅的，一般的女人也沾不得，她们会缠着要人负责。他希望有一个和他有着同样需求的女孩，大家各取所需，然后各奔东西。这样的女孩在这个城市里或许不少，可能还挺多，只是汪永没遇到，或者遇到了，没出手。他拿不准，对方到底是不是，他又不能问人家：喂，你想发生一夜情吗？他真这么问了，那女孩即使想也会给他一巴掌。所以汪永一直很纳闷，那些处处风流的男人怎么知道对方也愿意。他身边有不少这样的作家朋友。

此刻，汪永不想和这个服务女生发生一夜情，他只想和她说说话，并非暧昧话。他只想听听她的故事，回家写小说。这个理由似乎不算正当，权当是个借口吧。

服务女生问：

"还需要什么，先生？"

汪永朝她一笑，这一笑很突兀，让服务女生有些纳闷。

汪永问：

"来这里多久了？"

这样的问题很不适宜。服务女生还是回答了："一年了。"

"我可是这里的常客。"

"这里的客人很多。"

"你除了上班，一般喜欢做点什么？"

这个问题有点不礼貌，一出口，汪永的脸有些热，好在灰暗的灯光掩饰了他的窘迫。

"呵呵，看电视，睡觉啰。"

服务女生笑着，感觉遇到色狼了。这个城市的色狼到处是，没什么大惊小怪的，况且汪永长得不算邋遢，甚至有些帅气，服务女生不怎么反感这样的调侃。她只是不想说得过多，毕竟是在上班。说完她转身要离开。这时汪永急了，说：

"我是个作家，正在写一本书，或许能把你的生活写进去。"

汪永说出这话时简直有些厚颜无耻了。他怎么就撒谎了？看来人撒谎，有时也是一种无意识的行为。

汪永的话让服务女生止了脚步，回头，颇为惊讶，说：

"哇，你是作家啊。"

汪永想起自己多年前对"作家"二字也是这般反应强烈。弄不好服务女生还是文学爱好者。

"你平时喜欢看书吗？"

"我喜欢几米。"

几米是谁？汪永一时没反应过来。服务女生说几米你都不认识啊，他写了《向左走，向右走》。汪永大悟，说他啊，不算作家吧，算画家，画家也算不上。

"你有他厉害吗？我觉得写的东西读者爱看，又能赚钱，就是好东西。"

服务女生话语凌厉。汪永这时倒不觉得她是农村里来的了，农村里的女孩不会喜欢几米，说话也不会这么放得开——而且她还打了卡介苗。汪永突然没了兴趣。他感觉驾驭不了眼前这个女孩，与其最后落了个没趣，还不如保留好风度。汪永不再说话，继续喝着咖啡。服务女生也忙去了。

好像做什么都以失败告终。汪永有一种强烈的挫败感。因此，咖啡店也让他感觉无趣了。唤服务女生过来结账，花掉的钱竟然可以买半包米，汪永的心紧了一下，觉得自己做了不该做的事。他付款时还是显出大大方方，很有钱似的。汪永想出去走走。天大概暗下来了吧。街上如果华灯初上，他真可以悠闲地逛一下街。这个城市虽然整天忙碌，晚上这么点时间还是让人感觉舒适。可汪永失望了，他一走出咖啡店，就被阳光刺到了眼睛。虽是下午六点多，外面的世界竟然还明亮得很，还是个大白天。怎么办？汪永不知道什么时候开始讨厌大白天，大白天就意味着还有时间，还需要一个正常人去把一天该干的事情干完，只有夜幕降临，只有晚上，只有人浸身在黑暗里，一天才算告一段落，做完事的可以休息，没做完的事也可以找借口休息。汪永明显属于后者。

汪永在街上走了一会，往租住辖区开的公交都过去好几辆了，他却没能挤上去。此刻是下班高峰期，那些在办公室里忙碌了一天的人们都拥向了公交车站台，他们就像当初为了竞争一个工作岗位一样拼命地挤上每一辆路过的公交车。这样的画面让汪永感到伤心和愤怒：凭什么？你们都要抢，而且都能抢到手。汪永承认自己抢不过人家，在城市里，他就像一只刚学会吃肉食的动物，有了吃肉的欲望，却不具备吃肉的本事。

他又掏出手机，想给谁打个电话，最好能有一个谈得来的朋友，他想跟他（她）说，他真的对生活失望透顶了。可是摁着手机的拨动键翻找了半天，竟找不出一个号码，是有几个可以说说话的人，紧要关头，汪永的手指还是在确定键上犹豫了起来。他们或许都没心情听人唠叨，他们或许比汪永还要感觉烦恼，对生活对这个世界还要深感失望……

走过了几个站台，汪永还把手机握在手里。

手机突然响了，是女人打来的，女人问他找到工作没有。汪永说面试了好几家公司，等通知。女人又问晚上回来吃饭吗？汪永说回，在路上了。女人说记得买包米上来，家里没米了。汪永说好。

汪永算好了，离家还有三个站台的路程，走回去，也许刚好天黑。

（原载《四川文学》2012.4）

团　　圆

不知从什么时候起，顾亚荔有了看新闻的习惯。深圳电视台有一档子新闻节目她很喜欢，每天晚上 6 点 30 分开始。顾亚荔就赶在 6 点 30 分之前把晚饭做好，桌子摆好，饭菜端好，一家三口坐好，一边吃饭一边看新闻。陈阳生其实不爱看新闻，不但是新闻不爱看，连电视他都感觉讨厌，要不是考虑到小商铺的生意，他才不习惯买那么大一电视机摆在铺里头，还得朝外放，为的就是方便附近的工人来看电视。陈阳生还在铺子门口放了几张百事公司送的桌凳，撑起几把大伞。每到傍晚，铺门口就聚满了来看电视的工人，当然他们也不是白看，偶尔进来铺里买点零食，或者要了瓶啤酒一个武汉鸭头，就那样边看边吃。

陈阳生不明白怎么会有这么多人喜欢看新闻，电视里的那点破事与自己又何干呢？陈阳生从来不相信自己有一天会和电视扯上关系，更何况是新闻。所以顾亚荔对新闻的痴迷在陈阳生看来简直有些可笑，无非就想证明自己知道的事儿多一点，好在陈阳生面前炫耀，然后和前来看电视的工人们一起讨论，哪里又发生什么重大交通事故啦，泥头车把漂亮的小轿车压成了老婆饼啰！听顾亚荔那口气，敢情她可惜的是那漂亮的轿车，而不是车里的人。好几次，顾亚荔还因为一个什么新闻和工人发生争论，双方观点不一，吵得差点掀桌子。

以前的顾亚荔不是这样子的。陈阳生想。以前的顾亚荔勤快，两耳不闻窗外事，一心只想把铺里的生意搞好。那时他们缺钱，刚从工厂出来，顶下这么一间小铺子，就相当于把自己逼上梁山了，不进则退，搞不好就得双双回老家吃老米。好在一段时日下来，铺里的生意蒸蒸日上，附近的工人们也挺捧场，悬着的心自然就定了下来。是不是从这时候起，顾亚荔开始有看电视的清闲了呢？好像又不是。另一个石块一样的难言之隐，其实早在几年前就压得顾亚荔喘不过气来，同样被压着的还有陈阳生，但顾亚荔似乎更难受一点，因为医生说了，患不育症的是顾亚荔，不是陈阳生。在这样一个现实面前，顾亚荔哪还有心思关心政府大事，双方家庭给予的压力不说，单怀疑陈阳生会不会一狠心当上陈世美就已经够她烦的了。其实陈阳生不是那样的人，多年夫妻做下来，陈阳生早就意识到自己离不开身边这个做事风火的女人了。要不是顾亚荔，陈阳生可能还在村里抢锄头呢，即使出来了，顶多也是在电子厂里拧螺丝。

"总而言之，我陈阳生虽然姓陈，但绝对和陈世美那混蛋没丝毫关系。"

好几次陈阳生都拍着胸脯说话，把胸脯拍得比鼓还响。顾亚荔抓住了陈阳生的手，说，要不，咱就去抱养一个吧，男的女的，都行。陈阳生沉一会说，好，那得花点钱。

夫妻俩就那样达成了共识。大半年过去了，想办的事却没办成，一点消息都没有。陈阳生也不过问，把事情交给顾亚荔去处理，她好歹比自己要精明一些。顾亚荔其实早就把意图跟几个平时要好的工厂姐妹说了，让她们帮忙留意，看哪位姑娘未婚先孕或者生了养不起的，跟顾亚荔说一声，她花钱买过来，关系必须得买断，不许有任何纠葛。然而老天不遂人意，没有，别说是孩子，连个蛋都没有，姐妹们也替顾亚荔着急，恨不得自己生一个去。顾亚荔就纳闷了，她在工厂那会，厂里的小姑娘经常上班上得肚子大了还以为是胖了，别说是未婚先孕，连孩子是谁的种都不清楚哩。其中有个四川小姑娘还把孩子生了下来，是白白胖胖的小子，当时顾亚荔还去看了，那小孩足足有八斤重。那时顾亚荔还不知道自己不会生，要不早把他抱回家了。结果眼睁睁让接生婆给抱了去，只答应给四川小姑娘坐月子的费用。想起这事，顾亚荔还真的悔青了肠子。可现在，没有了，大概是小姑娘们都懂事了，月经稍稍一迟到，就知道要到医院里去检查了，做个人流，也就是三分钟的时间——小门诊的广告册子上是这样说的。

顾亚荔应该就是从这时候起喜欢上看电视的，而且只看新闻。

陈阳生说，算了，没有就算了。陈阳生不希望顾亚荔为了孩子的事把自己的身体都搞垮。顾亚荔却不依。顾亚荔偷偷地把嘴巴安在陈阳生的耳边，急促地喘着气，弄得陈阳生痒痒的，想笑。很快陈阳生就笑不出来了，因为他听见顾亚荔说，电视上不是经常有人丢孩子吗？不知那些孩子都卖到哪去了哦。说完，顾亚荔意味深长地看了陈阳生一眼。陈阳生就不敢说话了。他感觉事情有点闹大了。顾亚荔是非要一个孩子不可的，哪怕是人家偷来的。

恰好那段时间，深圳丢了不少孩子，孩子在门口玩着玩着，突然一辆面包车停下来，吱的一声，孩子就被抱走了，连哭声都听不见，只留下一只鞋子或半块饼干，在孩子玩过的地方寂寞地躺着。然后面对记者镜头，孩子的父母泪如雨下，拿着孩子遗留下来的东西抽泣着表达自己的控诉……顾亚荔每次都看得入神，恨不得把眼睛都贴到荧屏上去。那段时间深圳一共丢了几个孩子顾亚荔都知道，哪里丢的怎么丢的，孩子几岁，男的女的，顾亚荔都能如数家珍一般在陈阳生面前说起。陈阳生听着害怕，心想，顾亚荔怎么会变成这样？一点都不同情那些丢了孩子的父母。好几次陈阳生都看着落了泪，顾亚荔却兴奋不已。

陈阳生说，亚荔，你不是不知道，那可是犯法的。顾亚荔说，又不是我们去偷，我们就抱养，能犯么个法啊？陈阳生对法律的事也知之甚少，被顾亚荔这么一说，也没了主张。陈阳生说，反正我觉得不好。顾亚荔就生气了，说，你一点都不着急，你心里想什么我还不知道吗？你不就想再找一个会生的吗？说着顾亚荔的眼泪都流了出来。陈阳生不敢再多说话，好好，你看着办，问题是你哪买去，你还上电视做广告不成？

顾亚荔抹了一把泪，这你别管，我会想办法。顾亚荔确实会想办法，这点陈阳生知道，这么多年来，家里的大事小事棘手事哪一件不是靠着顾亚荔的办法解决的。想起这，陈阳生想不佩服这个女子都不行。

接下来的时间，顾亚荔就显得忙了，三天两头往外跑，有时一待就是一两天。陈阳生好几次都在噩梦中惊醒，他梦见顾亚荔的手上戴着一把银闪闪的手铐。更奇怪的是，顾亚荔的怀里还抱着一个陌生的孩子。孩子在哭，在叫妈妈，显然他不把顾亚荔当妈妈。顾亚荔生气地说，我就是你妈妈，我就是你妈妈。一个穿制服的人冷笑着说，你等着坐牢吧，还妈妈呢。然后陈阳生就惊醒了，额上满是汗。陈阳生可以没有孩子，但不能没了顾亚荔啊。陈阳生问顾亚荔，你这几天都忙了些什么？顾亚荔看了看周围，确定铺子里没其他人，压低声音说，已经有眉目了，小孩两岁，男的，一万块。陈阳生吓一跳，哪里来的？顾亚荔说，他们说是外地的，绝对安全。说着铺里来了顾客，陈阳生本还想问点什么，立刻噤了声。

第二天，顾亚荔又出去了一整天，这次带了钱。临出门，陈阳生嘱咐她小心点。望着顾亚荔离去的背影，陈阳生莫名激动了起来，具体激动什么，他也弄不太清楚，是终于可以当爸爸了，还是其他。关键是这爸爸当得不容易，又有那么一点不光明的意思。说到底还是得佩服顾亚荔的能干，不知道她在哪里找到了卖孩子的头家。这可不简单，要是换作陈阳生，买把螺丝刀可能还要满大街跑呢。整整一天，陈阳生都心不在焉，好几次都找错了钱给人家，找少了人家会向他要，找多了人家可就跑得比兔子还快。陈阳生不计较了，他只想顾亚荔能早点回家。天稍稍暗下来后，顾亚荔还是没有回来，陈阳生撂下铺子走出来路口张望。打顾亚荔手机，提示已经关机。陈阳生头脑一阵麻，顿觉浑身无力。好在顾亚荔还是回来了，一切顺利，那个两岁的孩子也抱了回来。看着顾亚荔一脸的笑容，陈阳生没抢先看孩子，而是问她，怎么关机了，急死我了。顾亚荔还是笑，说，急什么，我做事你放心，手机是人家要求关的，他们怕我是记者警察什么的。

那天陈阳生早早就关了铺门，两口子像看一件宝贝看着这个用一万块钱买来的孩子。孩子还真乖，不哭也不闹，躺在顾亚荔的怀里沉沉地睡着了，小手还抓住了顾亚荔的乳房，看样子真把顾亚荔当成妈妈了。顾亚荔第一次这样抱过孩子，满脸洋溢着当母亲的幸福，陈阳生也被这样的情景感动，想起这些年来的不容易，泪水唰唰地就往下流。顾亚荔骂他，今天可是个喜日子，你哭么个？陈阳生抹了泪，笑着说，给他取个名字吧。顾亚荔说，在路上我就想好了，就叫团圆，多有意思，团团圆圆。陈阳生说，好，团圆。

团圆是花钱买来的事陈阳生夫妇当然不会乱说，他们对外面的说法是，团圆是陈阳生哥哥的孩子，哥哥的孩子生得多了，就过继一个给陈阳生。来小铺看电视的工人们都为陈阳生感到高兴，抽个空抱一下团圆，说，你们还真别说，这孩子虽说是陈阳生的侄子，跟陈阳生却也长得蛮像的。顾亚荔满脸堆笑，说，是吗？我看看。顾亚荔就把团圆举到陈阳生面前，对比了一番，嘿，还真的挺像的，看那眉毛，还有这小嘴巴，都像是一个模里印出来的。陈阳生知道顾亚荔是在演戏，就眨了一下眼，提醒顾亚荔别演过火了，反而引起人家的怀疑。怎么说呢？陈阳生还是有些担心，尽管顾亚荔要他放一百个心。

不管怎么样，有个孩子的家才像个家。有了团圆的存在，夫妻俩的生活过得更起劲了，欢声笑语不断。团圆还只是一个两岁的孩子，对以前的父母自然没了印象，不用多久就把陈阳生和顾亚荔当成了爸爸和妈妈。这会小孩刚好又是学说话学走路的时候，就更显得可爱了。只要顾亚荔一撒开手，团圆就踉踉跄跄地往前走，咯咯地笑着，把口水都笑出来了，然后跑到陈阳生面前，叫爸爸。陈阳生的心像是吃了蜜一样甜，一把把孩子抱在怀里。陈阳生感觉这个世界到处都充满了阳光，而所有的阳光都照在了这个小小的家里，这个三口之家，幸福得叫人羡慕哩。

这样的美好时光一晃过了一年，团圆已经三岁，会走会跳，会自己上桌吃饭了，说话也挺厉害，普通话广东话都会说。顾亚荔寻了一家幼儿园，把团圆送了进去。幼儿园就在小区附近，顾亚荔一大早亲自送去，傍晚再去接回来，每到周末，顾亚荔还得放下忙碌的生意，独自带团圆出去玩，一周玩一个地方，深圳好玩的地方都被他们母子玩了个遍。陈阳生虽然不能同往，但看着顾亚荔和团圆双双出去再双双回家，感觉挺温馨。

小团圆管陈阳生叫爹地，管顾亚荔叫妈咪，叫得他们俩心花怒放。如果不是那个妇女手拿照片在他们的视线里出现，他们还真的就已经忘了这个孩子是用一万块买来的。

那个妇女是在电视里出现的，6点30分的新闻，主持人说得挺煽情，妇女不远千里到深圳寻找丢失一年的儿子，表现母爱是何等伟大。本来那天的天气和心情都挺好，是个周末，顾亚荔和团圆刚从欢乐谷回来，玩得有点累。陈阳生早早做好饭菜，赶着在6点30分之前顾亚荔和团圆回家，然后一家三口又像以往那样边吃饭边看新闻。陈阳生不知道顾亚荔为什么还对新闻如此着迷，也许是上瘾了，也许正如顾亚荔所说的那样，老担心有什么事情会发生。

结果正应了顾亚荔的担心，该发生的事情最后还是发生了。当那个妇女泪流满面地出现在电视屏幕里时，顾亚荔的心唰的一声，像是被一把锋利的刀子割落了，咽了一半的饭也咽不下去。顾亚荔看了这么久的新闻仿佛就是为了等这一刻的到来。如果单单是一个哭泣的妇女来找儿子，顾亚荔没有必要担心，问题是妇女还带了照片，她把那照片往记者的镜头一放，顾亚荔的脸瞬间变得铁青，差点昏了过去。陈阳生本无心看电视，他是看了顾亚荔的反应后才注意到电视里的画面，照片上那个笑着的孩子正是一年前的团圆，或者更早一点，那时他还不叫团圆，是另一个陈阳生不知道的陌生名字，然而人是同一个人却是无疑的。虽然现在的团圆已经和照片上的不叫团圆的团圆有着很大的区别了，如果细心看还是能看出来。

陈阳生努力保持平静，此刻看新闻的还不止他们一家三口，团圆当然不会聪明到认定电视里就是一年前的自己，然而铺子门口那些工人呢？他们看出来了没有？想到这，陈阳生回头望了一眼，只见门口还是和以前那样聚满了人。时下正值夏末，深圳的空气里还弥漫着热气，好多男工人都脱了上衣，光着膀子坐在凳子上，喝着啤酒看电视；女工们有的吃着冰激凌，有的打毛衣，也有抱着孩子的。抱着孩子的看到新闻，禁不住就嚷嚷了起来，说这些人太缺德了，这个妇女好可怜啊。然后就不觉把怀里的孩子抱紧了一些，会走路的孩子此刻也被追了回来，吓唬他们，看见没有，有人抱孩子啰，还敢乱跑。好在，没人会把电视里那个小男孩和陈阳生的儿子团圆联系在一起，或者联系了随即也否定了，毕竟这种事不能开玩笑。

顾亚荔朝陈阳生使了个眼色，陈阳生一下明白了过来，他撂下饭碗，朝铺门口走来，掏出烟，给在场的男工们发了一圈，然后说，这天这么热，吃顿饭流了几担子汗。工人们把陈阳生发的烟捏了捏，看看标签，是好烟，比平时抽的要贵几倍，就一个个都把眼神从电视里挪开，看着陈阳生笑。陈阳生趁机说，这么热，你们平时上班可怎么办啊？这话题一下子得到了工人们的热烈反应，大家七嘴八舌就聊开了。陈阳生还急中生智，把前几天在新闻里看到的关于高温补贴的话题也抛了出来，没看新闻之前，他根本没听说过什么高温补贴，即使看了他也不太相信，不过如今作为一个话题，倒是起了作用。说起高温补贴，民工们更愤愤不平，说他们一整天就在脚手架上，是离太阳最近的一帮人，可从来没听工头说起过什么高温补贴。

看陈阳生和民工们在门口聊得正欢，顾亚荔趁早把电视关了，撤走了饭碗，一会，就带着团圆上了小阁楼。顾亚荔拉着团圆的手使了些劲，差点把孩子捏痛。是啊，从现在开始必须死死地拉住孩子的手了，一不小心，这小手就有可能不再属于自己的了。

那天深夜，趁着团圆睡着，夫妻俩就这个问题讨论了一下，该怎么作下一步的打算。但说了半天，也没说出个结果来。按陈阳生的意思，深圳这么大的一个城市，况且又已经是一年后了，那个妇女想要找到她的儿子无异于海底捞针。顾亚荔可不像陈阳生这么天真。她踢了陈阳生一脚，说，你真是笨，你没看人家都已经上电视了吗？上了电视就不是她一个人在找了，而是整个深圳的人都在帮她找了。被顾亚荔这么一说，事情果真严重，陈阳生马上想到了幼儿园，对，幼儿园的老师要是看到了新闻，肯定一眼就认出来了，这可怎么办？顾亚荔说，能怎么办？明天就不去了。不去？那也不是办法啊》万一要是……陈阳生的声音竟开始哽咽了起来。顾亚荔又踢了陈阳生一脚，不行，得想个办法。顾亚荔的泪其实已经下来了，不过她没哭。

　　那晚顾亚荔没睡，她守在儿子团圆的小床旁边，看着他睡，泪水一行行地在顾亚荔的脸上流着。那小床是顾亚荔特意为团圆买的，粉红色，带蚊罩，很美，还可以像秋千一样晃动。没有团圆之前，顾亚荔就在商场里看上了这样一张小床了，当时她想，要是有个孩子该多好啊，那样就可以买个小床回家，看着孩子在小床里睡觉，应该是每个女人都会有的梦想吧。然而顾亚荔就是实现不了，这对她来说是一件残酷的事情。直到团圆的到来，顾亚荔的梦想才终于实现，她立马跑到商场，把那之前看中的小床二话不说买回了家，平时买东西喜欢讨价还价的她那会少见的大方，连标价都没看，提着小床就出去埋单了。

　　第二天一早，陈阳生起来开铺，发现卷门边上放着一个行李箱。随之顾亚荔从洗手间里走了出来。顾亚荔说，我要带团圆回家，等事情过了再回来。陈阳生也感觉这样比较安全。陈阳生说，也只好这样了。顾亚荔说，你要是忙不过来，就去雇一个工，我们得待一段时间。陈阳生说，好吧，这里我安排，你在路上先给妈打个电话，免得她担心。陈阳生说着，一股悲怆的感觉蹿上了心头。这才一天的时间，因为电视新闻里的那个拿着照片的妇女，一个在陈阳生看来完美幸福的家就这样被破坏掉了。他甚至怨恨起了顾亚荔，没事看什么新闻，不看新闻不就不知道那个妇女，不知道那个妇女他们一家就还是像以前那样快乐啊。

　　天还早，街上走动着几个清洁工。顾亚荔一手拖着行李箱，一手抱着还在熟睡的团圆，朝着车站匆匆走去。顾亚荔走后不久，陈阳生放心不下，打了个电话回家，把事情的大概跟母亲说了。陈阳生有担心。顾亚荔平时就和陈阳生的母亲关系不好，原因当然是因为孩子的事，按母亲的想法，这一个男人无后可是大事，况且不会生的又不是儿子。这样一来，有些不好听的话就传到了顾亚荔的耳边，什么陈家娶了只不会下蛋的母鸡之类。顾亚荔当然感觉委屈。这些年来为了陈阳生她付出不少，如果没有她，陈阳生也不可能有今天。婆婆竟然还要陈阳生离婚，这怎么说都有点绝情了。此后每到过年回家，顾亚荔都不怎么和婆婆说话，待不了几天，就催着陈阳生返城了。如今顾亚荔却要带着儿子回家和婆婆一起生活，看来做出这样的决定对顾亚荔来说有点不容易。

顾亚荔回家不久，幼儿园那里来过一次，询问孩子的情况，陈阳生找了个借口敷衍了事。交了几千元的学费，还没上几天课呢，陈阳生还是有点心痛。附近的工人也问，怎么最近不见嫂子和团圆？陈阳生说，家里有事回去了。

虽说陈阳生开的只是个小商铺，一个人还是忙不过来，再说还要进货，没个帮手真不行。思来想去，陈阳生觉得还是请个工。本来陈阳生想在家里找一个的，毕竟是看铺子，要碰到钱财，随便找个外人不放心。陈阳生打电话给顾亚荔，看能不能在家里找个工。顾亚荔说现在村里的年轻人都出外打工了，连一个小伙子都没有，到处是老人和小孩。陈阳生问顾亚荔在家过得怎么样，要不把团圆留在家里让妈带。顾亚荔说不行，团圆一步都离不开她，再说你妈根本就不喜欢团圆，说那是别人家的骨肉，亲不起来。陈阳生抓着电话不说话，心里很不是滋味。顾亚荔说，好了好了，我就在家熬几个月，你去请个工吧，记得挑老实点的，找个女的吧。陈阳生有些惊讶，顾亚荔竟然要他请女工，平时他只要多看大街上的女孩一眼，顾亚荔都会说他一顿，而且晚上绝对不允许他出去，必须守在她的视线范围内。陈阳生问，女的？顾亚荔说，你看着办吧，老实点就好。顾亚荔一点都听不出陈阳生的意思。看来有了孩子在身边的女人对男人都不再那么在意了。

两天后，陈阳生通过关系请到了一个女工，二十几岁的小姑娘，还是老乡，刚从工厂出来，正找工作。陈阳生给她1200元的月薪，还包吃，就管给陈阳生做一下饭，陈阳生出去进货时帮忙看铺，工作轻松，工资还比工厂高，女孩当然高兴。而女孩没地方住，问陈阳生能否住他铺里，陈阳生这下却为了难，孤男寡女住一个商铺多少感觉不好，让顾亚荔知道了也不会答应。然而女孩确实没地方住，总不能让她租房去吧，周围的房租都不便宜。陈阳生看她是老实人，又是老乡，知根知底，错过了可惜，就打电话给顾亚荔说明了情况，没想到顾亚荔二话没说就答应了，说本来就要包住啊，铺里不是有个空房间吗？陈阳生说，哦，知道了。

虽说女孩看起来实诚，但人心隔肚皮，陈阳生也无法确定，于是专门试探了几次，故意把钱掉地上，女孩捡了以后都如数还给了陈阳生。陈阳生这才放了心。

对于铺里的生意，平时几乎就是顾亚荔在打理，陈阳生顶多只是她的助手。如今丢给陈阳生，顾亚荔当然放心不下，一天打一个电话，问铺里的情况，交代接下来该进什么货。"中秋也快到了，月饼可以进了。"顾亚荔说。陈阳生这才想起，讪讪地笑，就忙着去进月饼。陈阳生感觉没有顾亚荔在身边还真是不行。

然而没过多久，陈阳生惊讶地发现，请来的女孩竟然和顾亚荔一样是个做生意的料子，别看她不怎么爱说话，却一肚子记忆，什么时候该进什么货，铺里什么货没了，什么货还剩下多少，她竟都一清二楚。陈阳生喜出望外，真是找对人了。于是顾亚荔再打电话下来时，就直接由女孩去听了。陈阳生站在一边，反倒成了工人似的。这样一来，陈阳生也有了偷懒的时候，以前让顾亚荔管得太严，好多朋友都没走动，陈阳生正想趁这个机会去走动一下，就把铺里的生意都交给了女孩打理。以至于好几次顾亚荔找不到陈阳生，问女孩，女孩说陈哥出去了。顾亚荔的心才有些不平静。

顾亚荔在老家过得也不顺心，和婆婆虽没什么矛盾，却走不亲近，唯一的乐趣只能在团圆身上得到。

　　这天顾亚荔和团圆在屋里玩，听见窗外婆婆和邻居说话。刚开始还是大声聊天，说着声音就压小了，小得顾亚荔听不清楚。虽然听不清楚，顾亚荔却认定婆婆是在说自己，肯定没什么好话，不然也不用怕被人听见。顾亚荔的心情坏到极点，整天黑着个脸，她感觉有泪要流，却忍着不愿在婆婆面前流。

　　夜里，刚把团圆哄睡，顾亚荔拨通了陈阳生的手机，想说几句，可响了半天都没人接，再打，一会，有人接了，却是女孩的声音。顾亚荔问，他呢？女孩说，陈哥在睡。顾亚荔莫名火了，嚷道，你怎么会和他在一起？女孩慌了，说，没有，他把手机落柜台上了。顾亚荔说，这么巧？就把电话摁了。顾亚荔的泪水涌了出来，她突然意识到自己所做的一切都是错误的，从始至终，她一错再错——她不能再错下去了。

　　第二天，顾亚荔带着团圆，匆匆坐上了返深圳的汽车。

　　车上，团圆问顾亚荔，妈咪，我们要去哪里？顾亚荔说，我们回家。团圆又问，回哪个家啊？顾亚荔说，你就一个家，我到哪哪就是你的家，知道吗？团圆说，知道了，妈咪。顾亚荔想，眼前这个孩子要是她和陈阳生亲生的那该多好啊。顾亚荔立马又坚定起来：就是亲生的，团圆就是我们的亲生儿子，谁也不能把我们分开，那个流泪的妇女不能，现在铺里的女孩更加不能。

　　顾亚荔紧紧地把团圆抱着怀里。团圆问，妈咪，你怎么哭啦？顾亚荔说，团圆，如果有一天我不是你妈咪了，你还会叫我妈咪吗？团圆说，你就是我妈咪。顾亚荔说，我是说如果。团圆说，那我也叫你妈咪，你永远是我的好妈咪。

　　泪水在顾亚荔的脸上流成了河。

（原载《佛山文艺》2009.12）

小 舅 舅

　　我有两个舅舅，大舅舅是个正经人，不高不矮，五官也端正，说话做事都颇得亲友肯定。大舅舅结婚生子，家庭兴旺。当然我得说说我的小舅舅——就像好多人说起我的大舅舅就会想起我的小舅舅一样。我的小舅舅实在和大舅舅不太一样，他们像是一对反义词，或是往相反方向跑的两个人。他们还是兄弟。有人说，他们真不像同一个妈生的。有人说，妈是同一个，邻居都可以作证，就不知道爸是不是同一个。人们这么说，是开玩笑，但因为小舅舅，我那清白的外婆死了多年了还被人们挂在嘴边嘲弄。

　　我的小舅舅实在是丑，个矮，五官扭曲，头还偏向一边，不但是头，整个身子都偏向一边，所以走起路来，像是一辆随时要拐弯的单车，看着的人急，怎么还不拐？最后才知道他本来就不拐。我的小舅舅就算直着走路，人们也认为他是歪的。这些还只是形象上的，关键是小舅舅还不会说话，不是不会说，是说了人家不爱听，尽说糊涂话、得罪人的话、不过脑子的话……甚至是孩子都不好意思说的话；当然，他还爱说大话、清高的话、以为自己是天王老子谁都得敬他三分的话……这些话混在一起，其实都可以归结为酒话。小舅舅嗜酒，是个酒鬼，半夜醒来都要喝一壶，半斤。喝了酒，自然就少不了说酒话。小舅舅一说酒话，没人会凑过去听，至少懂点事的大人不会，他们都躲得远远的，拿眼睛看小舅

173

舅，暗自发笑；要是妇女，还会白他一眼，因为我的小舅舅还爱说下流话，他说："大姐啊，你胸口的肉甩过去挂肩膀上我在后面吸两口。"他还说："小屄屄，往你家祖宗的灵牌上贴吧……"后面这话证明小舅舅真醉了，说的话开始不堪入耳——得罪人便是从这时候开始的。也有被人打的时候，但一般情况下大家都会给我大舅舅面子，放过小舅舅一马。

我的小舅舅一生未娶。好多人调侃他还是个处男，也有人说，小镇的妓院早被小舅舅踩塌了门槛。关于这点我不太清楚，只好保持中立，认为小舅舅是个处男不可能，但踩塌妓院的门槛也是夸大之说。从我记事起，就知道小舅舅孤鳏一人，他像个独行者，独来独往，三天两头往我家跑，一来就没好气，把我家弄一地泥不说，还躺在门楼口，嚷："姐，去沽酒。"我母亲骂他，甚至拿扫帚打他，他就是不听话，嘿嘿冲着姐姐笑。小舅舅一到我家，那些本来在我家走动的人就都不太敢来了，有时一进门，看见小舅舅躺在门口傻笑，便转头出去。我父亲最怕小舅舅来我家了，但有母亲在，父亲也不敢说什么，毕竟是小舅子，敬烟敬酒，说话还得客客气气。倒是我和弟弟，经常没大没小，母亲唤给小舅舅搬个凳子，我不肯，弟弟也不肯；母亲喊给小舅舅舀碗茶，弟弟不肯，我也不肯。小舅舅不跟我们计较，他甚至有点喜欢我们，有时想伸过手来摸摸我们的头，我们却都机灵地躲开了。他便说："跑什么跑，阿舅还没死呢——"

在我们心目中，小舅舅比死了还可怕。他在我家的日子，绝对可以说是我家的噩耗。那些日子，母亲前脚刚拖好地，就被小舅舅的后脚踩得跟泥地似的；那些日子，我家非常寂静，平常走动的人都不怎么上门了，自家人也不说话，绷着个脸，就因为小舅舅的存在。母亲也为难，母亲夹在丈夫儿子和弟弟之间，也不知道说什么好，她想要我们尊重小舅舅，却也知道小舅舅实在让人讨厌。小舅舅最最让人讨厌的是在餐桌上。小舅舅对餐桌上的菜极为挑剔，嫌这嫌那，要么就是咸了，要么就是淡了，一餐饭吃下来，就他一个人说话。我们都吃饱了离开，他还坐在桌上，一边喝酒一边唠叨。我母亲实在拿她弟弟没办法，又不敢赶他走，其实也知道他可怜。可怜之人必有可恨之处！这话在我小舅舅那得到了验证。小舅舅通常在我家一住就是两三个月，他走和他来一样，悄无声息，不会跟谁打声招呼。那些年，小舅舅一年要在我家住上半年，另外半年吃住在他哥哥也就是我大舅舅家。小舅舅住在大舅舅家可没有住在我家舒服，住在我家他是王，至少烟酒不曾断过，住在大舅舅家，我那大妗子可不是好惹的，她可不怕小舅舅，她打牌吵架，一条街上没几个没和她吵过，曾经拉着一个牌友的头发从街头走到街尾。我的小舅舅稍有不敬，大妗子就和他吵，吵了还打，把我大舅舅夹在中间，左右不是人。小舅舅说来也是"鬼怕恶人"，面对他大嫂，就怕了。大舅舅偷偷给小舅舅烟和酒，叫他到处逛去，就是少回家里来。

小舅舅虽说半年在大舅舅家住，实际上半年的大部分时间他是在街上度过的。街上有一处庙宇，庙前是一棵大榕树，榕树如盖，一到热天，树下便坐满了老人，在那下棋、说话，或者发呆。小舅舅本来不老，但也和他们混在一起，无话不说。说来怪，别人都怕小舅舅，那些老人则一点不怕，一是没什么好怕，二也是没法子，小舅舅就往他们当中钻，他们又无处可去。相处久了，小舅舅竟然学着给那些老人剃头——刚开始也是恶作剧吧——不知从哪里弄来的剪刀剃刀和推子，竟像模像样地在老人们的脑袋上弄了起来。后来，小舅舅还在榕树下弄了一个剃头档，专门给老人剃头，人们开始习惯叫他剃头佬。那时我已经长大记事，曾和母亲去过街上多次，每次见小舅舅弯着腰给那些满头白发的老人剃头，就疑惑，那些老人怎么愿意把头交给小舅舅去弄？且不说小舅舅喝酒，剃到一半还要抓起酒瓶子喝几口，接着继续剃，就说小舅舅那偏向一边的身体，就已经让人不放心了，保不准他把剃刀也偏向一边去，不就要了人家的老命。后来想，那些老人估计也没什么可怕的，他们回到家里同样遭人厌，能死在小舅舅的剃刀下，似乎还是一种解脱。再说也真没那么严重。

大舅舅并不同意小舅舅帮人剃头，钱没赚到，有时还会惹下祸端。小舅舅惹下祸端，他倒没什么，大舅舅得为他承担责任，大舅舅就是怕那样的局面。大舅舅曾找我母亲商量，让母亲去劝小舅舅别给老人剃头，他要钱，大舅舅和母亲可以给，还答应每人每月给小舅舅两百块钱。四百块钱对小舅舅诱惑不小，小舅舅却没答应。事实上我母亲也在这个事情上不经心，她巴不得小舅舅整天帮人剃头，那样来我家的时候就少了些。确实，那些年，小舅舅有了一把剃头刀，很少往我家跑了，而相见得少，对他的印象似乎也就模糊，有时想起就不全是憎恨。偶见小舅舅来了，还能有点亲切感，对于他那些陋习似乎都可以原谅了一般。

　　后来几年，小舅舅完全是以一个剃头匠的身份在街上混了。他在榕树下有一个摊档，固定的，晚上也不搬回去，就放那里，也没有人会拿，那些东西实在不起眼，不值钱，就一个掉漆的脸盆，一张沾满油污的凳子，还有围巾，也是多时没洗，脖子处都结出了泥垢……剪刀和剃刀装在一个布袋里，小舅舅倒是随身携带，走哪带哪。有时来我家，能听到他走路时铿铿锵锵金属的声音，那就是剃刀和剪刀碰撞的声音。小舅舅的剃头生涯最终因一桩事故而告终。一般人都不会找我小舅舅剃头，年轻人，中年人，都会选择几步远的发廊，贵是贵点，有女孩洗头，单这点就吸引人，谁傻到把好端端的头扔给一个酒鬼去弄呢？找小舅舅剃头的都是半死不活的老人，他们头上也没几根毛了，随便剪，一律剪的都是见头皮的小秃头，不用多高的技术，会拿推子剃刀就没问题。这天，有个外来人，初到小镇，刚走在那条街上，看小舅舅的摊位，剃一个头才两块钱，便宜得很，就坐下来，试试。小舅舅剪了多年老人头，突然遇到一个年轻一点的，也乐于表现，想在年轻的头上弄出点花样来，也显示一下真本事——小舅舅认为他在剃头上是有真本事的，理由便是他在剃头这个事情上的无师自通。那人甫一坐下，我的小舅舅便将长围巾对着阳光一抖，抖出一阵的白头发和灰尘。围巾往那人的脖子上系时，那人开始有些后悔。一股酸臭味，直冲他的鼻孔。那人忍了，心里大概在想便宜没好货。小舅舅嚓嚓嚓一把推子往那人的头上使劲，嚓了半天，接着又是剪刀又是剃刀的，倒像是个剃头人的样子。旁边的老人们也好奇，纷纷凑过来看热闹，大概心想看我小舅舅如何把这出戏演砸。小舅舅说起来蛮敬业的，他以前给老人们剃头，几乎是剃一刀喝一口酒，不喝，好像就下不了那一刀似的。那天面对陌生人，他想着还是不喝酒吧，可不喝酒，他没了劲，还打瞌睡。还是喝一口吧。看着我小舅舅眼睛开始迷糊，旁边一个老人便说："要酒了吧。"小舅舅点点头，还是老顾客了解他啊。"给。"老人帮小舅舅递过来酒壶，小舅舅接过，打开，咕噜咕噜，就喝下了半壶。眼前剪了一半头发的陌生人看着傻了眼，又看着小舅舅偏着身体俯下来要给他刮胡子，那人便怕了。他不怕倒好，不怕没事，一怕，头一偏，小舅舅伸手去扶正，这边的手一扶，那边手上的剃刀已经在那人的脖子上划出了一道血。剃刀锋利，血流不止，那人伸手一摸，放到眼前一看，险些晕过去。旁边的老人从没看过此情况——或者终于盼来了好戏，大喊："出血啦，出人命啦。"他们这一叫，营造了紧张气氛。那人立马站起来，要跑。我小舅舅总得解释一下，伸手去拉那人，谁知去拉的手就拿着剃刀，于是对着那人的脸颊又是一刀，这一刀深了点，瞬间血就流了一脸。事后有人传言，小舅舅酒后壮胆，是想杀人灭口，不留后患。当然这是人们没事扯闲时的玩笑话。当时那人却是被吓着了的，大概也以为是遭人谋害，或是上辈之间有什么仇恨，最后设局用剃刀灭口——这样的故事，我们那儿也不是没有发生过。事情最后的处理当然是赔钱，钱当然是大舅舅和我家出。大舅舅为了这事没少找我母亲哭，说姐，我能怎么办？母亲知道大妗子的脾气，知道大舅舅肯定没少挨大妗子的骂。母亲说："好吧，我出一半。"这样一来，大妗子才没话说。说到底，大妗子是不高兴小舅舅老赖在她家里，她觉得我家也应该承担责任。发生那事过后，大舅舅再也不让小舅舅帮人剃头，出了血都闹那么大的事，要是万一把人家的小命拿下了，岂不被连累得倾家荡产。小舅舅那套剃头家伙被大舅舅锁进了偏屋。小舅舅之后吃完饭，没别的事，还在榕树下和老人们坐，酒瘾上来了就去沽半斤酒放一边，慢慢抿，通常一下午能喝掉一斤半。时间久了，有些老人头发一长，嚷着要小舅舅帮他剪，他们不知道那套家伙已经被我大舅舅锁起来了，他们以为小舅舅怕了，也懒了，不帮他们剃头了。我小舅舅也是个好面子的人，他没说是大舅舅不让他剃头，那样多没面子，那么大个人还要哥哥管着。小舅舅说他烦了。烦了的小舅舅却揪着那些老人的白发说，哦，是很长了，是应该剪一剪了。小舅舅喝一口酒，开始用手指当剪刀在老人的头上剪起来，嘴里还发出唰唰唰的配音，接着又用拳头当推子，切切切，推过去，推过来，最后用手掌当剃刀，帮老人们剃胡须，还剪鼻孔毛、掏耳朵……小舅舅一系类动作下来，和真正剃个头的时间一样长。

有人找我大舅舅说，你看你弟那样跟疯了一样。大舅舅说他不疯我先疯。那段时间大舅舅和小舅舅的关系极为紧张，小舅舅来我家，也多是说起大舅舅和大妗子的不是，说到激动处，还拍了桌子骂了娘。我母亲说他娘还不是我娘不是你娘啊。小舅舅这时候通常已经烂醉，吼道：我才不管。小舅舅不管，我母亲得管。后来母亲为了小舅舅和大妗子的关系也搞得紧张，大妗子本来挺敬重我母亲的。我母亲嫁给我父亲时只有一个尿桶是属于他们的，不出多久，我母亲就帮着我父亲起了一个新房子，我母亲是状元出在别人家，旺夫命相，我父亲自然对我母亲唯命是从。母亲有一次去大舅舅家做客，我也跟着去了，本来气氛就紧张，吃饭间，小舅舅喝了酒又发疯，大家没说什么，知道小舅舅的秉性，唯有大妗子一把夺过小舅舅的酒杯，连杯带酒往天井里扔，"嘭"的一声，酒和玻璃杯一起在天井里开出花来。大妗子还大手指着小舅舅说："要疯去别的地方疯。滚。"大舅舅面容尴尬。我母亲则站了起来，低沉说一句："蔡春娟，你完全不把我放眼里是吧。"母亲直唤大妗子的姓名，让气氛一下冰冷得极点。那次母亲在大舅舅家掀了桌子砸了碗筷，就差没和大妗子干起来。大妗子也不是好惹的，一看我母亲掀桌子，便出门唤了邻里过来见证：哪有嫁出去的姑姑回娘家掀桌子的，你们快来看看啊，到底是谁野蛮，谁不讲理……我母亲也有心计，知道街上的人都来看热闹啦，她立马倒在地上，拉着我小舅舅的手一把鼻涕一把眼泪地哭着我外婆："娘啊，你死得早，你好狠心啊，留下小弟在人间受苦啊，你看见没有啊——"小舅舅刚开始被姐姐拉着还有点尴尬，后来似乎也入了戏，眼圈也红了，豆大的泪珠滑了下来——那是我第一次看见小舅舅哭，之前我以为他是一个铁石心肠魔鬼一般不会哭的男人。看着我母亲和小舅舅拉在一起哭得凄惨，来看热闹的人便也动了感情，纷纷劝着母亲和小舅舅。不管怎么样，理也就是到了母亲这边。后来母亲很少往大舅舅家走动，不仅是因为大妗子，还怪大舅舅没能管住老婆，让她骑在了头上。事实上我母亲会说别人不会说自己，她自己不也一样骑在我父亲的头上，她其实也和我大妗子差不多。再说，母亲为了小舅舅和大舅舅一家闹翻，我就觉得不值，真没必要为小舅舅那样的人付出代价。那些年，大舅舅一家蒸蒸日上，起了新房，几个儿女也都长大能赚钱了，小舅舅有什么呢？就废人一个。

　　小舅舅出去打工那一年，我已经上了高中。高中在镇里，我本打算住宿学校，大舅舅得知后坚持要我去他家吃住。因我这事，母亲和大舅舅一家的关系有了好转，毕竟也好几年过去了，亲人终究是亲人。奇怪的是，人家都说大妗子是个不好的女人，可对待我，却亲如子。关于这点，我母亲后来也说了公道话：春娟对阿见确实是好。我在大舅舅家住的时候，小舅舅已经出外打工了，小舅舅那么大把年纪还出去打工，在镇里并不多见，大舅舅本是不肯的，是小舅舅坚决要走，我想小舅舅已经厌烦了街上单调的生活。听说小舅舅去了深圳，帮一家小工厂看门守院，一个月八百块钱，包吃住。对于这样的结局，大家都认为很好，反正大舅舅也不需要小舅舅的钱，他只要养活自己就行了。那几年，每有过节，小舅舅基本都会回来，给祖宗上香给我外婆上香，那时候的小舅舅，看起来才像是一个正经人。出外的小舅舅有一些变化，当然酒还是照喝，他似乎懂了点道理，大概是出外见了世面，说起一些事情，倒像是那么回事了。有时也难免自大，以为就他一人出外见了世面，说起城市的高楼、豪车，甚至是夜里那些发廊、休闲场所之类的事情头头是道……还是惹人讨厌的。我承认我始终不太喜欢小舅舅，尽管他对我好，当然也是因我母亲。小舅舅对我几个表兄就很反感，表兄们对小舅舅更是恶言相向，甚至是表兄们的孩子，也没大没小……这些大舅舅也管不了，表兄们的背后有大妗子撑腰。大妗子对小舅舅的态度一直没有丝毫的改变。大妗子怪小舅舅出外回来没给她钱，他吃住她家多年，怎么样也要意思一下。大妗子暗地里到处说，说小舅舅的钱都嫖娼去了，在深圳，出来卖肉的女人可多了，小舅舅一领了工资就往妓院跑……也不知道是听谁说的，或根本就是造谣，大妗子还知道小舅舅中过梅毒，阳具都烂了，幸好医得及时，挽救过来。大妗子这么说，完全不顾叔嫂关系。外人听来则背地里偷笑。小舅舅回来的日子，大妗子给他的碗筷都是单独的，怕被传染。

　　小舅舅一回来还是到街上的榕树下坐，早些年和他好的那些老人，基本都死了。小舅舅也活成了一个老人。小舅舅比大舅舅小五六岁，看起来却要比大舅舅显老得多。小舅舅从街上雇了一辆摩托，来我家，提了东西。小舅舅倒是给我母亲钱，不多，也就三五百，母亲是不要的，小舅舅一定要母亲收下。母亲问小舅舅，蔡春娟说的可是真的？小舅舅生气，说大妗子是妖怪，诬陷人。母亲劝小舅舅赚了钱别乱花存着将来娶个合适的女人。母亲说这话让一边的我和父亲都笑了下，别说小舅舅那么老了，就是不老，那样的人，谁会愿意和他过日子哦。母亲估计也是哄着小舅舅，怕他乱花钱。小舅舅对娶老婆一点兴趣都没有，他比我们还清楚，他说娶老婆干什么，还要养她，要的时候花点钱就是了。小舅舅话一出口，知道说漏了嘴，低下头不敢说话。母亲说："看，你还说没有——"最后又说："不要上瘾，当心中毒。"母亲对小舅舅说出这样的嘱咐，让我愕然。

从那时起，我不仅觉得小舅舅疯，还觉得他脏。我当时想，一个男人要是活得跟我小舅舅这样，那真是太失败太失败，简直无颜活在世上，上吊死了算了。小舅舅偏偏还以此为荣，似乎浑身都是值得炫耀的东西，他的单身，他的酒量，他睡过多少女人——当然都是些妇女。后来还听说小舅舅在工厂勾搭了一个外省妇女，两人同居，外省妇女也是出来打工的，老家有丈夫儿女。小舅舅和她搞一块，算是通奸。当然，愿意和小舅舅搞一块，哪有看上小舅舅的人的，唯有看上他的钱。小舅舅也没多少钱，一个月一千来块的工资，竟也都花在了那外省妇女的身上。小舅舅这样，他自己肯定无怨无悔。家里人却因此很是愤怒，先是大妗子，说小舅舅这样太伤风败俗，说到底还是嫌小舅舅有钱给外省女人没钱寄回家。生气的还有我那几个表兄，我那几个表兄都长得机灵活现，也都成了家，在外面有头有脸。如今走在街上，被人们一问，竟有一个叔叔在外面干那样的事，丢的就不仅仅是小舅舅的脸，丢的还有他们的脸。总之，那段时间我一放学回去，大舅舅一家要是说起小舅舅，无不咬牙切齿，恨不得把他从深圳拉回来打一顿。

后来我的小舅舅真被拉回来了，从深圳用一辆面包车拉了回来——那算是我们家族里发生的一件大事，就发生在我小舅舅身上。说是大事，并不只是说小舅舅突然中风导致脑溢血最终瘫痪在床——小舅舅那样喝酒寻欢，谁都猜到会有那么一天。事情闹大还因为小舅舅是在上夜班的时候突发脑溢血栽倒的，属于工伤，既然属于工伤，自然就不能拉回来了事，得找工厂老板闹，闹赔钱。工厂老板倒不是说不赔，就是数目少，想几万块钱打发掉，以为我小舅舅也就是孤鳏老人，没什么家人替他说话。殊不知，大舅舅一家人平常虽厌恨小舅舅，遇到事情了，还是一家人，自然不能让外人白生生欺负。尤其是我那几个表兄，暴跳如雷，第一时间赶往深圳，处理小舅舅的事情。记得那会是国庆假期，我也跟着去了。我本不想去，不想参与小舅舅的那么些事，虽然对他脑溢血还是挺伤心的。是表兄们要我去，说我是高中生，读过几年书，和工厂老板理论时，不至于吃亏。我能懂什么，自觉责任重大。我那时也好强，不想让表兄们小看。于是便随着表兄们坐夜车到了深圳。

深圳之行让我印象深刻，在此之前我从未离开过我们那个小镇。我们那个小镇仅有的两条街道我闭着眼睛都能走过去走过来。夜里到达深圳，满眼的灯火，跟白天似的。我心想小舅舅在这样的环境里生活，难怪回到小镇就有点趾高气扬了，也难怪他一分不剩挥霍自己的工资。七拐八拐，换了好几种交通工具，才终于到了小舅舅打工的地方。小舅舅打工的地方叫麻布，明显是一个城市的角落。我一路想象着小舅舅的工厂有多大，多少人，到了才知道，原来就是一个小作坊，一条拉线，几个员工，在加工一种塑料壳。说起来工厂老板还是老乡，也是我们那一带的人，要不也不会要我小舅舅这样的人来守夜。老板是个上了年纪的老头，看我们到了，倒也客气，说我小舅舅在医院里，命是保住了，只怕以后得瘫痪一辈子。听这么一说，我心里一紧，感到了一阵难过，虽然平时对小舅舅没什么感情，但想着他从一个能自由走动的人突然一下就只能躺在床上度过余生，等同于死，还没有妻儿可以照料，难免为他感到悲哀。

大致了解了小舅舅出事的过程——原来国庆期间，他们厂要赶一张订单，加了几个通宵。那些日子天气转寒，小舅舅倒不怕冷，他有酒，通常守一夜，就能喝掉一斤白酒。员工们都说他是个怪人。可那晚，小舅舅突然栽倒在了地上，送到医院一看，脑溢血。工厂老板和我们谈判期间，有意无意地强调小舅舅喝了大量的酒，想以此推脱责任。表兄们似乎有被说服的意思，也怪起小舅舅喝酒，眼看再说下去小舅舅不单瘫痪在床还捞不到几个钱。我心想表兄们在镇里挺大胆的人怎么到了深圳就老实了起来，或者是无心帮着小舅舅，也不是，能赔多少钱最终还不是大舅舅家的。我突然插一句："你国庆期间还加班，出这样的事，打官司看是谁有理。"我这么一说，心里也没底，倒让工厂老板愣了一下，看我戴着眼镜，似乎有来头。后来表兄们拿到了老板十万块的赔偿，一直说是我那句话起到了作用。如果真是那样的话，我倒是为小舅舅做了一件事情的，尽管他已经什么都不知道。他跟死了一样，虽然他还在呼吸，心脏还在跳动。

我们去医院，在重症监护室里见到了小舅舅。小舅舅的嘴鼻上装着氧气，他微弱呼吸着，比任何时候都安详。我还从没有见过那么安静的小舅舅，他像个睡熟了的孩子。我想，从此小舅舅再也喝不了酒了。我怎么就想到这个。但确实，不能喝酒的小舅舅，其实便意味着死亡。表兄们正在和医院方面协谈，表兄们的意思是把小舅舅送回家，放弃治疗，回家能挨多久就挨多久。我不知道表兄们做出这样的决定是否经过内心的挣扎。其实也无可厚非，一则在医院花钱，还不仅是花钱，表兄他们都有工作，自然也不可能守在深圳照顾小舅舅。回到镇里，小舅舅至少还有大舅舅和大妗子看顾，我母亲也常能走动。这样的打算可谓周全，也就不能怪表兄们狠心。我们匆匆下去，匆匆拿了钱，又匆匆回家，似乎目的不是为了小舅舅的病，倒像是冲着那十万块钱而来的。总之，那些日子我心里不好受。临走，我们还去退了小舅舅位于城中村的租房，那是一间狭窄的单房，脏得要死，一进门就是一股浓重的味道。屋里所有稍稍值钱的东西都被小舅舅的同居"女友"拿走了——那个外省妇女在小舅舅脑溢血当天就选择了离开，估计也怕我们的到来说不清楚惹麻烦。厨房里还堆放着没洗的碗筷，半把上海青，一小瓶花生油……他们曾在这里过着一种小家庭的生活。我仿佛能看见小舅舅和她在屋里一起吃饭的场景。墙角处，放着一瓶喝了一半的白酒，那半瓶酒，小舅舅永远也喝不完了。

小舅舅回到小镇后，已经是废人一个，屎尿都要大舅舅处理。大妗子看在赔回来十万块的份子上，倒也没说什么，只是街上偶有人问起，"怎么样？"大妗子冷冷一句："能怎么样，等死呗。"小舅舅就真的在等死了。本来就久病无孝子，何况小舅舅并没有子。不出多久，大舅舅和大妗子都厌烦了小舅舅，尽管嘴里不说，心里肯定是在盼着小舅舅早日死掉的——那样对小舅舅对大舅舅一家都算是解脱。大舅舅还把小舅舅的药停了。我母亲得知后，非常生气，又跑回去吵了一架。我母亲也在理，小舅舅一生虽没功绩，也没个一儿半女，但怎么说也是赔了一笔钱回来的，钱都给了大舅舅大妗子，如今大舅舅大妗子拿了钱却眼看着让小舅舅死，有这个理吗？大舅舅和大妗子被我母亲说得哑口无言。大妗子最后说："他这样活着也是受苦，不信我们去问问他，听他什么意思，想不想死？"大妗子说这话时语气轻松，像是在说一件无关紧要的事情。大舅舅上前就给了大妗子一巴掌，不管那一巴掌是打给外人看的还是心里真想打大妗子，那一巴掌，还是让我母亲心里稍稍平衡了些。

没过多久，小舅舅死了。小舅舅不知道怎么弄的，竟把桌子上的一团湿抹布放在了嘴鼻之上，窒息而死。小舅舅的葬礼办得极其简单，甚至可以说不算个葬礼，只是买了副棺材，请了个师公，便匆匆下葬了。后来我母亲一直怀疑小舅舅是被大妗子杀死的，说她记一巴掌之仇，是个心狠手辣的女人——事实我母亲更关心那十万块，一心要找大舅舅分点。我倒不认为大妗子有那么大的胆，她毕竟妇道人心。我宁愿相信小舅舅是自杀的，似乎这样，小舅舅的形象在我心目中便高大了一些。

（原载《厦门文学》2012.10）

驿道中遇见苏先生

M说，驿道修好了，梅岭山巅被凿开了一个大口子，像是一个人被敲掉了门牙。

那得有多丑啊。我说。我缩在碎花的棉被窝里。掀开一角看床边站着的M。

外面下雪了吧？我接着问。十几年来，这儿都没这么冷过——至少从我记事起。我整天没出门。我母亲以为我病了，叫了郎中来家里，我父亲二话没说就把郎中给撵了，他说，都是让你妈宠的，没病也宠出病来了。

我确实没病。我只跟M一人说过，我说我好着呢，只是怕冷，不想出门。

M是我家新来的丫鬟，十四岁了，看起来却像是十二岁的样子。别问我十四岁和十二岁到底有什么区别，我也不知道，我只是感觉她应该是十二岁，就像我从来不觉得我已经十六岁了一样。M来自雉公嵊村，雄州以东，照她说，她父亲把她送进城得要半天时间，刚一吃过午饭就赶路，一路马车，到达时太阳已经落下梅岭了，马都走乏了，站在槽边口流白沫。雉公嵊村我没去过，好多地方我都没去过，除了这大如广场的陈家大院，我几乎不熟悉其他任何地方。从这点看，M比我要见多识广，她跟我说起新修的驿道，就离她村庄不远，几年前，她的父亲以及村里的其他男丁，都被征去修道。M说，父亲回来时，我们以为家里来了个陌生人。事实上，能回来的人不多。

驿道的事我倒是听父亲说过，似乎事情还和他有莫大的关系，有一段时间他经常挂在嘴边，他担忧在梅岭山巅凿出一个口子来会不会破坏了雄州的风水，但父亲作为一个商人，却也深知驿道的修通事关他的切身利益，如密室打开通道，从此自由进出，近能到达江西余州，远可直通京城。

我做梦都想去一趟京城。

梅举人就去过京城，年轻时参加科考，中了举人。梅先生如今是我的老师，他说京城的好来，难免也要吹吹牛，比如见过皇上和妃子出来长安街买冰糖葫芦，就像我牵着丫鬟上街买饺俚糍。说实话，我对皇上和他的妃子兴趣不大，对冰糖葫芦倒是念念不忘。

M前几天回了一趟老家，她母亲得了疟疾，她只请了三天假，所以只在家里过了一夜便匆匆赶来了。我问你母亲没事吧。她没回答。她不想让我知道她更多的秘密。这个女孩跟其他女孩还真不一样。

雪越下越大。这地方很少下雪的。

我们家自打爷爷那时开始，就把茶叶生意从中原沿着乌迳古道做到了雄州，雄州人大大小小无人不知，我家三代茶商，爷爷已经死了，我的父亲陈静先当家，他们说，陈家的茶叶生意迟早是我的，我的命太好了，一出生就注定是第三代茶商，他们看我的眼神都充满了羡慕，既想攀附又觉得我这人太冷淡了。是的，除了M，我真不想跟任何人说话，包括我的父母。当然，这事说不了，否则得挨板子，我父亲是个翻脸不认人的家伙。

其实我还蛮喜欢冬天的。有那么几年，雄州下过雪，我说过，这地方很少下雪，我长这么大也就遇到几个冬天下过。院子的银杏树黄了，看起来像是停了一树颜色一致的蝴蝶，它们和雪一起纷纷往下落。我问M，你遇到过下雪的冬天吗？M笑着说，遇到过，三年前的冬天就下过雪，我还去梅岭山看了梅花，蓝色的，你见过蓝色的梅花吗？

没有。要不是M说，我真不知道还有蓝色的梅花。

我们已经来到厅上，家里除了我和 M，没有其他人。

门突然被推开了。

天干得很，看来今年得雪灾了。父亲一进屋，便说。

父亲最近有些忙，除了茶叶生意，似乎还在忙其他事。

M 端茶过来时，偷偷看了我一眼，我不明白她是什么意思。在父亲面前，我一般不敢说话，得像个乖儿子那样站在一边。父亲坐在厅子中间，一把高高的椅子，一手放在椅把上，一手抓住紫砂壶，直接放在嘴角噆。父亲习惯这么喝茶。茶水得不冷不热，M 会事先调好，这几乎成了她一天当中最用心的工作。

夫人没事吧？

父亲这么一问，M 一愣，她又看了我一眼。

还没等 M 回答，父亲转而问我，你妈呢，想跟他说点事，她连个影子都没见着。

我没告诉他，母亲一大早就出去了。母亲入了冬便喜欢去隔壁李家赌骰子，她说天一冷添衣烤火都没多大用，赌起来，人就热了，输钱赢钱脸颊子都得红扑扑的。我没赌过，不知道母亲说的话是真是假——此刻我也不确定她到底是不是去邻家赌骰子了，也有可能上街市看纸马舞了。

喝了茶，父亲通常要抽几口烟。父亲一抽烟，就完全成了懒汉，至少与平时，不再像是同一个人。父亲走路快，雄州城，以他的速度，半个时辰就能横穿左右。抽了烟，父亲得小睡一会。即使这样，我也不敢离开。M 已经朝我使了几个眼色了，我不知道她要跟我说什么。母亲还没回来。这个家里如果没有第三个人在，父亲醒来第一句话，准是问我又跑哪去疯了。

一阵炮声。是我所熟悉的钻天猴。隐约还能听到锣鼓，隔着风雪，隔着门板。我大概知道 M 为什么朝我使眼色了。她想叫我溜出去看热闹，顺便带上她。至于大雪天怎么有热闹，我不太清楚，应该是什么节日，或者跟驿道的修通有关。

父亲醒了，大概是被炮声吵醒的。他是真睡着了，一个真睡着的人眼神骗不了人，这点我在行，为了骗家人，我没少假睡过。如果不是因为憋不了太长时间的气，我想我装死的话，也会有人坚信。父亲第一句话又问：你妈呢？

我妈可能去赌骰子了。我终于说道。

M，你去叫下；还有，到院子里叫水塔备好马车。

父亲站了起来，他似乎侧着耳朵，在听外面的动静，风雪越来越大了，鞭炮和锣鼓声也没停歇。外面确实热闹。

我问：备马车做什么？

父亲笑着看我，他很少笑着看我的，这让我很愉悦。

父亲说：带你们去逛新开的驿道。

我问：全家人一起吗？

父亲说：是的，全家人一起，包括 M。

我简直乐坏了。我父亲从来没这么好过。关键是，我们还从没有一家人一起出去过，出游倒不是第一次，比如去石塘村看银杏，去三影塔看木棉，去浈江边上的广州会馆看客家采茶戏，却总是少了一个父亲。他一天到晚都在忙，白天忙茶叶铺的事，晚上还得应酬，官府的人，以及从中原来的陈氏宗亲——他们路过雄州，总得落脚，休息个几天，才前往广州。这样的客人一个月免不了三五宗。

这些年来，雄州作为一座城，其实也是北来南往的驿站，而我们陈家，则是这驿站里的一家小客栈。我打小就见过形形色色人等进出我家，他们或冠冕堂皇，更多则是衣衫褴褛，他们都姓陈，或自称姓陈，操各地口音，有些能听懂，有些不能听懂。总之，对我家而言，他们都是陌生人，然而只要他们姓陈，或者亲口说姓陈，我父亲就得接待他们，像接待远道而来的亲人。当然，他们也不会把我家当作目的地，他们有各自的方向和未了的心愿，多数人住上几天一礼拜便会离开，我记得最意外的一次，有一对父女在我家住了一年有多，满城风声，外面的人都在猜测，以为我父亲想留下女孩当妾。那女孩很好看。我有印象。没多久，父亲就把父女俩请走了，那是他第一次在家里"赶"客人。我不知道父亲是否真的没动过心，面对那么好看的女孩，还那么年轻。也许我不能这样揣度父亲。父亲是个正直的商人。

管家水塔已经在门口备好了马车，两匹灰色马正甩着鬃上的雪花，它们不时回头张望，似乎比我们还急于上路。我感觉它们越来越小，都快小成一头牛犊了。母亲不知什么时候已经出现在门楼口了，她双颊飞红，看来她真的在李家赌骰子，她披着个貂皮大衣，一出门人们都得恭敬地唤她陈夫人。她一边跨上马车，一边说：老李来了亲戚，十四岁的小姑娘，长得可好了，刚好小影儿两岁。说着她看了我一眼。我不知道是什么意思。

父亲不言语。如果是在往时，他大概会埋怨几句。今天他心情好，他让我和 M 先上马车，自己则坐在帘子外面，和管家一起，为我们挡风雪。我坐中间，右边是母亲，左边是 M。落座时 M 偷偷捏了我一下。我还没反应过来，母亲就把我摁在了中间的座位上。实际上我想坐在边上，那样可以掀开窗帘，一路看过去。M 没敢掀窗帘，她感觉浪费了一个好座位。我想母亲也不愿意我坐边上，她还相信我的病不是装出来的。

马车晃荡，我开始有些晕了。

我一直没敢告诉别人，我晕马车。

母亲不时掀开前面的帘子，她在和父亲说话，我对他们的对话没兴趣。倒是帘子一掀开，便能看见外面白茫茫的街道落满红色的炮纸，街上的行人，驻足看着马车嘚嘚嘚地从面前驶过。我也想坐到前面去，跟父亲和管家一样，看父亲和街上的熟人打招呼，那些布店、烧鹅铺、豆腐坊的老板无不是父亲的朋友。

幸好管家不知道我心里想什么，否则他非恨死我不可，他做梦都想坐进车厢里来。

张大人还好吧？母亲再一次掀开布帘，我是说你这两天去看过张大人没有？听说他最近身体不是很好。

我没听清父亲说了什么。母亲估计也听不清，但她也不好再问。她突然回头对我和 M 说：张夫人刚刚去世了，一个月前，张大人一直忙着凿道，夫人得了疟疾，也没时间关照。我看了 M 一眼，因为我知道她母亲也得了疟疾，张夫人都因为疟疾死了，M 的母亲肯定也不久了。M 蛮淡定的，她似乎早就接受了现实。

为什么要凿道？我知道我问了个傻问题。我当然不知道为什么要凿道，但这样的问题在大人面前提出来，确实够傻的。我的声音已经够小，不过父亲还是在风雪里把头伸了进来，父亲严厉地说：莫乱说。

他头上落满了雪花。

一路上，我都没再说一句话。我们把马车停到路口一户小店里，小店的主人认识我父亲，硬是给我们每人泡了一杯龙井茶，店主说父亲曾帮过他，至于帮了什么，父亲早已忘了。父亲帮过的人太多了。我们一路沿着驿道上山，路面铺的是鹅卵石，石缝里落着雪花，每踩上一步，都得稳住，否则一个跟斗，恐怕会滚下山去。抬头望，驿道竟像一道新伤，直愣愣地挂在梅岭山上。还看不见山上的关城，不过也不难想象，城门巍峨，雉堞上驻守着官兵，两省商客，经此来往，过关者都得出证通行。

越往前走，人越多，两边的商铺也多了起来，钱家干果铺、徐茂芝家扇子铺、戈家蜜枣儿、十千酒坊……M 不时停下来，看一看路边的彩色风车，问问发夹的价钱等。实际上她不会买任何东西。我倒是被飘在楼上的幌子吸引了，颜色各异，像散落的彩虹。我们每经过一段，吆喝声总是跟随着大起来。母亲蛮讨厌在街摊上买东西，她总是以一个有钱人派头，要去正经的铺头挑拣，买的都是牌子货。

父亲和管家走在前头。

父亲说，这么宽的大道，两驾马车可以并行了。

管家点了点头，可以，完全可以。

关税高了多少？打听过吗？母亲插嘴问。

管家摇摇头。显然这是他们感兴趣的话题。

不是说赞助十万以上可以免税五年吗？张大人是不是这样说过？静先。

父亲不知道怎么回答母亲，他摆了摆手。

拐了个弯，人突然多了起来。抬头一看，蓝幽幽一片。M喊了起来——蓝梅，蓝梅。

是的，眼前蓝幽幽一片的正是传说中的蓝梅，在驿道两旁，如夹道相迎的主人。显然，梅岭山的蓝梅早在百年前就存在，是一条新凿的驿道让它们突然近在眼前的。很多年轻的女孩集聚在梅花树下，M很快也成了其中一员。

来啊，M朝我招手，她在梅花下笑成了梅花。

我看了父亲一眼，算是征询意见。

去吧，父亲摸了摸我的头，等会我让水塔去找你们。可记住了，在这驿道中，别走远了。

母亲想阻拦。

父亲说，不小了，别老护着他，让他去吧。

实在是太意外了，父亲完全变了一个人。我跑到M身边时，差点摔了一跤。

要不要吃糖？我口袋里有点碎银，我想能在路边买块蔗糖给M吃。

你还不如送我一个蝴蝶发夹。M抓住我的手。她的手那么小，却软软的，也暖暖的，像是一个毛皮手套。我想我拒绝不了M的任何要求。她长得跟蓝梅一样好看。

我们拐下一条小道时，M说，从这儿往前走，也能通向我们村上。如果不是父亲有交代，我还真想沿着小路去雉公嵊村走一趟，顺便看望一下M得病的母亲。

你妈的病真的好了？我还是忍不住问了一句。我也知道，我这么问很唐突。

我妈已经死了。两天前就死了。M竟然笑了，她大概不希望我因此有内疚感。我也跟她笑了起来，仿佛我们在谈论着一件开心的事情。

我妈答应过给我买个蝴蝶发夹的，忘了是什么时候的事了，不知道我爸那时是不是回家了。M把蝴蝶发夹递给我，示意我帮她戴上。我没干过这事。我的手竟然抖了起来，或者是天太冷了。

我想我没帮她把发夹戴好，有点歪了。

走一走吧。M说，她看样子不想就这个话题说下去了。

我们已经完全和家人走散了，他们应该快我们一步，说不定已经到达城关了。我倒不是非要看城关不可，确实也没什么好看的。我有些累了。我说M，我们找个茶铺坐一坐吧。再走几步恰好是个草寮，挂着木牌，上面写着三个字：喝瓯茶。我和M走了进去，一个老头很客气地把我们引到座位上，座位临窗，刚好能看见驿道上来往的人流。

我们要了两瓯普菊茶，一碟花生米和一碟炸黄豆。我想就这样吃着，坐着，等着家人下山吧。我似乎应该和M谈点什么，她比我想象的要经受更多。可我一时也不知道说什么好，她也一样，我们就这样面对面，喝着茶，我吃花生米，她吃炸黄豆，我们一起在嘴里制造出响亮的声响，实际上却很寂静。茶铺里就我们两个客人。

一只长尾奇鹛从茂林飞出，落在了草寮檐上，四处张望。

听说人死后会变成蝴蝶，一路跟着亲人，是不是这样？

M的突然发问吓了我一跳。我没来得及回答她，事实上我也不知道怎么回答。我看见窗外驿道上纷乱了起来，人们似乎在为谁让路。张大人也来了？我想，其实我也不知道张大人是谁，只是时常听父母亲讲起，据说是个很大的官。我对他一点兴趣也没有。意外的是，出现在驿道上的，却是几名官兵，押送着一个犯人，他们看样子刚过城关，从江西来，风尘仆仆，是走了远路的人。此刻驿道上出现如此场景，确实格格不入，行人都退到一边，看着官兵和犯人，指点并窃语。

我忘了M的问话，甚至忘了她的存在。我几乎把整个头都伸了出去，我想看看犯人长了什么样，只见他穿着蓝色的长衫，脖子也没戴枷锁，倒是挺自在，看样子并不害怕他会跑掉。这是个斯文人。他应该是个文官。这点我从他长了李白一样的胡子看出来的，文人都喜欢留那等形状的胡子。

他们很快就要路过茶铺了。

谁啊？M也把头伸了出去。

他们突然停了下来，似乎听到了M的问话，停下来是为了回答她。这让M有些紧张。实际上他们根本听不见，别说风雪中，之间还隔了足够远的距离。他们只是想进来喝瓯茶。他们肯定也累了，渴了。

他们就坐在我们边上。我几乎都快窒息了，我和犯人的距离，竟然没超过一米，我看清了他乌黑的眼珠子，高挺的鼻梁和宽厚的嘴唇。这一定是京城来的人，他身上一点也没有我父亲身子那种谨小慎微的小家子气。即便是个流放犯，他也表现出了少有的镇定和淡然。

他和官兵开起了玩笑，说了一个我不甚明白的段子。

这里的人开始讲粤语了，再往前走，便是南蛮之地了，还得月余，我们才能吃到新鲜的妃子笑……

他看起来见多识广。

苏先生——他们叫他苏先生。

雄州是他们过关后遇到的第一个城市。

这地方真热闹。苏先生说，我禁不住想做首诗。

苏先生稍等。其中一个官兵站了起来，我得先去备好笔墨，说着蹬蹬蹬跑去了柜台，一会，就把笔墨端了上来。纸是他们自带的，卷在一个竹筒里，有两个竹筒，一个卷着空白纸，一个卷着成品。这么看来，他们一路走来，苏先生写了不少诗了，而他们都把它们存了起来，当宝贝。

官兵一左一右抻开纸，倒像是在伺候着老爷。

我和M也站了起来，在一边观看。

鹤骨霜髯心已灰，

青松合抱手亲栽。

问翁大庾岭头住，

曾见南迁几个回。

待墨干了，官兵正要卷起纸字，却被苏先生阻止了，苏先生提笔又题上：赠岭上老人。苏先生说，就当是买茶钱吧，你们去问问，可否？茶铺老头颇为难，他不知道来者是谁，况且一个流放犯的诗句，似乎也不值什么钱，然而有官兵在边上，老头也不敢多语，挺不情愿地接受此不平等交易。

我问M，你身上还有银子吗？

M身上翻出的银子刚好能付他们的茶钱。

茶铺老头很开心，他把纸字递给了我，我又递给了M。苏先生这时候才正眼看了我，之前在他眼里，我不过是个小孩。苏先生颇为歉意，他说，要不，我再给你写一张？我摆摆手。我觉得他已经写得很好了，至少比梅先生要好。

我问：你们是不是从京城来？

苏先生说：我们从永州来。

我又问：你去过京城吗？

苏先生又说：我就是从京城来。

我有点被绕糊涂了。

我又问：京城是怎么样的？

苏先生说：我离开京城很久了，我都忘了它是什么样的了。

我说我做梦都想去一趟京城。

苏先生说：呵呵，我也是。

他们走出茶铺，顺驿道而下，待我的家人从城关下来找我时，我已经看不见苏先生的背影了。

（原载《飞天》2016.7）

见　红

　　水塔是村里剩下的最后一个年轻人了。这话好像谁说过，又好像是自己说的。水塔不记得了。水塔总感觉还没长到需要打拼的年龄，至少他还没有女人。村人说他游手好闲也好，不务正业也好，他都不温不火地接受。他知道自己有一天会变的，变成他们都刮目相看的人物。每每想到这，水塔的嘴角都带着一丝笑意，这大概就是所谓的理想。水塔不知道理想是什么东西，好像老师说过，他早忘了，母亲也说过，他不爱听。母亲总是唠唠叨叨的，谁爱听？

　　有一个人的话水塔却爱听，可她从不和他说话。没事的时候——水塔总有很多没事的时候——水塔会故意绕几道巷子从她家门口经过，如果看到她在门楼奶孩子，他会看一眼，隐约看见了白花花的一截奶子，水塔的心就扑腾直跳，然后假装匆匆走过，像是一个急于到田里收割的农人。一会，水塔又折了回来，假装在家里落了什么重要的农具，趁机再看一眼。如此来回两三次，直到她抱着孩子进了屋。水塔才若有所失地去了他每天都要去的地方：木童的杂货店。

　　木童的杂货店位于巷口，靠北，店门口是一片空旷的平地。木童这老头聪明，在空地上搭起了帆布棚子，摆上几张桌球，供村里的少年玩，一天能有一笔不小的收入。

　　水塔就爱去木童的杂货店玩桌球。水塔是唯一高出球桌一大半的人，和他一起玩的都是村里十几岁的小学生。孩子们乐意和他玩,因为他的球技最好,还会玩各种花样。木童当然也欢迎水塔的到来,一来二去,两人竟出奇地好,形同父子。水塔还经常在木童的店里赊烟抽,他也不关心究竟赊了多少钱了,任凭木童在他那发黄的小本子上圈圈点点。

有时她也会来木童的店里,买个糖什么的,哄怀里哭哭啼啼的孩子。这时,她不会看水塔一眼。水塔却乐于表现了,他口里含着烟,"啪"的一声一个球子下去,"啪"的一声又一个球子下去,他扬起球杆子,敲敲桌面,得意地冲着对手说:看来你还不是我的对手哦。然后回头看她,却发现她已经离开了。水塔有些失落,接下来的几杆子都进不了球,不是打偏了就是力度不够。木童站在一边呵呵地笑,说你瞎动么个心思啊,小心老昆回来揍你一顿,就你这身板子还真受不了他一个拳头哩。水塔假装没听明白,问木童,你嚷嚷地瞎说么个?木童说,小孽子,难怪老不出门,原来惦记着肥肉呢。木童也是湖村挺不安分的人,说话露骨,见到村里年轻的媳妇来买东西,他会说人家的屁股圆得跟西瓜似的,奶子赛过吊瓜。内向点的红着脸回去,遇到嘴皮子薄的,会和木童顶两句,说你啊都老了,小黄瓜都蔫得起褶子了。木童就更来劲了:"要么你尝一口,保证还鲜嫩鲜嫩的。"说着都哈哈大笑。

有一天,水塔又和小孩们打球,球子一声咕噜一声咕噜地下到了洞里去。水塔开起了玩笑,说这洞要是女人那,就刺激哩。小孩没听懂。木童却在一边说,听说老昆在外面搞女人了。谁说的?水塔问。有个小孩接嘴,我哥说的,他和老昆一个厂。小孩拍着胸膛,坚信他哥说的话百分百。看样子,老昆搞女人的事是个公开的秘密。水塔的心像是被针刺了一下,一个激灵,不是痛,而是兴奋,他莫名地紧张起来,球就再也没兴趣打下去了。

回家时,水塔故意绕着巷子往她的门楼走,见她还在门楼奶婴儿。婴儿是去年刚生的吧,还不到一岁。水塔想了想,才想起她生孩子时还是母亲帮她接生的呢。那天晚上母亲搞得满头大汗回屋,大冬天的,湖村的草还结了霜。被窝里的水塔被母亲呼啦进屋的声音吵醒了，他听到母亲和父亲对话：母亲说，那个老昆啊，女人生孩子也不回家看看，要不是我本领高，亚玲今晚都险些没了命。女人生孩子都不回家，这男人有点可恨了。水塔的父亲吧嗒吧嗒地砸嘴巴子，估计是在抽烟，半会，他说，我看那老昆有问题。母亲问，么个问题？父亲不说话。母亲突然明白了，压低声音说，这话在家里说说就过了，外面可别乱嚷。水塔听着莫明其妙。

老昆不单是女人亚玲生孩子没回，连过年他都不回，听村里和老昆一个地方打工的人说，老昆那小子混得不错。说这话时，那人的脸上带着诡异的笑。人家不明说，谁也就不敢往那方面想。在湖村，虽说现在生活好了，谁都可以要上老婆了，要是在以前，连老婆都讨不上哩，村里现在就还有好几个打光棍的老头。有谁会想到老昆那小子家里放一个，外面还搞一个呢？

走过亚玲的门楼，水塔想，老昆的事，她知道吗？为这个问题水塔想了整整一天，母亲在他面前唠叨了一整天，他一句也没听进去。水塔想，她应该是知道的，怎么可能不知道呢，自己的男人变心了，她肯定第一个知道。水塔又想，她可能也不知道，是啊，谁敢跟她说这事，即使整个湖村都知道，她也有可能是唯一不知道的。这么一想，水塔竟有些伤心了，当然不是为老昆外面有女人伤心，是为亚玲竟然不知道而伤心。水塔甚至想跑到亚玲面前，亲自告诉她——他又怎么敢呢？

水塔还记得亚玲刚嫁到湖村那会，也就是几年前的事。那时水塔刚从中学跑回家，说再也不回去读书了。不读就不读，谁稀罕哩。父亲第二天就叫水塔扛把犁子下地里去了。水塔不肯，趁父亲不注意，一溜烟跑了。晚上回来吃饭，水塔被父亲堵在天井里，像一只无路可逃的鹁子，被狠狠地揍了一顿。十多岁的人了，竟被打得满天井翻滚，鹁子变成了钻泥的泥鳅，哭得鼻涕子两大截淌到了嘴巴上。那天晚上，金枪跑来叫水塔，见水塔躺在天井里像头死猪，吓了一跳，说水塔你没死吧。金枪是水塔的同学，平时走得近，两人都是湖村有名的小孽子。水塔一听是金枪，顿时活了过来，问么个事。金枪说，今晚老昆结婚，他家有烟分哩。一听说有烟，水塔的屁股像是装了弹簧，一下就跃了起来，差点把金枪撞倒。

两人朝老昆家跑去。老昆家早就围了满门楼的孩子，看样子都是来要烟的。湖村人一直有习俗，即是哪家结婚，就必须在自家门楼向村里的小孩子派烟，还得是好烟，烟越好证明家境越好，媳妇越漂亮，夫妻感情就越是百年和好。那样的晚上村里的所有孩子都被允许抽烟，谁都不说他们骂他们。水塔对这样的夜晚当然很期待，平时村里只要谁家结婚了，他都是第一时间得到消息。

那晚站在门楼发烟的是老昆。老昆那真叫帅，西装笔挺，在湖村是少见的装扮。老昆的衣袋里拿出的还是红双喜，多好的烟，村主任都抽不起，接待管区领导时才会跑木童的杂货店买一包。平时木童一条红双喜就可以卖一年。老昆说好每人一根，拿了的就回去。可水塔刚接过烟就迅速地放进了口袋里，转身又去要。有人说水塔你不是拿过了吗？水塔说你妈的你说什么，小心我砸恁家瓦顶。就没人敢吭声了。老昆说，好好，无所谓，再给你一根，今晚我高兴。拿了第二根烟的水塔也不知从哪来的灵感，竟冲着老昆说了一句祝词，他说，祝你们白头偕老，早生贵子哦。人群哄然大笑。趁着笑声，水塔贴在金枪的耳根说："半夜偷听，敢不敢？"金枪嘿嘿一笑，谁怕谁啊。

水塔和金枪不知在巷口的稻草垛里窝了多久，终于等到村子静了下来。老昆家里的酒席也撤了，灯也灭了。水塔和金枪这才蹑手蹑脚地朝老昆的屋子摸去。水塔的心跳得厉害，胸口像是隔层纸，不费多大劲就能跳出来。之前他们就已经选好了偷听的位置，知道老昆的新房就是他家的左耳房，左耳房后有一个矮一点的窗户，刚好是水塔身体的高度，只要躲在窗户底下，什么声音都能听得一清二楚。天晓得，那晚出奇的黑，连星星都不见有一颗，摸到老昆的窗户底下着实费了一把力。金枪还摔了一跤，一路骂娘，水塔想笑不敢笑出声，捂着嘴，都快憋出了尿来。两人在窗户底下守了半天，才终于听到了一点动静。女人说，看你喝成这样，先睡吧。老昆说，那哪行呢？今晚一定得要啊。水塔"扑哧"一声都笑出来了，不过刚好有阵风吹过，把水塔的笑声给吹灭了。接着水塔和金枪都屏住了呼吸，他们听到屋里的床板吱吱呀呀的声响，他们都清楚这样的声响代表着什么。一股热气在水塔的身体里蔓延，像是一把火在烧，就那样哧哧地燃烧。水塔知道金枪的身体里也会有一把火。两人都心照不宣，沉默着，燃烧着。等到吱吱呀呀的声响消失时，他们身体里的火却还未熄灭。

突然，屋里亮起了灯，光柱子像是三两把手电筒射出了屋外，使得水塔和金枪蜷缩起了身子。老昆骂了一句，妈的，怎么没见红？女人没说话。接着就听到一阵噼里啪啦响。然后是老昆点烟的声音，夹杂着女人小小的啜泣声。

他们这才蹑手蹑脚地离开。水塔说，妈的，我去撒泡尿。金枪说，我也去。两人都很累的样子，丝毫没有了刚开始时的活跃。他们并排站在杂货店门口的巷沟边上，各自遮遮掩掩，害怕让对方看见裤裆里的家伙。然而大半天的时间过去了，却尿不出来。这是怎么啦，都尿不出来了。两人急得快哭，却谁也不敢开口问一句。

一个月后水塔才见到老昆的女人，新来的女人要在家里藏一个月才能出来。见到亚玲那会，水塔的脑里又浮现那天晚上的情景和尿不出尿的直挺挺的家伙。那晚的咿呀声虽然不长，水塔的家伙却挺了一夜，水塔恨不得拿把菜刀剁了它。亚玲是出来买菜的，她穿着睡衣，白色的，村里的女人很少有穿成这样子出来的，像亚玲这样美的女人更少。水塔看着，不觉有些脸红，这对他来说可不简单，小孽子还脸红，没人见过哩。水塔故意往亚玲的面前站，想让她看自己一眼。可她根本就没把水塔放眼里，拎着菜径直回去了。

不久，老昆就出门了，金枪也不读书了，也出去打工了。所有一米六以上的人似乎都不愿意在村里待下去，似乎再待下去就是一种耻辱，会让人笑话。水塔就是不出去，任凭母亲整天唠叨，他就是不出去。他的心里想什么，只有他知道。

转眼到了冬天，快过年，出去的人们都从城里赶了回来，他们衣着鲜艳，拎着大袋小包。他们拿着声响比录音机还大的手机，在巷口喂喂喂地打着电话，似乎是干什么大事业的大老板，回家了还忙个没完。水塔就看不惯。他想，不就是出门打工嘛，有什么了不起的。

金枪也回来了，还带了一个女孩。那女孩说普通话，是四川人。妈呀，找四川人当老婆，比暹罗还远，串一次客就要个把月。当天晚上，金枪领着他的外省女人来水塔家。在门楼遇到了水塔的父亲，金枪掏出两包黄灿灿的硬盒香烟，递给了水塔的父亲。父亲的脸上笑开了花，像迎接贵客一样把金枪请进了屋。金枪问，水塔呢？父亲的脸明显沉了一下，仿佛金枪提醒了他，他还有个不争气的儿子。父亲说，他如果有你一半我就放心了。金枪的脸上随即浮起得意的笑，转身跟四川女人说起了普通话。父亲一边羡慕地看着，一边往屋顶喊，喂，你在上面做么个，金枪来了，还不赶快下来。

水塔早就知道金枪来了，金枪在门楼给父亲烟的时候，水塔就在屋顶看见了。水塔还看见了金枪带回来的四川女人。只是水塔不想那么快就下来，显得自己很稀罕似的，他要在行动上看不起这些从城里回来的人。

不冷不热的，就说着话。四川女人坐在旁边，听不懂他们的话，娇里娇气地要金枪翻译。水塔故意不去看她，尽管她长得丝毫不比亚玲差，整个打扮看起来也是城里人的样子。水塔装出一副很深沉的样子，一根一根地抽着金枪递过来的烟。父亲还站在旁边不舍得走，随时想插一句，突然问了金枪一句，今年怎么这么早就回家了哈？金枪一时不知怎么回答。倒是水塔开了口，不就是金融危机嘛。父亲显然不高兴儿子来回答这个问题，说，就你知道，整天藏家里，还知道大城市里的事情了。水塔没顶嘴。金枪笑着说，他说对了，是金融危机，厂子大都没货做，提前放假了。父亲说，哦，原来是这样哈。水塔冷冷一笑。

金枪和四川女人走时，水塔陪他们在巷子里走了一段。水塔突然问金枪，这女人你睡过了吧。金枪一愣，料不到水塔会问出这样的问题，好在女人听不懂。不过金枪还是笑了笑，表示默认。水塔又问，见红没有？金枪假装没听见，反问，你交女朋友没有？不会还老尿不出来吧。说完哈哈大笑。水塔也笑，他说，都不知道尿了几回了。金枪说，哦，这么厉害啊，都跟谁啊，村里的？水塔说，不是，你不认识。水塔得这么说，他在撒谎，他其实连女人的手都没摸过，所有的兴奋和慰藉还都源自于那个多少有些遥远的夜晚，那吱吱呀呀板床摇动的声响。

金枪说，今晚来我家喝酒啊。水塔说好。不过水塔是铁了心不会去了。金枪就是再来叫他也不会去。金枪也没再来叫过他。

过年从来都是湖村最热闹的时候，村里的年轻男女几乎都回来了，一下子把寂静的村庄搞得热闹非凡，有开小车的，喇叭一路从村口按到巷口，扬起一路灰尘，久久散不去；有人的行李竟然多到要用板车拉。木童的杂货店也热闹了起来，生意好得像个商场。木童脑子灵，早就备满了货物，香烟啤酒可乐和玩具，还有避孕套。年轻人回来了，烟酒少不了，半夜三更来敲门理直气壮要个套的也不少，孩子们也一下子富裕了很多，口袋里装的都是钱，爸爸给的，叔叔给的，哥哥给的。有钱就得花，而湖村能花钱的地方就只有木童的杂货店了。木童整天笑呵呵，幸福得像是娶到了漂亮媳妇儿。

来打桌球的人也多了，都是年轻人，都想秀一把自己的球技。木童开着玩笑，说你们这些出外的也打桌球啊。他们就说，嘿，每天都打，工业区里有的是桌球，比你这破桌球要高档多了。木童嘿嘿笑着，说我这哪敢跟大城市的桌球比啊。接着他们说起了谁的球技好，在城里真的是打遍全厂无敌手。被说的人一下子也得意了起来，叼着烟，故意把球杆举得老高，说，咱不吹了，谁敢跟我来一局，输赢一包红双喜。旁人都不敢。

一边坐着的水塔听不下去了，他站了起来，说，我来吧，一包烟太少，赌钱吧，输赢二十块。大伙就都把眼神投在了水塔身上。有人说，这不是水塔吗？哦，还在家里啊，怎么不出门，家里有宝是吧。

水塔不说话，走了过去，随便拿起了一杆球杆，先打了起来。问那高手，打不打？打，当然打。旁边瞬间就围满了人，都看热闹来了，足足把杂货店的门口围了个水泄不通。

水塔如有神助，一打一个中，一打一个中，像是拔萝卜似的，"啪"的一声，落了，"啪"的又一声，又一个落了。这就刺激了，水塔的球技竟然这么好，比城里回来的高手都要好。一局下来，那高手还剩下三四个球子，水塔的却都下去了。水塔问，还来不来？那人的额上早已冒了汗，说当然来啦。于是连打五局，都被水塔拿下。那人掏出手机摁了摁，说不了，还忙着呢。然后拿出一百块钱扔给水塔，就走了。水塔转身把钱递给木童，说，把我的烟钱还了吧。木童笑呵呵地接过。那一刻，水塔感觉自己就是一个英雄。

这个年水塔过得有些开心，打桌球每天都能赢不少钱。赢了钱除了还债就是买烟酒回家。母亲搞不明白他哪里来这么多钱，她平时可是一个子都不给的。母亲问，你该不会是去借钱了吧。水塔说，赢的。母亲不信。不过水塔买回家的东西还是让这个年丰富了不少，像是水塔也和别人家的孩子一样，从城里回来过年。

水塔突然很想做一件事，这件事对他来说需要勇气——他想给亚玲的女儿包个红包。水塔虽然整天都在桌球上度过，他也不忘仔细观察了这么多从城里回家的人们，这些人当中就没有老昆。老昆连过年都不回家，可见他在外面真的是有问题了。水塔打心里可怜亚玲，自己在家带孩子，男人出去打工，最后却连家也不回了，这是什么天理。怎么出去的人一个个都变了样似的，比如金枪，以前和水塔是多好的朋友，连衣服都换着穿；上学那会，金枪的单车老坏，水塔就用自己的单车驮他，上学下学，十几里的路哩，水塔驮得满头大汗。可现在，出门了，带了女人回来了，来家里坐了一会，就消失了，整天和四川女人跑镇里，风光得跟什么似的，根本就不把水塔放眼里。

这天水塔又赢了一百块，可他什么都不买了，只是向木童要了一个红包。木童笑，说你也给人包红包啊。水塔说，我给自己包不行啊。说着走了。经过亚玲的门楼时，却不见亚玲和她的孩子。门楼的门是关着的，还上了锁。水塔猜亚玲应该是回娘家过年了，待在这么一个空屋子里过年，别人都热热闹闹，她怎么可能待得下去。

一连几天，水塔都把红包揣在口袋里，每天都要经过亚玲的门楼好几次，可每次都看见门是锁着的。水塔一连失望了好几天。好几天的时间，其实年已经过去了，人们都纷纷离开，像是退潮的海，留下一片寂静的村庄，恢复原先的模样。这样一来，水塔倒也不感觉失落，他习惯了村庄的寂静，他反而有些喜欢这时候的村庄，静得仿佛只生活着他一个人。当然，如果要他选择，他希望村庄里只生活着两个人。哦，对，是三个人。他不在乎。他真的不在乎亚玲有孩子。水塔想着这些的时候，他的眼里竟然有了眼花。

初八那天，亚玲的门终于开了。门楼里却只见亚玲，不见她的小孩。水塔把袋里抓着的红包又放下了，没有孩子他给谁啊。水塔匆匆走过去。他想亚玲的孩子一定是睡着了，在屋里睡着了。水塔又从门楼经过，又见亚玲一人在天井里忙碌。

亚玲连出来杂货店买东西也没有抱孩子。木童问她，孩子呢？亚玲说，放我妈那呢。声音小得几乎听不见。木童又问，过年老昆没回来啊？口气故意装成什么都不知情的样子。亚玲没说话，拿着东西转身就走。待亚玲走远了，木童说，这个亚玲挺可怜的，妈的老昆，怎么就这么忍心啊。水塔没说话，他的心仿佛被一把锋利的刀，"噗嗤"一声给割落了。

那天晚上，水塔买了酒回家，喝得自己都快胡说八道了。母亲又开始念叨，说全村人都出去打工了，就你一人还在村里瞎弄，都不知道你想干什么？你这样能有么个出息？说着竟哇哇地哭了起来。搞得邻居们都过来，你一句我一句地把水塔说得一无是处。水塔也不顶嘴，就闷头喝酒，傻傻地笑着。父亲说，你也不看看人家金枪，和你一样大，还是同学呢你们，看看他现在，会赚钱了，女人也有了，听说今年就要结婚了，房子也要起新的了。邻居们也附和着，说，是啊，都长这么大了，是应该出去打工赚钱了，老待在这土疙瘩里能有么个出息，看看出去的人都回来起新房了，不出去的人哪有什么新房啊，连饭都没得吃……

那老昆呢？水塔突然脱口而出。他几乎是喊着说出这句话的。把在场的人都吓了一跳。是啊，老昆那小子，也是出外打工了，现在却连妻女都抛在了家里。听和老昆一起的人说，老昆处了一个有钱的女人，年纪比老昆都大出一截呢，那女人每月给老昆一笔钱，就当是养着他。哎，城里的女人咋都这样啊，不知廉耻，反倒花钱请男人了。这老昆也是长得俊了一点，湖村人再也找不出第二个和他一样俊的男人了。当初亚玲和他相亲，两人一拍即合，很般配，天下无双哩，都说天下再也找不出这样一对夫妻来了。最后却落了个这样的下场。

夜深了。人们也都散去。水塔还趴在桌上，一个人慢慢地喝着。

借着醉意，水塔想干点什么了。他站了起来，跟跟跄跄走出门楼，再跟跟跄跄绕过几道巷子，朝亚玲的门楼走去。村里静悄悄的，除了不时有鸡鸣犬吠的声音，没有任何人为的声响。当然，只有水塔跄跄的脚步声，在巷子里回荡。

水塔要去见亚玲，要跟她说话，要抱着她，让床板也一样吱吱呀呀作响。水塔感到多年前那把火又回到了他的身体，使他的身体燃烧了起来，就那样噼里啪啦地燃烧了起来。不，那把火从来就没离开过水塔，从那个黑夜开始，它就一直潜伏在了水塔的身体里，没有离开过。

水塔推一下门楼的铁门，哐当一声，推不开，水塔一摸，反锁了。那锁冰凉冰凉的。在冬天里，寒风吹彻，到处都是冰凉一片。这时水塔已经被冰醒了大半，脑子也活泛了起来，感到行为的荒唐。他不禁打了个寒噤。脚步开始往后退，差点退到了身后的巷沟里。水塔匆匆地往回走，生怕亚玲察觉，如果让她看见，水塔的脸真的不知道往哪搁了。

走出了一段路，水塔回头一望，想看看有动静没有。没有。一切还是原来那样，静得让人心慌。可就在这时，水塔的心麻了一下。水塔看见那扇窗户，就是多年前他和金枪一起蹲在底下偷听的那扇窗户，竟放出了微微的光来，是灯光。亚玲还没睡。

水塔想过去看看，听听里边的动静。水塔蹑手蹑脚地来到了窗户底下，还是和多年前一样，屏住呼吸。只是这次是他一个人，而屋里也是一个人。

没声响，任何声响都没有。水塔想，该不会是忘了关灯。水塔一点点站了起来，把眼睛挂在了窗户最底下，灯光瞬间像水一样淹没了他的双眼，他眯起眼，待睁开时，他看见了亚玲的身体就直愣愣地躺在板床上，耷拉在一边的手，手腕处裂开了一道口子，正汩汩地淌着血，那血红得刺心刺肺。

水塔一路跌撞跑出了巷子，他边跑边喊："见红啦……"声音像把利刀划开村庄的黑夜。

（原载《安徽文学》2016.4）

喝　　酒

　　有一次，金枪在酒桌上说："不瞒你们说，潘红霞是个处女，那时我还在城管办写材料，我们就在办公室里……"金枪边说边晃着他的杯子，杯子里装的是 52 度茅台。如果金枪喝的是红酒，就有意思了。可惜他从不喝红酒，他说那是女人才喝的酒，更不喝啤酒，说那是尿，连翻起来的泡沫都像，他就喝白酒，高度白酒。喝完之后，可以想象，每次都会说起他的众多女友。

　　潘红霞是金枪早年的恋人，关于她是处女的说法，我第一次听说，自然倍觉兴奋，且，恕我直言，我的小弟在桌子底下勃起了。大概是酒精作用。事后我这样解释。那晚我把妻子折腾来折腾去，寒冬腊月的，窗外风儿呜呜地吹，我掀开了棉被，将妻子压在身下不成，抬上半空不成，扶在身上还不成……直弄出满头大汗——妻子已经被冻得双唇发紫。"怎么回事啊？还不弄完。"妻子显然烦了。如是以往，我会假装射精，伪装高潮，然后倒头大睡——我也烦了，大脑突然就控制不了两片薄唇，糊里糊涂的，说出了一句："你要是和潘红霞一样是个处女就好了。"

　　自觉失言，不敢再说二话。妻子问我说什么。我说没什么我说什么了吗。尽管如此，妻子还是一脚送给了我一张大床——冷冰冰的地板。

　　对于妻子嫁给我时是不是处女这个问题，我一直心存侥幸。妻子在我之前有过男朋友，这在朋友圈子里谁都知道，那个男的曾经也是我的朋友。热恋时，我问过妻子："你和他睡过吗？"妻子倒也坦诚，说睡过。她的坦诚，让我觉得她是在故意打击我。那时我还年轻，刚混进报社，躲躲闪闪，自然不敢像金枪那样在办公室里干起来。我们的初夜在一个古旧的宾馆，颇有《花样年华》的味道，半途我想爬起来看个究竟，紧要关头却停电了，至于那次见没见红，就无从考究了。我倒相信是见了的，尽管金枪一直无情地打击我："不可能，她和他的事，我还不清楚吗。"金枪那时不知道我们后来会结婚，否则也不会说那种没脑袋的话。而我，也得出一教训：千万不要在一群玩得忘乎所以的朋友堆里挑出一个当你的妻子，即便她和天使没两样，最好也不要。

结婚后，妻子深居简出，当起了贤妻良母，开始抗拒我和之前那帮朋友们来往，尤其是金枪，说金枪不三不四，是个酒鬼、色狼，总之一句话：不是好人。我说把他和好人比你算是抬举他了，你应该说他是条恶魔，比坏人还可怕……这话看似调侃，事实也是心里话。有一次我和金枪去会所松骨，我们还弄了个隔壁房，缘分好得无须解释。中途隔壁房那女的突然大喊大叫，如遭杀害，"神经病！"那女的哭着逃出了房间。事后我问金枪怎么回事，才知道金枪差点把整个啤酒瓶都塞进了她的下面。

尽管妻子不喜欢，我还是和金枪保持着来往，且关系越来越密切。当然，金枪从不主动往我家跑，我也从不在家里提起金枪，至于我们干过的"一起嫖过娼"的属于好兄弟范畴的事情那更是守口如瓶，睡梦中都得时刻惦记，以免走漏风声。男人也就这么点本事，在妻子面前。当然，我和金枪也不纯粹是酒桌前后那么点事，别看我们晚上面目模糊，大白天，西装革履混在办公室里，还是有模有样的。金枪早在政府大楼里混得如鱼得水，是条人精，有些事我办不了，找谁都不行，只能找金枪。去年，妻子的小侄女余小淘大学刚毕业就进了社区办公室当文秘，靠的不就是金枪的关系。金枪不止一次跟我说："你那小侄女长得真好看，那……"我立马叫他闭嘴。金枪大笑："开玩笑，开玩笑。"我不相信金枪是开玩笑，老实说，他就是一大色狼，还是有权又有钱的资深色狼，看谁都一眼暧昧，只要对方是母的。我想余小淘迟早有一天会让金枪得逞，反过来想，那也不一定是坏事，不说金枪这人有太多利用价值，我也不能肯定现在的女生有多么纯真，说不定人家就愿意。事情就是这样让人揪心。我又何必忧愁？

金枪召集喝酒，听金枪说女人，才让我感觉一天没有白白虚度。

金枪说，他对女人的爱是天生的，像是母性一样的情怀，在他那里仿佛瓶子装满了水一样汩汩作响。"你听，它们又在汩汩响了……"说着金枪放下酒杯，转头看着远处走过来的女孩，"我看见心爱的女孩总是想着上去抱一抱下她们，也不全是要和她们做爱。不管你信不信，我确实是这样想的，我想爱她们，我喜欢她们，我要帮助她们，保护她们。当然，这样子一来，我和她们是必须得做爱的，我喜欢这样，但并不是一开始就想这样，你明白吗？或者说你信不信……"我听着，在他对面笑而不语。金枪和我说这些时，我们都是在酒桌上喝酒，离开了酒桌，我们只谈工作和交易，也只有在酒桌上，我们才会说说心里话。我相信金枪在酒桌上的话都是真话。从这点看，和金枪喝酒，其实就是听金枪说真话。我和金枪的感情还真不是一般的交情，我们九十年代初就认识了，那时彼此什么都不是，整天在大街上闲逛，大热天的，跑商场里吹空调，还得担心被保安识破，赶我们出来。那时金枪也爱喝酒，但没钱。那时金枪还对女人不是那么关心，他一心想赚钱，想要成为一个有钱人。他说在深圳没钱就是一条狗，不，连狗都不如。

照金枪的说法，想要有钱，一是做生意，像犹太人那样有头脑；二是抢银行，像史泰龙那样有小山一样的肌肉；三就是混进政府大楼，像李白那样千杯不醉，还得像马尾巴一样能准确地拍到马屁股上。这是金枪年轻时候的言论，那时我们那些朋友只当它是玩笑话，时隔多年，回想起来，惊为圣言。当年玩在一起的人，如今怕是找不齐了，凡是能叫到一起的，也都混得不错。通常是在晚上，几个电话一打，"干吗呢？"

"金枪叫喝酒啊。"大家都乐意见到金枪，也喜欢听他高谈阔论，一场酒喝下来，准是他话语包场。金枪有一些妙论，颇得朋友们的赏识，有时我也不得不佩服，有一次一个朋友说起有人向他借钱，还不给。金枪马上说："我倒喜欢有人借了钱不还，不就几千块，当给了，要是及时还了，我还得提防着他再借，再借就几十万了，又不能不借了，人家有借有还啊，多讲诚信。"金枪这么一说，在理，大伙纷纷称是。金枪便以智者自居了。

妻子一连几天不理我，也一连几天不让我上床睡觉，叫我找潘红霞睡去。我只好在书房里临时搭了个铺位，睡了几夜，一晚被冻醒好几次。半夜三更，爬起来抽烟，心里有气，却不是气妻子，而是气金枪，他就不该提潘红霞是处女的事。我故意打金枪的手机，想把他也从被窝里拽起来，不能让他太舒服。如果金枪和我一样有妻室，我大概不会这么残忍，好在他早就离婚了，女儿在国外读书，他那大得出奇的家里，就住着他一个人。电话通了，我劈头就骂："我被你害惨了。"听我说了事情的缘由，金枪笑个不停，他说兄弟对不住，我又不能叫你来我家睡，我身边还躺着人呢。我一听，火冒三丈，好家伙，他躺在被窝里不说，还躺在女人的怀里。可是金枪立马把电话挂了，我再打，已经关了机。

要说潘红霞是个陌生女孩，妻子大概不至于这么小气，问题是潘红霞和我妻子曾经是最好的朋友，俗称闺蜜，两人有过一段时间形影不离，在我们那个朋友圈子里出了名的团结。她们的好却是短暂的，很快便因一些扯不清楚的缘由而分开了，分开也不是说闹翻，只是不怎么说话，不怎么来往，但见了面了，还是会叽叽喳喳说个不休，很好似的，背后又说对方的不是。我便极为佩服女人这点素质。我和妻子好上之前，说实话我的暗恋对象是潘红霞。潘红霞是个美人，她肉乎乎的，每次见面都让我浮想联翩，甚至和她稍一接近就发生了勃起，对此我很害怕——那时我乳臭未干，容易大惊小怪。我喜欢潘红霞，却不敢说，不但不敢和潘红霞说，连金枪他们也不敢说，怕他们笑话我。没过多久，金枪和潘红霞好上了，出双入对，挺般配，这事对我打击极大，几近想着和金枪断交，想想又不能怪金枪，要怪也应该怪潘红霞，似乎也不能怪她，该怪的还是怪自己。或许是出于报复，报复说不上，主要还是因为挫败后的空虚，妻子刚和她的前男友分手，我便积极顶了上去。此后见面，金枪带着潘红霞，我带着妻子，像是家庭聚会。我们四人还结伴去过海南，看天涯海角。我那时想着我们就这样定局了，一人一个女人，这辈子算是这样了，然后结婚生子，携子之手，与子同老。事后证明金枪没我天真，没过多久，他就把潘红霞甩了。潘红霞为他怀过孩子，他坚持要与潘红霞分手，她只好哭着去医院流产，还是我带着她去的，作为金枪的哥们算是尽职尽责了。他们之间的感情走到了头，或者说是金枪已经把潘红霞玩腻了——他就这样，喜新厌旧。我却因此暗自兴奋，我亲眼看着潘红霞落泪，忍不住想上去抱着她。可我不敢。我真后悔和妻子好上，我却使不出金枪那样的手段。

　　……后来，听说潘红霞出了国，嫁了一个胸口长毛的老外，金枪为此还耿耿于怀，说真是可惜了，让外国人捡了便宜。金枪几近无耻了。几年前又听一个朋友说，潘红霞回国了，好像离了婚，只是我们没再见到她。这么多年过去了，经过国外雨露的洗礼，我在想潘红霞会有很大的改变，即使是见面了，也不一定能一眼认出她来。有时喝了酒，头昏脑胀的，开着车在街上走，偶见路边站着一个丰腴性感的女孩，我都会误以为是潘红霞。我想着要是在街上遇到潘红霞，我该说些什么，这么多年来，我什么都不想，就想在潘红霞面前骂一句金枪是个混蛋；有时在休闲会所，我也不止一次把身下的女人唤作红霞。我说红霞啊，金枪真是个混蛋，你跟他睡觉时，你还是个处女，你屁股下面垫着的几层报纸都湿了，都是血——可他最后还是不要你了，不但不要你了，他现在把女人弄一次就不要了，就当你们女人是一次性筷子，他只是来吃个快餐，吃完，筷子也就顺手扔了，他真是个混蛋……身下的女人娇滴滴地笑着，说你们男人都这样。我说我不是。她笑得更厉害，明显在怀疑我。我一个巴掌扇下，把她的头扇得偏向了一边，我从她的身体里拔出，我赤裸着身子离开房间，我在走廊里大喊大叫，骂爹骂娘，最后还一把鼻涕一个眼泪地哭了。金枪跑过来抱着我，说我醉了。我说你个混蛋，你才醉了，你一直就没醒过。会所里的女人围着我们哈哈大笑，金枪呵斥她们滚蛋。

更多时候，我还是清醒的，虽然也喝了不少酒。莫明其妙的，我会给会所里的女人背篇古文——我喜欢背古文，好多古文都能倒背如流，报社里的人说我是社里的才子——我背范仲淹的《岳阳楼记》：

　　……衔远山，吞长江，浩浩汤汤，横无际涯；朝晖夕阴，气象万千。此则岳阳楼之大观也。前人之述备矣。然则北通巫峡，南极潇湘，迁客骚人，多会于此，览物之情，得无异乎？

　　若夫霪雨霏霏，连月不开，阴风怒号，浊浪排空；日星隐耀，山岳潜形；商旅不行，樯倾楫摧；薄暮冥冥，虎啸猿啼。登斯楼也，则有去国怀乡，忧谗畏讥，满目萧然，感极而悲者矣。

　　至若春和景明，波澜不惊，上下天光，一碧万顷；沙鸥翔集，锦鳞游泳；岸芷汀兰，郁郁青青。而或长烟一空，皓月千里，浮光跃金，静影沉璧，渔歌互答，此乐何极！登斯楼也，则有心旷神怡，宠辱偕忘，把酒临风，其喜洋洋者矣……

我如入忘我之境，会所里的女人大概没见过像我这样的顾客，她以为我醉了，便转过身子去看电视，手里拿着遥控器，一个频道一个频道地转换着，没有一个节目合意，不厌其烦，事实上她一点耐心也没有，她比我还要浮躁，虽然表面上看，她这种女人比谁都清闲——我忍不住会想象她们白天的生活，她们应该也爱逛街，爱逛商城，跟余小淘差不多的年龄、差不多的心态和爱好。如果我晚上和她睡了，白天在大街上遇到，我们还是陌生人，谁也不敢相信那么一点钱，就能把一对陌生的男女弄到同一张床上，比恋人还要熟悉和忘乎所以。城市里每天都在上演这样的传奇。

　　我也会和她们聊几句。我给其中一个姑娘讲过一个故事，故事也是在酒桌上听金枪说的，我说的时候却把它当亲身经历。我问："你为什么干这行啊？"问这话时，我的手一直活动在她的胸部。她笑着回答："为了赚钱呗。"语气坦诚、爽快，是一个久经场面的女孩。我说："给你说个故事，哦，不是故事，是真事，有一年，我回老家过年，一个当年的小学同学来家里找我，提着一只老母鸡，一看就有求于我。你猜猜，他求我什么事？"她说："找你借钱。""不是。""叫你介绍工作。""不是。""那是什么，猜不出，你说嘛。"我说："他找我，说，听说城里女人卖淫很能赚钱，你能带我妻子出去卖淫吗？""不会吧，你骗人。""骗你小狗。"可很快，她就不言语了，很长时间的不言语，我怀疑她已经哭了，偷偷在哭。也许我伤到她了，或许我高估了自己，像她那种女人，什么风浪没见过，什么狠话没听过，她们内心比谁都强大——她们说，老娘赚个三五年，身缠万贯，出去动个小手术，还是处女一枚，什么样的男人嫁不到。

　　星期天，余小淘过来做客，吃饭。余小淘这小女孩挺懂事，也是因为我帮她托金枪弄关系进了社区办公室，每到周末，必定来家里待一上午，来了也不空手，带着菜和礼品，菜是附近商场买的，多次这样，以至于妻子在周末这天都不用上商场，就等着小侄女来；礼品则多种多样，有时是送给我家小孩玩具，有时是给她姑姑买的化妆品。妻子越来越喜欢她的这个小侄女。我自然也喜欢，我觉得她一天天在成长，已经不是刚毕业出来时的模样了，她高挑的身材，抹了淡粉的脸蛋，一点都不减潘红霞当年的风姿。这样想着时，我吓一跳，我怎么就把余小淘和潘红霞联系上了呢。

　　余小淘的到来，让我家持续几天的冷战气氛有了好转。妻子总不能在小侄女面前流露出在生我的气，生气总得有个理由，如果余小淘问及，作为女人家里长家里短总得说几句，妻子总不能说我们之间是因为做爱的时候我说了一句"你要是和潘红霞一样是个处女就好了"的话而冷战几天吧。妻子已经几天没说话了，平时嘴巴就碎的她都快憋死了，所以余小淘的到来，让她于水中如获稻草，嘻嘻哈哈的，两人在厨房里说个没完。中间还故意对我说：你啊，别顾着等吃，把报纸收拾一下吧，人家看报纸翻着来，你看一张就撒一张……我忙说遵命。余小淘呵呵笑着，说姑丈你真有意思，连看报纸都和金枪叔一样。

显然，这话让我们三人都吓一跳。

找金枪帮忙的事我是交代过余小淘的，不能告诉她姑姑，也就是说她得假装不知道有金枪这么一个人的存在。否则妻子就知道我仍和金枪关系密切，还找他帮忙，存在交易现实。再说妻子连我和金枪交往都反对，万一小侄女也和金枪有了往来，那不就更危险，羊入虎口了都。妻子后者的担忧，我也颇有同感。我真不愿意余小淘和金枪有来往，这小姑娘的美丽、可爱，别说是金枪会心动，我这个做姑丈的也难免动些罪恶感的想象。

余小淘意识到说漏了嘴，她看着我，垂下眼神，脸"唰"的就浮起了红晕。妻子问余小淘怎么认识金枪。没等余小淘回答，我便插嘴说："嘿，人家政府大楼里的领导，社区办公室怎么会不知道呢？"余小淘忙说："是啊，早就听说过，他来我们办公室找过人，坐沙发上撒了一沙发的报纸。"

演得还算默契，显然也是拙劣的，好在妻子心情大好，没再追问。她或许不愿过多提起金枪。不但是我的妻子不愿提起，朋友们的妻子也不愿意，她们都不喜欢自家的男人跟金枪走得近，都把金枪当成了危险人物，所谓近墨者黑，一不小心就被带坏了。然而她们的抗拒也是徒劳的，金枪一圈电话打下来，她们的男人就会以各种借口逃出家门，聚在了金枪的酒桌上，听他慷慨激昂，听他说起不同的女人，听他阐述人生的奇论妙理……最后脚步蹒跚，移步休闲会所，如皇帝选妃……事后都是金枪埋单。金枪单身，财务独立，不必因为花个千儿八百而要向谁解释。金枪也乐意为朋友服务。

金枪的大名就这样常常被妻子们咬在嘴里，都恨不得能咬出血来，吃进肉，吐掉骨头。事情坏就坏在妻子不但没把金枪咬出血来，吃进肉，吐出骨头，反而是自己的小侄女，有入金枪虎口的危险。妻子万没想到这一层。我已经从余小淘的眼神里看出了蹊跷，说起来，是我害了她，把她往金枪的虎口送，这事要让妻子弄清楚了，非扒了我的皮不可。但愿，一切都是我多疑。

我还是做了些工作，包括向余小淘一个办公室的人打听，却没打听出什么来，余小淘的同事们都说余小淘挺乖的，是个好女孩。甚至还跟踪过她，也没跟踪到什么可疑行踪，她下了班就回宿舍楼，偶尔出来，也只是逛商城，或者去麦当劳。她甚至在城市还没有属于自己的朋友，更别说圈子了。看着她孤身一人，我暗生怜悯。然而我已经是她姑姑的丈夫，她开口闭口叫我姑丈，她每叫一下，我的心就往下沉一点。

金枪那，我也留意了一些，有时趁着喝酒，想从他嘴里听出点蛛丝马迹，然而没有。

日子就这么过着，无论有意义没意义，它就这么过着，如一个赶路人频繁交替的两条腿。城市还是这个城市，每天都在变化，又似乎啥也没变到，一切变化都是假象和掩盖。白天忙忙碌碌的人们，一到夜晚，依然两眼放着青光。一切秘密都隐藏在黑夜的静谧的似乎已经安睡的状态之下。

这一个周末，家里还是发生了一点变化：余小淘没来。妻子等着余小淘来却等不到她，这让妻子很不适应，仿佛这一天没有余小淘她便会乱了方寸，不知道怎么过了。妻子给小侄女打电话，问她怎么啦？得到的回答是病了。妻子要我过去看一下，必要时陪着去医院。当我把车停在宿舍楼下时，余小淘的同事跟我说："你找余小淘啊，她好像出去了。"我心想坏了，余小淘撒谎。我问余小淘跟谁没有，那人说不知道是谁，就开一辆黑色丰田。金枪开的便是黑色丰田。上楼一看，果然，余小淘的房间紧锁着，再打余小淘的手机，提示已经关机。我接着拨金枪的手机，也提示关机。我的心一下子沉到了底。

回家，妻子问我余小淘怎么样。我说没啥问题，天气转凉，感冒而已。妻子说这小姑娘啊是时候找个人照顾了。我说是啊不过说不定人家已经有男朋友了。我半开玩笑。妻子仿佛不高兴，似乎在怪我乱说话。妻子说余小淘是个乖孩子，在家里一直听她妈妈的话，读书时，班里的男孩子喜欢她，夜里约她看电影，她却躲在屋里学习。妻子还说余小淘要是交男朋友了，第一个肯定就会来告诉姑姑。我说那是必须的。隔了一会，妻子突然问："你说余小淘将来嫁个什么样的男人好呢？"我说这不该是你操的心吧。妻子瞪了我一眼，自顾着说："有钱人肯定不行了，有钱人没安全感，当官的也不行，照我看，就嫁个打工仔，哪怕是在工厂里上班，人家生活简单，下了班就回家，从不到外面过夜，一生都不会搞婚外恋，想都不会想……因为他没钱。""没钱怎么生活啊？"我冷冷地问。妻子就"没钱能不能生活"这个问题与我辩论了起来，她的观点倒是新鲜：没钱的生活也许更像是在生活。但我敢保证，曾经，我们也做过类似的争辩，那时妻子的观点却截然相反，那时她把钱看得比生命还重要。这也许可以认为是妻子的观念在改变，我则更愿意解释为女人的善变与狡猾。妻子当年之所以和前男友分手，原因在我们朋友圈里众所周知，妻子嫌的便是人家不思进取、安于现状。

我真不想跟妻子说起往事，戳破她的卑鄙嘴脸。我甚至还夸她觉悟高。实际上，我心里在担心余小淘——不知怎么，我是那么担心着这个小姑娘。事实上，我也不是担心她，如果她和别人相处，我大可放心，关我鸟事，问题是她和金枪好，为什么？偏偏和金枪好，这我就不高兴了。我的脑子里总是浮现她娇小的身体被金枪一堆肥肉压在身下的情景。金枪可以把会所的女人都占为己有，可余小淘，他碰不得，我不允许。

这么一想，我突然来了胆子，继续打金枪的手机，还是关机。

215

仿佛一桩心病,我怎么也放不下。

一连好几个周末,余小淘都不来我家。妻子打了电话询问,余小淘说了不少理由,一会是同学来了,一会是和同事逛街。妻子向我确定:余小淘一定是交男朋友了。

金枪那里,我还是套不出什么来,估计他早已防了我,故意不提一字。期间我们在一起喝了几次酒,我问他怎么一到周末就关手机。金枪回答得顺畅,一点都不愕然,按他说的,老家有几个远亲戚,非得要他帮忙安排工作。金枪说:"他们想得可真容易,就好像政府大楼就是我家一样,想叫谁进就叫谁进,要花钱的嘛。"我笑而不语,听得出来金枪的远房亲戚托金枪办事没给钱,或者没钱。金枪这人我还是了解的,没钱,啥事也没门,我开玩笑说你不该叫金枪应该叫金钱。可当初帮余小淘,金枪却没要钱,当时我就纳闷,心里一直疙瘩着。现在想来,金枪早已经打好算盘了的。

好你个金枪,算计到我头上来了,别逼我出狠招。至于什么狠招,鬼才晓得。我只是喝了酒胡思乱想罢了。我是真拿金枪没法子。

让我意外的是,金枪先发制人,在一次酒席上,竟当着众人的面,大声对我说:你不是想知道吗?你不是一直怀疑我吗?我就告诉你,你妻子的小侄女余小淘是和我好了,我们每个周末就去一个陌生的地方,我们去云南的大理、杭州的西湖、浙江的周庄,我们是一对恋人,夜里我们睡在一张床上,嬉闹、做爱、聊天。满意了吧,啊,你还想知道些什么?别以为我不知道,你心里想什么,你瞒得了你妻子,你瞒得过我吗?你不也跟我一样,想着和你的妻子的小侄女发生点关系,你也想跟她做爱,你肯定这样想过,可能还手淫了,或者把你妻子的脸想象成余小淘的脸,别跟我说你什么都没想过,别跟我说你是一个纯洁的中年男人。哈哈,对了,我还要告诉你,余小淘也是处女,第一次和我做爱时,她把屁股下面的白色床单染成了红旗一般的颜色,哈哈……没等金枪说完,我抓起一杯酒朝他脸上泼去。奇怪的是,酒结结实实泼在金枪的脸上,却湿了我的脸……

"呀"的一声，我坐了起来。我在床上，时间是半夜，窗户没关，外面下起了雨，雨水泼进了房间。妻子问怎么啦。我说没事，做了个噩梦。妻子说你是不是又喝酒了，一身酒气，真不知道怎么说你。

我没说话，我倒突然想起了一件事。就是金枪说潘红霞是个处女的那一次。那一次，金枪同样眉飞色舞，侃侃而谈。中途，包厢进来一个服务员，是个中年妇女，中年妇女突然抓起我眼前的酒杯，把酒泼向了正大声说话的金枪，泼了他满脸红酒，如血流满面。当时金枪都懵了，站起来要打人。我们以为服务员是无意的，便推搡着她出了包厢。服务员看着我，满眼含泪，我定神一看，咦，这妇女怎么看着眼熟？当时稍有醉意，也没多想，进了包厢继续听金枪说潘红霞。

在这个半夜，我突然大悟，那个服务员眼熟是因为她长得像一个人，像潘红霞，不，就是潘红霞。

（原载《当代小说》2013.5）

做　梦

　　易洲和家里通过电话，找的是母亲，母亲有个事不清楚，就叫父亲过来说。易洲打电话很少主动找父亲说话，通常都是这样转手，才愿意和父亲说几句。父亲和易洲说话会紧张，人老的表现。父子俩越来越毕恭毕敬了。易洲听着父亲的声音发颤，实在感觉难受，他终于像个儿子那样问："爸，听说你最近身体不怎么好？"父亲说："谁说的？好得很。"仿佛谁说的父亲就会找谁算账。易洲自然没听谁说，就随口一问。父亲说在莲花寺给易洲求了一签，签是上上签，叫"周文王为姜太公拖车"。签文如下："太公家业八十成，月出光辉四海明；命内自然逢大吉，茅屋中间百事亨。"父亲念着签文的时候才显出了自信。父亲说："八月中秋后，逢凶化吉，一切难关都可以挺过去。"易洲不信这个，但他还是附和着，很听话的样子。

　　晚上，易洲做了一个梦，是个噩梦。第二天早上起来，易洲的头脑还晕乎乎的，不记得昨晚的梦了，依稀有那么点小印象。正刷着牙，刷出满口血，最近上火，熬夜，也被公司的事烦恼着，和妻子吵了架也有关系，总之，仿佛所有的世俗都化作一口血，此刻易洲把它吐进厕盆里，按了水冲进下水道。他以为这样能让自己安静下来。

　　伴随着哗啦一阵水声，易洲想起了昨夜的梦，不禁有些发愣。他梦见父亲死了。家里人给他打电话，说你父亲死了。他起初没什么感觉，仿佛早知道这事一般，后来越想越伤感，禁不住在梦里哭了起来。他哭不出声，只是落泪，平生第一次想到父亲的不容易，父亲辛苦了一辈子，没享过清福。他在家里时就和父亲说不来话，父亲除了弄几亩地，剩下的爱好就是到莲花寺求签，凡事都要求神明有个指示。当初易洲要注册个广告公司，父亲也是求了签的，签名叫"孟姜女哭倒万里长城"，明显是下下签。母亲哪敢告诉易洲，易洲还不知会怎么想：好不容易打了七八年工，想办个公司，家里没能力帮上忙，倒阻止来了。母亲一瞒就是五年，如今公司举步维艰，母亲才说了当年那支下下签。易洲听了不免苦笑，心里没相信求签灵验，倒对父亲的用心，有了另一番理解。

吃早餐时，易洲本想跟妻子说梦见父亲去世的事。又想起两人刚吵过架，还在冷战期，易洲不能先开口，妻子也不会理他，就她那秉性，别说是梦见父亲死了，就是父亲真死了，她也没心思搭理。吃了早饭，易洲开门出去。他要去公司。尽管身为老板，他每天还是准时上班，和打工时一样。

公司实在是小公司，加易洲一起不过四个人，一个设计师一个文案一个制作，所有业务都是易洲在跑。五年前公司刚办那会，易洲甚至连文案和制作都亲自一手做，只请了一个设计师。易洲做文案出身，写点东西是他的强项，可是制作一块，他一个文弱书生却怎么也不适合干。那些日子，易洲在大街高处绑着粗绳为客户安装户外广告牌，吓得他连往下看的勇气都没有。五年过去了，要说公司没发展，人确实多了，爬上爬下的事再也不用易洲动手了，文案也有专人在写；要说公司有发展，易洲分明又感觉到做事没劲了，没了最初那股爬上爬下不要命的劲了。

进了公司，照例开了个早会，其实也没什么说的，主要是最近没什么业务。易洲看见设计师、文案的电脑上都开着网页，挂着 QQ 聊天，见老板来了，自然都隐藏了起来。易洲本想说他们几句，上班要有个上班的样，没事做也不能开着 QQ 聊天。话到嘴边，还是咽了回去，他想起自己打工那会，每次开早会老板也经常批评他们挂 QQ，他那时自然也是厌烦的。有时易洲想：打过工的人其实不适合当老板，这样的老板总是很在意员工怎么看自己。

易洲没说两句，也不知道说了什么，他看几个员工也没有用心听的意思，就摆摆手，散了。易洲进了办公室，一时无事可做，开了电脑，QQ 跳个不停，一一点开，没有一个信息有价值，就一一删了，连回都懒。他想起了昨晚的梦，点开百度搜了一下。有一句话，让易洲一愣。

"弗洛伊德曾指出，梦见亲人死亡而且很悲痛，往往是童年时因某事件怨恨亲人并希望亲人死亡的愿望再现……"

易洲把这句话反反复复看了几遍，终于感觉惊讶，弗洛伊德真是神了。他小时候还真的希望父亲死的，时隔多年，因为什么事希望父亲死倒忘得一干二净，不过希望父亲死，这个勇敢的想法，易洲一直记得。如今因为一场梦，前因后果似乎一下子明朗了起来。易洲对于梦的诡异，突然有了敬意。他靠在椅背上，叹了口气，把电脑关了。

他要出去走一走，具体去干什么，一点打算也没有。在员工面前，他不能表现出这样的迷茫来。他还是交代了一些事，然后夹着公文包，出去了，脚步有点匆忙，似乎有了事等着他去办，而且非他去还办不了。他传达给员工一种紧张忙碌的氛围，希望对他们的状态也有带动作用。实际上，当他坐上那辆已显残旧的奇瑞，整个人终于瘫软了下来。初秋的阳光还很毒，没一会，车里就闷热得像是蒸桑拿。易洲发动车子，开了空调，坐着想了一会要去哪里。实在没什么线路是新鲜的了，几乎每一天，他都要开着车子出去转一圈，毫无目的，就为了在路上的感觉，绕着环城路，从起点到达起点。这当然是属于他个人的秘密，没有人会知道：这个城市经常会有一个驾着奇瑞轿车的广告公司老板无事可做，用开车来消磨时间。

他也会去书城看看，看书是他从小就培养起来的爱好。他还会买一堆书回来，有的放在车上，大多放在公司里。曾几何时，他非常热衷于把公司装扮成一个艺术氛围浓郁的场所，大书架，墙上挂着书画，墙角还故意放一些从乡下带来的木勺子、米斗、簸箕之类的物件……他是花了心思的，为这个小公司。满满一书架的书，他希望员工没事做的时候能抽出一本去看，可他失望了，那几个年轻人更热衷于网络，设计师和制作倒无所谓，关键是弄文案的，对书也没有感觉。整个大书架，硬是落了一层灰尘——除了书店，他有时也去咖啡店坐会，捧着书在读，喝着咖啡，脑子里也不知想着什么。他喜欢那样的寂静，周围无论是人还是物都有一种陌生感。似乎唯有陌生，他才感觉到安全，感觉到存在的自由。

可是今天，易洲不得不想到父亲，这个曾经他不怎么喜欢的父亲。到底因为什么事，曾经让年少的易洲希望父亲死去呢？

事情之小让易洲颇为惊讶。那年中秋，他也不记得是哪一年了。哪一年不重要，重要的是那年中秋母亲不在家。易洲的心情坏到极点，因为在那个家里，只要有母亲在，他才能感觉到安全感。没有安全感的易洲，开始跟踪他的父亲。他看见父亲提着一块白色的大月饼静悄悄地走在巷子里，夜色很好，从巷子的一端照向巷子的另一端。父亲径直走去，看样子像是走向月光深处，他跟在父亲的身体制造出来的阴影里，一步步，父亲的脚步声响很大，几乎盖住了整个村子的声响。走到村子尽头，父亲突然停止了脚步，他似乎在犹豫着，一会朝巷子右边走几步一会朝巷子左边走几步。父亲掏出烟来抽，连续抽掉了两根，把第二根烟嘴巴扔到脚下，他举脚踩灭，还揉了几下。看样子父亲已经下定决心了。父亲屈起手指，砰砰砰，敲起了门。一会，门"咿呀"一声开了，伸出一双手，那手在月光下显得苍白。父亲把白色的大月饼放在那双手上，手缩了回去，门跟着关上了。父亲还站了一会，面对着紧闭的门。父亲终于转身往回走，他的脸埋在他的身体制造出来的阴影里。

易洲怎么也没想到，父亲会把白色的大月饼拱手送给人家。一直到现在，村里还是流行用那种面粉做的白色月饼过中秋，月饼大如圆盘，上面印有嫦娥奔月的图案，嫦娥的脸颊用朱砂点了红。此月饼自然不好吃，只是稍有甜味，食之会沾喉，得大量的水送下去。当然这是现在的想法，放在当初，月饼是中秋唯一的食物，要一家人分着吃。父亲把月饼送了出去，一家人吃什么呢？

只有母亲不在，父亲才敢做出那样的事情。那时易洲没多想父亲把月饼送给了谁，他甚至没去细究那双苍白的手是属于谁的手，他只对月饼耿耿于怀。他比任何时候都强烈地认为：家里有母亲就已足够，父亲可以死去了。这样的想法一直持续到易洲和父亲一样高。他一直不听父亲的话，无论父亲做什么他都看不顺眼，父子之间的战争虽没有激烈到大打出手，但冷战无法冰释，也有吵的时候，却吵不起来，父亲总是在关键时刻突然软下去，再怎么打击都无动于衷。易洲后来一直没有把那个中秋夜晚的事告诉母亲，没告诉不是他不想告诉，而是他确实没在意，他忘了——也不全忘了，关于父亲把月饼送走的事情他永远记得。倒是多年以后，母亲跟易洲说：你爸当年要娶的并不是我，是另外一个女人，我嫁给你爸的时候，肚子里已经怀了你了，你爸给我买了一件大长衫，不让村里人看出来……易洲不敢再往下问。那年他选择了出外打工。

易洲无心细究上一辈人的爱情，甚至不是爱情，仅仅是婚姻。但父亲的形象实在卑微，一米六多一点的身高，粗糙黝黑的皮肤，还有他的龅牙，刻意闭着嘴巴的模样总像是含着什么不为人知的东西，大多时候父亲的嘴巴是张开的，走路或睡觉，都张得大大的，像是时刻等着天上掉下东西来，他正伸长着嘴巴去接住……就这样的形象，易洲真的无法往父亲身上设想更多的风流往事。

一个小家庭，磕磕碰碰，最后还把易洲往大学里送，可谓不简单。易洲办广告公司那年，家里还特意请了电影，放给全村人看。电影放半途，突然切成白幕，父亲踏着方步上前，双手颤着，抓起话筒讲话，大致意思是儿子易洲在深圳办了一家广告公司，请电影一是答谢神明，逢凶化吉；二是感谢村民，多年来对易洲的照顾，如今他出门在外混出个人样，特向村民汇报，表达谢意。事后易洲才知道。易洲是生气的，对于家里请电影的事他一概不知，似乎父亲做事用不着给儿子打招呼。易洲在电话里把父亲骂了，当然是骂给母亲听的，易洲说一个小公司，用不着那样大张旗鼓，放在深圳，都还不好意思说出口呢。母亲在电话里应着，和儿子站在同一阵线上，但易洲知道，回头电话一撂，母亲准笑着对父亲说："儿子说你呢。""说了什么？"父亲张开大嘴巴问。"能说什么，说你好啊。"母亲这样说，父亲内心是信的。

公司还是办起来了，头一两年发展还真不错，易洲在两年的时间里供了房结了婚买了车，回头想想，还应该感谢父亲，感谢那场电影和父亲那一席丢人的话，没了那些，易洲也没了动力，似乎一切的努力都是为了不在村人面前丢脸。包括买车供房，说到底也不是到了非买车供房不可，还是为了面子，村里有亲戚来，往家里一领，问房子的事，他总不好意思说是租的，那哪像是个老板；过年回家，他也不好意思坐长途汽车，风尘仆仆，和打工时无异，有了车，无论车子好坏，总归还是个车，四个轮子，挡风遮雨，一路进村，也颇像个人物了。为了像个人物，易洲还得处处装大方，大手大脚，遇到老人给钱遇到小孩也给钱，回一趟家花个万儿八千是常有的事。易洲后来越来越怕回家、越来越不想回家，他给出的借口是忙，也不好意思说自己怕花钱吧。但你不回去，也会有人找上门，一个村子的，总能扯出点亲戚，那个叔侄病了，这个婶母又出点什么意外，都需要钱，自然也会想到易洲，有时一个电话，有时亲自上门来，挑了花生番薯一大袋，说了事，易洲听着心惊胆战，嘴里却没法拒绝，大方惯了的人，想要说出一句小气的话，实在比登天还难。他也顾虑，这边拒绝了自然没什么，但父母还在村里住着，父母还得与村人和睦相处，安度晚年的哦……

细想，如今公司走向瓶颈，夫妻关系紧张，说到底都与上述有关，成也萧何败也萧何。这个道理，易洲自然懂得。他也不能把所有责任都推给他人，自身的问题也是蛮多的。有一个问题很关键：易洲不爱喝酒。其实也不是不爱喝酒，他爱喝，是他不会喝，一杯下去脸红，二杯下去头晕，三杯下去准跌倒，就这样的酒量，平时没觉出自卑，一上了酒桌，面对那些需要维护的客户，他就感觉到了威胁。他也曾有意训练酒量，冰箱里藏了红酒啤酒，睡觉前喝一杯，喝久了，酒量没上来，反而落下恐惧症，每天睡觉前的那杯酒在他看来就像是一杯苦不堪言的中药。在各种酒席上，他极其羡慕那些豪气的北方老板，喝白酒如灌白开水，他就坐在旁边，闻着都晕了头。别人劝酒，他如临大敌，后来深圳严抓酒驾，他像是抓到了救命稻草，说要开车呢。虽然管用，但酒席上，你故意冷场，融不进氛围，说起什么话来自然也少了底气；还不只是喝酒，喝酒之后的事情更考验易洲的意志。不喝是吧，洗脚按摩推拿，总会吧。一群人去了，某个休闲会所，他们个个酒气冲天，自然也色胆包天，点了女人就消失了。留下易洲一人，孤坐大厅，就等着帮他们埋单。期间有小姐过来，扭捏作态。他挥挥手，精神警惕。他时刻担心会出什么事，怕遇到警察查房，一伙还有头有脸的人物被带进拘留所是什么滋味，有些还是街道社区的一二把手。他就像个放哨的，他得负责他们的安全。他承认这方面仍然是自己的弱项，大有从容不迫者，不但自己痛快了，顾客的安全也有保障，即便警察查房，事先打点好，也会绕道走，就算抓了也会悄无声息放人。易洲承认生意场上有这样的能者，上可攀天下能接地，黑白两道，哪都有他们的人，哪都能说得上话。这样的人，自然非易洲之辈所能比。易洲也是吃过这亏的，刚办公司那会，跑业务，总拉不到单，后来有人说，不能光靠嘴，关系再好也要付出代价。易洲领会，再次跑业务时，就动了手段，请吃饭给回扣，一回生二回熟，慢慢才自认深谙生意场之道。有一回遭遇一笔大单，易洲不敢怠慢，该办的都办了，颇有十拿九稳之势。去领导办公室送方案那天，恰逢另一家公司也在，易洲自信满满，侃侃而谈。另一家公司二话不说，丢下几包真空包装的茶叶，悄然而退。易洲还笑，送什么不好，送茶叶。然而那单最后还是跑掉了，落入竞争对手怀中。易洲不解，怎么就输给几包茶叶了呢？想过之后突然大悟：看似茶叶，其实不是茶叶，就像一样的包子，不一样的馅。"战场"险恶，相比财大气粗者，易洲开始力不从心了。

危机似乎来得突然，什么时候开始拖工资？易洲还真不知道。工资一直是妻子在发，他很少过问。前几天几个员工似乎壮足了胆，集体找他反映情况，说了拖工资的事，发了怨气。他回家勃然大怒，说工资总要发的，拖着有什么意思呢？他是打过工的人，比谁都知道工资的重要。妻子本来积了一肚子火，夫妻俩大吵了一架，从工资的事吵到公司的事，再从公司的事吵到陪客户进出休闲会所的事，事情越扯越远，易洲本是清白身，原来在妻子那里，他早就肮脏得不行了。想着人生有什么意义，到头来什么都不被理解，易洲一气之下发出狠话：公司干脆就不办了。"不办就不办，关我屁事。"妻子这样回答。易洲知道抛出的东西杀伤力还不够，于是大声喊："那就离婚。""离婚就离婚。"妻子也喊，局面已经到了不可控制的地步了。

之后几天，双方都不再提及此事，像是没说过一样。易洲打电话回家，跟母亲说了一些心里话——到头来能说说心里话的还是母亲。关于离婚一事，母亲坚决反对，没理由，就反对；关于公司，母亲作为一个农村妇女，连广告公司都不知道是干什么的，没什么好意见给儿子，只是希望儿子坚持，怕的还是丢面子的事。最后母亲说："要不让你爸去求一签。"易洲一辈子不信这个，在那当会，却答应了。答应并不代表信了，而是有了私心，希望能把家人牵扯进来，不至于一人扛不住。

绕了城市跑一圈，易洲还不想回去。不想回公司，更不想回家。他突然想跑远一点，跑到另一个城市去，没什么具体目的，就想离开远一点。他想起有一年夏天，曾带着妻子去惠州，夜里逛了西湖公园，印象深刻。那时妻子还不是他的妻子，他们还在谈恋爱。

惠州西湖曾给他留下深刻的印象。到达惠州西湖之畔，易洲并不急于下车游玩。他先登记了一间宾馆，特意选了一间窗户对着西湖的房间——他记得那次和妻子来住的也是窗户面向西湖的房间。宾馆倒是普通，房间不大，一切布置得井然有序，床单白得发亮。一种有异于家庭的陌生感觉此刻开始滋生。第一件事，易洲关掉了手机。

易洲先是脱去衣物，进浴室洗澡。周边的安静让他感觉害怕，但旋即就习惯了。洗了澡，他倚在窗口看西湖，看见一片灯光璀璨。他有些激动，抽了两根烟，就出去了。

西湖并没有他想象中的热闹，甚至有些寥落，行人并没多少，看样子都是本地人或常住人口，他们三三两两坐在湖边吹着自然风，多是小情侣和老人。他有些失望，但还不至于失落。他沿着湖里的廊道走着，几乎是贴着水面在走。风很凉爽，他生起睡一觉的想法，又害怕一觉睡过去，半夜翻到湖里，必死无疑。在湖中央，看前后无人，他还朝湖里撒了泡尿。当尿水哗啦啦落进湖里时，他感觉自己又回到了从前，回到了村子里纯粹的童年。

易洲想着要是能在西湖边上住下来，有个小工作，刚好够的钱，可以衣食无忧过日子。他不需要认识任何人，甚至还不需要和任何亲人联系，就这样，过一辈子，其实也未尝不可。

行人越来越少，公园里的保安开始清场了。易洲感觉属于自己的这一夜即将远去，他往回走，路过苏东坡的石像时，他停下来看了看，可他看不清他的脸。路上，易洲只看见偶尔一两对年轻的情侣还拥抱在石凳上面，他们看样子准备就那样拥抱一整夜。易洲羡慕他们，羡慕一切自由的人。他回到宾馆，又洗了个澡，这回一丝不挂，窗户的帘子也没拉上，他就故意那样赤裸裸地在房间里走来走去。他希望床边矮柜上的电话能突然响起，传来一个女孩娇滴滴的声音。他想起多少次请客户们去休闲会所，他们搞得天翻地覆，自己却坐着等埋单。倒也不是不想，而是迈不出那第一步，满脑子仁义道德，想了家人，想了妻子……可到头来，妻子并不知道这些，她一点都不会理解。他想自己是傻了，真傻了。

他还是失望了，电话静悄悄的。期间他又下楼走了一会，感觉没趣，到小店买了一瓶啤酒，平生第一次一个人喝酒，只喝了半瓶，就不再喝了。他把酒瓶摔碎在路中央，几个路人朝他看，纷纷躲开。他上了房间。打开电视看，看一个"鉴宝"节目，有些人因为专家的几句话高兴得很，有些却失落得要死。为啥自寻苦吃呢？这芸芸众生。他这么想着，不断地换台，换到一个模特走 T 台的节目，他对着电视里的性感模特打起了手枪，等一切舒坦了，他死一般躺了下来，不知什么时候，就睡了过去。

他做了一个梦，梦见自己真如父亲求的签那样，成了为姜太公拖车的周文王，他拼命地往前拖车，前路漫漫，黄尘滚滚，不知道何时是个尽头。身后坐着的姜太公，正拿着长鞭抽打他的后背，他背上火辣辣地痛，虽然看不见，但能想象一定是血肉模糊了……

醒来时，已经是翌日上午，阳光强烈地照进房间里来。他起身，吓了一跳，吓一跳不但是看见自己赤裸裸，而是一时想不起来怎么会睡在这张陌生的床单上。等他想起来了，开始意识到昨夜的荒唐。他急忙打开手机，五六条短信发了进来，争先恐后，像是同时挤着进了一道很窄的门。他极为认真，一条一条摁开来看。

（原载《广州文艺》2012.2）

电　　梯

　　二凤恨死那些警察了，他们来到车间，伸手要看身份证。二凤说没有，身份证还给人家了。身份证怎么会还给人家呢？有个女警问。这时二凤看见工厂老板在不远处朝她挤眉弄眼。二凤不知道发生了什么事。警察也看到了老板，喊，你干什么？老板立刻老实了。二凤说，跟人借的，肯定要还人家啦。女警察有些高兴，像是猜中了某场球赛，说，这么说你没身份证了，你今年几岁？十二。二凤回答得很干脆。以前在村里，每有客人来，拉着她问几岁啦，她也同样回答得很干脆。客人夸她机灵。

　　警察可没夸她机灵，警察说她是童工，不能在工厂做事。二凤赖着不走。警察说，像你这个年龄，应该在家里好好学习天天向上。可母亲也说了，一个别人的"家神"，读什么书啊？秀英秀菊没你大都出去打工了。

　　二凤就这样丢掉了工作。怎么办？犹豫半天，只好又打电话给霞姨。霞姨跟二凤家其实也不是什么亲戚关系，就当年和母亲在同一个农场挑粪，结下了友谊，不管深不深厚，总之就那样走成了亲戚。后来霞姨嫁了个好丈夫，闽南荡北，倒腾货物，有了钱，就成了城市人。眼看人家随夫旺了，母亲的小肚肠不免复杂，和父亲动不动吵架，动不动把水勺往父亲头上扣。父亲也不躲不闪。倒是二凤看不过去，抢过水勺扔出了门楼。二凤打小就和父亲显得亲。父母的矛盾很快转变为母女的矛盾。那些日子家里实在有些乱，母亲气头上，吼，读么个书，犟得像头小母牛，读再深还不是状元出在别人家。二凤也吼，不读就不读，谁稀罕。不读书了，总得找事做，整天窝家里，哪里能安宁。母亲也一心想把二凤支走，就想起了霞姨。霞姨也为难，面对稚气未脱的二凤，不知道帮她找什么工作。最后霞姨还是通过老公的关系把事情解决了。老公的朋友刚开了一家工厂，正急着要人。

电话才响了一下，霞姨就接了。听是二凤的声音，霞姨有些生气，这小姑娘自从进厂后就没打过电话来，有点过河拆桥的意思。听二凤再往下说，霞姨更是窝火，大半天不说话。她心里也烦，这些年来帮了她家多少事，都没完没了。这么个纠缠法，何时是个头啊？转而又想，她家也不是不记这个恩情，每年秋收，芝麻土豆一袋袋往城里捎，挑的都是头层货色。做人嘛，不就图个礼尚往来。霞姨调整语气，叫二凤来家里一趟，问二凤还知道路不。二凤可不敢麻烦人家来接，霞姨家的小车虽方便，却不能随随便便像单车一样进出。二凤说知道。挂了电话，二凤先在脑子里把去霞姨家的路过了一遍，哪里拐弯，向左向右，有了个大概，具体怎么走也说不确切。二凤去过霞姨家一次，就刚进城那天，母亲带着，拎着大包小包，差点把霞姨家的客厅给堆满了。霞姨怪母亲，怎么还这么见外？霞姨的老公趿着干净的拖鞋从书房里出来，眼睛越过鼻梁上的镜框，说，这里又不是没得买。母亲笑着，哪里话，街上买的能和自家种的比么？他说，街上还不是你们乡下挑来卖的？母亲一时语塞，拿眼去看霞姨。霞姨笑着，手肘子碰了男人一下。二凤坐一边，感觉不自在，那时起心里就暗下决心，霞姨这家还是不能常来。

好不容易到了霞姨家的小区，二凤不敢马上进去，她在外面的树下站了一会，她得准备一下，待会见面了该说什么？怎么说？霞姨一个人在还好说话，如果她老公或女儿在，二凤还真的不知说什么好，她怕人，更怕冷冰冰的人。二凤几次提起勇气，口里数着一二三，却还是走不开步。

时间不早了，二凤的肚子咕咕地叫了起来。二凤低头径直向小区门口走去，不敢看保安一眼。这是个好办法，一路畅通。上次和母亲来时，娘儿俩浑身挂满了包，保安不让进，说她们是乞讨来的，母亲大声嚷，你才是乞丐，楼上住着的可是我家亲戚。母亲说话语气硬朗，听不出是乡下来的，倒把保安给镇住了。保安还帮她们摁下电梯，又摁她们上去。

二凤轻轻地敲响了霞姨家的红木板门，闷闷的，像是在敲一扇空房。开门的是霞姨的老公，二凤至今都不知道该怎么称呼这个总是摆出一副冷面孔的男人。说实在话，她怕这个皮肤过分白皙的男人，如果知道该叫什么，她也没有勇气大声叫出来。她低着头，甚至连他装在拖鞋里的脚趾都不敢看，仿佛那里也长了眼睛，冷冷地盯着她看。二凤颤着声音问，霞姨在吗？嗯。他把门"嘭"的一声关上，生怕晚一点就关不了了。来啦。霞姨倒是满脸笑意，坐在沙发上打着毛衣。按理，像霞姨这样的家庭，还打什么毛衣啊，街市上什么款式没有。二凤又感觉打毛衣的霞姨有些亲近，如果不是坐在沙发上，而是坐在巷口的石磕上，身边还坐着几个同样打毛衣的妇人，她们说着某家的闲杂事。这样的场景，二凤熟悉，在村里时，她经常凑过去，像个小妇人，打着成人腔说成人说的话，她一心想融进成年人的世界里，连和母亲吵架，都是一副平起平坐的架势。

二凤唤了声霞姨，站着，等着霞姨说话。霞姨正在勾一个复杂的花纹，聚精会神，似乎把眼前的二凤给忘了。二凤也不好说什么，手脚不知道往哪放。一会，霞姨呼了口气，搁下毛衣，仿佛打毛衣让她很痛苦。她说，二凤啊，你知道，现在的工作不好找，做得好好的怎么就……二凤想解释，最终还是没说话。在村里，二凤的嘴巴利得跟刀子似的，吵架的好把式，母亲的嘴够厉害的了，在二凤面前，也会啊半天啊不出一句完整话来。可到了城里，二凤的嘴巴就不好使了，也不知道是什么原因，就是说不了话，话明明在唇边挂着，也吐不出来。

霞姨还想说什么，却看见二凤掉出了两行眼泪。这孩子，怎么就哭了？霞姨站了起来，把二凤拉到身边坐下。霞姨说，霞姨再给你想办法。一会，霞姨起身，去打电话，电话通了，霞姨说，喂，张姐，你上次不是说要请个保姆吗，现在请到没有？哦，还没有啊，要不我带一个亲戚家的小丫头过去看看……好，那好，我这就带她过去。放心，是乡下来的小丫头。

二凤看着霞姨换衣服、梳头、挎包、穿鞋……忙乎了一阵，总算可以出发了。这时霞姨的女儿回来了，霞姨的女儿叫琪琪，年纪和二凤相近，比二凤高，比二凤白。琪琪把书包一扔，边跑去开电视，边问，妈咪，打扮得花枝招展的去干吗？霞姨"扑哧"一笑，说，带你姐姐出去一下，对了，这是二凤姐姐，这是琪琪，你们见过面吧。二凤忙说见过。琪琪才知道屋里还有一个陌生人，有些愣，她没拿正眼看二凤，自顾坐下看电视，又问，什么时候回来啊？你可答应我晚上看《阿凡达》的哦。听到女儿的声音，霞姨的老公走了出来，和女儿兴致勃勃地聊起了《阿凡达》。二凤不知道《阿凡达》是什么，虽然和他们同在一个屋里，却仿若两个世界里的人。

二凤先到门口候了一会，霞姨却被男人叫住，男人压着声音说，就你多事，就你亲戚多，整天把你当菩萨。二凤听到了，故意走出几步，站在电梯口等霞姨。此刻，电梯紧闭双唇，它也不说话。

张姐家离霞姨家不远，出租车好像拐几下就到了。下了车，其实也没进张姐家，霞姨与她约好了在楼下一家茶餐厅见面。三人落座，点了几盅小菜，很香，二凤本来肚子饿，却不敢多夹。张姐看起来挺干练，穿西装，理男人头，说话硬朗。张姐问，几岁啦？脸却朝着霞姨，像是在问霞姨。霞姨说，十二。张姐这才看了二凤一眼，看的也不是脸，而是身体，又说，不像啊。霞姨笑了，说，现在的孩子，发育都早，哪像我们当时那会，二十好几都不见胸呢？二凤这才明白过来，忙伸手去拉衣角，想把胸脯隐藏起来，这一举动倒把张姐和霞姨都惹笑了。二凤被笑红了脸。接着张姐和霞姨低声说了一阵，二凤听出了大概，像是张姐家之前有个保姆，是家政公司请来的，二十好几，模样还没二凤来得端正，却整天花枝招展，时不时弯腰，露出大半个奶子，晃啊晃的，把张姐的脸都晃绿了。张姐说，你知道，我公司的事都忙不过来，家里放那么一个大炸弹，哪里放心啊。霞姨点头，那是那是，到咱们这个时候了，是该处处小心了。张姐说，所以，不敢留了，打发走人，要不是家里有老人，保姆还是不请保险。

给人家做保姆，二凤不是村里第一个。二凤还在村里时，比她小的秀英就出去给人做保姆了，听说主人家是当官的，有钱，家里全是插电的家具，泡茶都不用水壶，直接在茶几上边烧边泡。秀英刚去没几天，看那烧水的壶子有些脏，就端了盆水，把整个壶子摁到水里去洗，捞起来后又插上电，噗嗤噗嗤几声，壶子冒出了火星……秀英被赶回来后，她父母不甘，怕那活让别人捞了，赶紧把妹妹秀菊送了去。秀菊要比姐姐机灵些，人也漂亮，秀菊那时和二凤玩得挺好，两人经常一起插塑料花赚点小钱。秀菊走后，二凤难过了一些日子。秀菊倒是在城里待下了，颇讨当官人家的喜欢。有时秀菊回家，穿着很好看的裙子，来找二凤，两人像是姐妹拉在一起说话。秀菊把在城里的事都告诉二凤，二凤惊讶地张着嘴巴，不信秀菊的话，做饭不用烧火可以信，洗衣服不用动手就有点离奇了。二凤说什么也不信，摇头。秀菊急了，不信，真想带你去看看哩。那时二凤做梦都想去外面看看，和秀菊一样到城里当保姆。如今二凤真当上保姆了，心里却没了当时的兴奋。

二凤在张姐家的工作挺简单，就是照顾好张姐行动不便的婆婆。张姐夫妇在家时间少，儿子寄宿学校，更少回家。偌大的家就丢给二凤和婆婆二人。婆婆卧床的时候多，大概是身体吃不消，说话费劲，所以一天说不到五句话，要二凤干什么就用手比画，有看懂的，也有没弄明白的，二凤也不敢追问，毕竟不像自个家里，随便朝母亲嚷嚷，所以有些着急，怕照顾不好，让张姐怪罪，也丢了霞姨脸面。不过几日下来，二凤总算把婆婆的一套动作琢磨透，撅屁股了，不是大便就是小便，张嘴了，不是肚子饿就是要喝水，不是这就是那，也不必张口问了，省了麻烦。这样一来，家里更是无人说话，像是养着两个哑巴了。二凤本就不是爱清静的人，在村里闹不说，就是进了厂，车间热闹哄哄的，也由不得她沉默，说话得盖过机器声才行，要不谁听得到。下班回了宿舍，同事间更是无话不说，都是农村来的女孩，话题都能说到一块，说得都忘了拉灯睡觉。突然在这么冷清的空间里生活，二凤是有些不习惯，感觉闷，闷得打个喷嚏都得压低声音。闷还好，她还慌，整天担心自己哪里做不周全，心里连个空隙的时间都没有。还是厂里好。二凤这么想。但没过多久，二凤还是习惯了，不但习惯，还欢喜上了，主要也是手头的活做熟了，自然少了压力，每天除了下楼买菜，还有就在早上或傍晚推婆婆到小区公园走走，其余的时间就待在楼上，追着看几部连续剧。

张姐家的电梯更高，都快升到天上去了。二凤早知道怎么坐电梯了，不就是摁摁按钮，没什么难的，再高电梯都上得去，也下得来。想起当初对电梯的敬畏，二凤不免偷笑自己蠢。总之，还是学到了东西。

到了晚上，张姐夫妇回来，他们也话不多，不像夫妻俩，到了家里彼此不叫名，他叫她张经理，她叫他崔经理，两人都是经理，后来二凤才知道他们不在同一个地方工作。一回家里，还是各忙各的，完了二凤叫吃饭，二凤做的饭没底气，他们也从没有嫌弃过。都是不刁钻的人，挺客气随和。但他们在家，二凤就不自在了，没事也要找点事忙去，地板拖了一遍又一遍，只有在做家务时她才能放开自己，像是这家里的一分子，一旦闲下来，她就连手都不知道往哪放，打个喷嚏还得四处看人脸色，其实也不是人家给脸色，是自己给自己脸色了。说实在，张姐一家对二凤还算可以，客客气气，说话都带着商量的余地。吃了饭，张姐边看电视边给好多人打电话，听说话，说的还是工作上的事；崔经理则进了书房，整夜不见出来，直到第二天早上醒来上班。周末的晚上，他们的儿子从学校回来，家里一下子热闹起来，张姐和崔经理也突然变了个人，和儿子一起闹了。就那两天，那家才像一个家的样子。他们的儿子叫小翔，年纪没二凤大，却比二凤高出了一个头。虽是弟弟，二凤还是怕着他，偶尔在他面前走过，都有加快脚步的意思。有时二凤想，如果自己是个隐形人那该多好，该做的家务照样做，又不被人看见。按理说，既然在这么一个家庭里干活，是该放下心胸，和这一家子融在一起，一家人一样过。二凤是想这样，可就是做不到。张姐他们开个抽屉拿个什么东西，还得避开二凤，即使抽屉也上锁，钥匙贴身带。二凤知道那些抽屉不是自己能随便碰的，她甚至连走近它们的勇气都没有，仿佛一靠近，那锁还会自个儿脱落了，倒霉的时候就这样，要不在工厂好好干着，怎么会来了几个警察问她多大呢？

一家人比起来，二凤还是觉得婆婆容易亲近些，人老了，需要人照顾不说，更需要一个伴。张姐和崔经理看起来挺关心婆婆，嘱咐这嘱咐那，可他们没时间陪，就显不出亲，倒是二凤和婆婆磨出了感情，一举一动像是祖孙俩的样子。婆婆泡尿泡屎，都是二凤帮忙清理，每天晚上洗澡，也是二凤像待自家奶奶一样洗刷。说二凤愿意吧，也愿意，霞姨好不容易帮忙找的工作，总不能说不干就不干；说委屈也委屈，在村里再重再累的活是干过，可落到给老人洗擦身子，她一个小姑娘家还不至于，就是给父母洗下脚那也是没有的事。如今这样，二凤想起在家时和母亲动不动就吵，是有点不应该了。这时二凤就找个地方偷偷落了几滴眼泪。

每天早上或傍晚，二凤要推着婆婆下楼走走，这是张姐给她的硬任务，一天不能落。二凤也喜欢干这活，整天憋在楼上都有点喘不过气来了。上下楼坐电梯，成了二凤独自享受的乐趣。推着婆婆进了电梯，她也像楼上的住户那样，摆出一副闲散的样子，轻描淡写，不像以前那样慌慌张张，都能急出一头汗水来。二凤都爱上了坐电梯，电梯里多好啊，灯火明亮，干净，还有镜子，可以照见身子和面容。大多时候电梯里就二凤和婆婆二人，婆婆窝在轮椅上，微闭双眼，显然对这个小小的空间不感兴趣。这样一来，电梯倒成了二凤的个人世界，只有在电梯里，二凤才感觉自在，她不再担心手没地方放，她甚至对着镜子挤眉弄眼，与镜子里的人交换表情。她几乎忘了婆婆的存在，对着镜子哼起了歌曲，那些电视连续剧的歌曲，听过几遍就会唱了。电梯里洋溢着二凤欢快的歌声。

二凤更愿意傍晚出来，太阳刚下山，一出电梯，眼看小区笼罩在一片宁静的暮色里，花草在风中摇曳，绿的绿，红的红，紫的紫。这里的花草不像村里，都规规矩矩，干净，听人使唤。二凤推着婆婆沿着小区公园弯弯曲曲的沙米路走，轮车嗒嗒响，听着开心。走了两圈，找个地方坐下来，不觉天暗了，黄色的路灯亮了起来，围墙外的灯火也亮了起来。围墙外是一条街市，一到晚上热闹非凡。二凤知道这样的街市，摆摊卖吃的、用的、穿的，又好看又便宜，之前在工厂边上也有类似的街市。二凤总想推着婆婆出去外面走走，想想还是不敢。估摸时间差不多了，就推着婆婆回了电梯，回到楼上去。

这天晚上，二凤和婆婆却遇到了麻烦。正上升的电梯突然一阵咔啦响，眼前一暗，电梯卡在了半道上。停电了。二凤慌乱起来，这还是第一次遇到。她伸手去摸身边的婆婆，由于位置有误，加上紧张，摸了一会才摸到了婆婆的头。二凤双手捧住了婆婆的头，生怕她会从身边走失。黑暗一片，二凤不想让婆婆受怕。婆婆迷迷糊糊打着瞌睡，被二凤这么一弄，人也清醒了过来。她也伸手来抓二凤的手，颤抖着声线问，丫头，你在哪？我在你身边呢。二凤说。怎么到这儿来了？婆婆问。二凤说，别怕，待会就好了。婆婆说，我怕。

黑暗中，一老一小紧紧握住对方，像是亲人。这样的时刻总有些感人，尤其在二凤心里，经历这些天的冷清，突然被这么亲密地依靠，泪水差点涌了出来。大半会过去，电梯里还是一片黑暗。二凤正想做点什么求救，却没有这方面的经验，一筹莫展。来城里生活，凡事都要讲究经验，对二凤来说，经验从何而来，最直接的方法就是经历过，可在电梯里停电还是第一次遭遇，怎么办？

　　二凤抽出手想在身上摸找能发亮的物件，黑暗中瞪着眼睛想了会，身上没啥东西，没打火机，更没手机。这时，婆婆却一把把二凤拉了下去。婆婆突然来的力气，让二凤猝不及防地蹲了下去。二凤以为婆婆怕了，更慌乱起来。婆婆却不像是害怕的样子，她竟把嘴巴凑在二凤的耳朵上，喘了几口粗气，有话要说。

　　婆婆说，丫头，告诉你一个秘密，他们把我骗到这里来了，把我放到天上去了，不让走，我想走也走不了，我给你钱，丫头，你带我走吧，回咱村里去……

　　说着，婆婆竟呜呜地哭了。

　　二凤被婆婆这样的话吓得不轻。人老了，有时神志不清，说出的话，竟不像是人说的了。二凤一下站了起来，靠在电梯边上，大口喘气。

　　婆婆果真搜索起身上的衣袋，搜出了一小把散钱，往二凤的手里塞，二凤哪敢接，推了一会。突然，电来了，电梯里瞬间一片光明。这光倒真把婆婆吓到了，只见她像个小孩一样赶紧把钱放回衣袋，对二凤厉声说，不许说出去。二凤浑身起了一层鸡皮疙瘩。不过她至少明白，婆婆原来并不愿生活在城市里。这倒费解了，城市多好啊，尤其是有钱人家。二凤知道母亲就一直做着进城的美梦，才和父亲吵闹大半辈子。电梯继续往上升，婆婆恢复了之前的沉默。二凤更是一句话都不敢吭了。

　　经过了这事，婆婆日渐消瘦，总是一副心事重重的样子，最后终于病了下来，连轮椅都坐不了了，整天窝在床上，偶尔还会眼巴巴盯着二凤看，想要说点什么，却再也说不了话。二凤越发觉得婆婆的眼睛已经深陷到土地里去了。她有种不好的预感。张姐一家把婆婆送进了医院，二凤也跟着住进了医院。住院期间，还是二凤一个人守在婆婆身边，医生以为二凤是婆婆的亲人，待知道只是个小保姆后，摇了摇头说，越是有钱，父母越不值钱啊。二凤倒是把医生的话听明白了，她为婆婆悲痛起来，只希望婆婆早日康复，回家里去。可病床上的婆婆神智一日不如一日，一会把二凤当亲人，要二凤带她走；一会又当仇人，唤她滚，别整天守着她。偶尔也有清醒的时候，婆婆会拉住二凤的手，说，俺那老头还埋在村里的北坡上呢，只想着俺死后也能运回村里和他葬一块儿……

一个月后，婆婆去世了。张姐一家倒没表现出多大的悲恸，遗体送了火葬场，捧回骨灰盒也没往家里带，直接又送去了墓地，送出去时是一个活生生的人，回来了大家都两手空空。二凤流了几次泪，悲伤之余，更多的是不解，怎么死了一个人能这么简单了事，要是在村里，光入殓出殡，请和尚做法都得闹好几天，亲人还得围住棺椁哭死过去好多回，就是入土为安，日后还有头七、满月、三月、半年、三年孝，虽不用哭，披麻戴孝还是得继续的啊。二凤觉得这城里人有点不可思议了。

婆婆去世后，张姐吩咐二凤把家里所有属于婆婆的物件都清理出来，拿出去扔了，其中包括婆婆坐的轮椅，还是崭新的。婆婆之前睡的房间，也要二凤清洗一遍。这人前脚刚走，后面就一点不留地清理痕迹了。婆婆彻底地从这个家里消失了，连一张遗像都没有留下。

婆婆一走，这个家也就不需要二凤了。二凤不想再麻烦霞姨找工作，她突然想回家，想看看父亲母亲。十二岁的二凤一下长大了。

这天夜里，睡梦中的二凤感觉被压得喘不过气来，她挣扎着，睁眼一看，压在她身上的竟是一个大人的身体。二凤这会倒不怎么慌乱，她只是低声说，婆婆，你回来啦。二凤的话透着不谙世事的冷峻。话音一落，那人夺门而出。

第二天，二凤收拾好衣物，离开了张姐家，她故意不坐电梯，二十一层的楼，她硬是一步步往下爬。

（原载《长江文艺》2011.3）

心 乱 如 麻

    我必须先强调一下，是有人先骗了我，我才会去骗别人的。当然了，我骗的人不一定就是骗我的人，这看起来有点不公平，实际想想，还是公平的。我坚信自己是一个有原则有底线的人。

    黎鸣结婚了。他亲口告诉我的。黎鸣是我的好朋友，是好得把和女朋友睡觉的细节都能拿出来分享那种，没有比这更能说明两个人之间的友谊了。可黎鸣一结婚就变了，变得比随身携带的手机还要沉默。我说，你怎么连结婚也不告诉一声，就打个电话，又不用你写请帖。黎鸣却故作深沉起来，拿起他的破手机说，换了号码了，你们的号码都不在里边。这是什么意思啊？我顿时瞪大了眼睛，朋友之间我还没做过这样吓人的表情。我说过我是一个有底线的人，表情也一样。我问，什么意思？你有了娘们儿忘了哥们儿？

    眼看一场朋友之间的交谈就要不欢而散。心想也不至于，于是我缓和口气问，别的不说了，老婆漂亮吧？黎鸣颇有意味地看了我一眼，说，内在美。其实我阴暗的心里还想听听他和他老婆洞房之夜的情景，可他再也不开口了。他的沉默让我意识到一场伟大的友谊行将逝去。他突然抬手拍了拍我的肩膀说，我走了。然后朝着大街深处走去，脚步竟匆忙得有点像逃亡，很快就淹没在了熙攘的人群里。我凝望了一会他的背影，"切"了一声，转身也走了。

我和黎鸣的最后一次见面就这样匆匆结束了，时间是在一个夏日的午后，地点是繁华的西乡大道。现在想想，如果不是那天我和他在街上不期而遇，他压根儿都不想见我，当然以后的事也不可能再发生。是福是祸，我也说不太清楚。

　　回到家中，心情一直还保持着大街上的压抑。我打开电脑，在长长的好友栏里寻找黎鸣的QQ，他的QQ名叫"荒了一秋"，虽然已经黑白了一段时间了，但还是很快被我找到。打开来看，签名还是之前的签名：脚有多大，鞋就有多大。当初这个颇具冷峻色彩的签名曾让我叫绝。日志也是，只有一些评论是新近留下的。我注意起了那些评论，其中有陌生人瞎起哄，也有好事者无关痛痒的言语，但有一个叫"绿草"的还是引起了我的注意，她（姑且想象成一个女的，事实证明就是个女的）在黎鸣的一个关于孤独主题的日志下评论说：我可以给你一个花园的春天，我可以给你一张床的梦想。凭直觉，我认定，绿草应该就是黎鸣现在的老婆了。于是我脑门一闪，用另外一个网名"一朵野花"的QQ，添加了绿草，验证栏里写下三个字：黎之友。验证发过去后，我做出一个诡异的笑容，多少有些钦佩自己的聪明才智，同时也在想象着接下来可能发生的事情。

　　绿草刚好在线，很快就同意了我的邀请。

　　我发了一个握手表情过去，很快她也回了一个握手表情过来。打过了招呼，我开始进入状态，直奔主题，这时候的我竟像个艺术家一样激情澎湃。可以想象，我是多么需要这样的生活细节啊。我的生活和这个城市一样枯燥。我说，你认识黎鸣吗？对方似乎在猜想着我的身份，此刻我在她的眼里分明是个带着野性气息的女孩。一会，她回了一个字：嗯。这个字正好能准确地暴露她心里的猜忌与防范。我笑了笑，表情从未有过的阴险。我说，不管怎么样，我还是要祝贺你们。然后任凭对方再怎么抖动对话栏，我就是不回复，最后干脆隐身，制造突然下线的假象。我在电脑前双手抱胸，幸灾乐祸地笑了。心里有复仇一般的快感。

我无法明确我的目的，撒这么大的谎来干什么，对于黎鸣而言，是不是太残酷了点。但我已经顾不上了，谁叫他欺骗我呢？他说他老婆一点也不漂亮，我看了绿草的QQ空间，那些美丽性感的照片，分明就是属于她的。是黎鸣先欺骗了我。他为什么要骗我呢？目的无非一个，那就是对我的不信任。我的表现让他确定我是一个蠢蠢欲动的男人，一个蠢蠢欲动的男人总是叫人不放心。当然，我说的只是表象。

我能猜测出电脑那端的绿草小姐，此刻的心情和表情。不知道黎鸣在不在她身边，即使在，他也同样束手无策。他能把这个叫一朵野花的女孩怎么样呢？他时下唯一的办法就是低声下气地跟老婆解释一番，当然作为老婆，这种情况下打死也不会相信一个活生生的人的话，她只对电脑里那个虚拟的人产生信任，女人就是这德行，我最了解不过。

绿草还是一个劲地问：你是谁？你和他什么关系？

我再也不会回她了。她应该知道，好戏还在后头。我关了电脑，想好好地睡一觉，我很久没有好好睡一觉的心情了。可我睡不着，我竟如同小说家一般灵感翻涌，设想着以后的故事该以怎样的情节和方式开展。我下楼买了几瓶啤酒，喝干净了才迷迷糊糊地睡了过去。一睡过去我就又开始做梦了，可以说我的生活是由两部分构成的，一部分是明晃晃的现实，一部分则是略带灰暗的梦境，两部分交叉出现，丰富着我的人生，有时连我自己都搞不清楚哪些是梦到的，哪些又是现实存在的。真的，我的生活已经混乱到了这种程度。

这之后，我像一个渴望学习的孩子突然领到老师的作业一样，每天一下班，啥事也不想干，挂上"一朵野花"的QQ，主动找绿草聊天，当聊到关键时刻敏感话题时，我突然又不说话了，接着隐身。如此反复，其乐无穷。我热衷于这样的恶作剧，或者说是游戏，脑子里想象着绿草诘问黎鸣时近乎发狂的表情，再想象黎鸣无辜又无奈的样子，心里就乐个没完。都说人们喜欢把快乐建立在别人的痛苦之上，看来不无道理。不管怎样，我也有高尚的苦衷，我的生活太枯燥了，无聊透顶，每天坐在办公室里，总错觉自己是坐在一叶漂浮在汪洋之上的孤舟，我漂啊漂，漂过高楼的顶层，漂过城市上空的雾霭，然后就漂到了一个荒无人烟的孤岛上，我企图停下来，我要在孤岛里生活，与世无争、与世隔绝，我刚刚把脚趾接触孤岛的土地，一只大手突然在我的肩上拍了一下，"啪"的一声响，其力度之大足以让我吐血。我蓦然醒来，四下一看，发现好多同事都挂着幸灾乐祸的笑容，齐刷刷地看着我。我的身后就站着我的老板，我的衣食父母。他的脸此刻拉得比孤舟还要长，憋了半天终于说，不干趁早滚蛋。我哪敢不干啊。赶紧正襟危坐，如主席台上庄重的领导，头却埋得和办公桌成平行。上班的时间总算熬过去了，下班呢，找几个朋友，唱 K 喝酒，按摩洗脚，往大路上砸啤酒瓶，看着玻璃碎片像花儿一样绽放……只有这样，我才可以快乐起来，或者看起来像是快乐的样子，不至于疯掉。当然，这些朋友之中最合得来的就是黎鸣了，那时的黎鸣和我一样，都病得不轻，我们走在一起，总有一种同病相怜的感觉。我们引为知己。突然有一天，黎鸣却消失了，凭空的，没有一丝征兆。黎鸣的消失使我丰富的夜生活一下子归寂于零。那些日子我无聊到需要自己耍自己的程度，我申请了一个新 QQ，当成一个陌生女子，然后一人分担两个角色聊天，聊至深夜，才趴在电脑桌上迷迷糊糊睡了过去。然而事实上我并不喜欢女人——当然曾经是喜欢的，我开始对女人白色的肌肤和高耸的胸部产生反感，情况严重时还差点呕吐。作为一个男人，我开始不喜欢女人，这本身就不正常。我怎么能让人知道我心里的毛病？我多么希望自己是个正常的男人，和黎鸣一样，选择结婚，或许就可以结束苦闷的日子。可怕的是，我又发现我之所以会变得不喜欢女人，黎鸣是关键。

对话栏里，绿草突然发来一个哭泣的表情，表示她的痛苦。没有什么比一个女孩子在我面前哭更让我兴奋的了。我回了一句：爱情是一把双刃刀，砍了别人之后，迟早也会伤了自己。我自觉这话颇具哲学意味，似乎不像是我能说出来的。绿草沉默了一会，突然回了一句：我们能约个时间见面吗？我吓了一跳，这是一个怎么样的女人啊，她就这么轻易决定和丈夫的前女友见面，她就这么有把握？

我没敢再应付下去，只好匆匆隐身下来。隐身过后，绿草还是继续发话过来，点开一看，她说，周日下午三点，我在建安街的北岛咖啡店等你，不见不散。如此果断的女子，想来比我还不好对付。我怎么可能去和她见面呢，那不是自露底细吗？再说，那可能就是黎鸣为了引蛇出洞而设下的陷阱。我虽寂寞，还没寂寞到傻掉的程度。

然而鬼使神差一般，周日下午，当三点的钟声敲响，我突然从好不容易睡沉过去的午觉之中醒了过来，一看手机，原来自己早就设好了三点的闹钟。什么时候设的？为什么设？我已经想不起来了。我的脑子里像是被人倒进了几铲子稀泥巴，怎么拔也拔不开腿。既然已经醒过来了，那就出去转一转吧。

周日的街市，热闹非凡，夏日的阳光再怎么强烈也驱赶不了这些人对逛街的热爱。我拐上了建安路，很快就看到了北岛咖啡店。我记得我和黎鸣曾经在里面喝过一次咖啡，那次我们聊的话题有点深度，竟是各自的理想抱负。我在咖啡店门口停了下来，咖啡店不是很大，站在门口基本就可以把里面的顾客看得一清二楚。以我的细心，很快就发现了一个女子很面熟，仔细一辨认，正是绿草，她就坐在靠门边上，脸侧着向外，看起来比照片上要显得年轻妩媚，齐耳的短发柔软如丝绸，染了点金黄，看起来很耀眼，短发垂至末端再一致往里弯曲，使之看起来就像是罩在头上的一顶舒适的帽子，把一张白皙而精致的脸保护起来。多漂亮的女子啊！

我想我应该和她说说话。突然之间什么都不管不顾，只想和眼前的这个女子说说话。似乎全世界只有她可以和我说话了，而且她的目的很明确，她本来就是在等我。我已经有一个多月没有开口说过一句话了，我想如果再继续下去，我可能就再也说不了话了，会成为一个满嘴口臭的哑巴的。

我故意在咖啡店里转了几圈，装出一副找人的样子，服务员过来，满脸疑惑地看着我问：先生需要帮忙吗？我没说话，继续转着。这时绿草开始注意起我来了，看了我一眼，却又不敢确定，她要等的是个女孩，我分明是个大老爷们。在陌生人看来，我其实长得并不赖，拥有一米七几的身高，五官端正，还长了一双韩国版的单眼皮。我的目光在店里转了几圈之后，突然就落在了绿草身上，两人一对视，绿草匆匆地把目光挪开了。她的脸竟然红了起来。真是不可思议。

会脸红的女孩估计已经是这个世界上最濒临绝种的动物了，比大熊猫还要珍贵。在我所遇到的女人里，无论是大路上的还是办公室里的，那脸都白得像被人泼了面粉，要么就是绿得如一条蠢蠢欲动的小青蛇，倒是那嘴唇红得发紫，像是两块可以吸收色素的海绵，把原本属于女孩的红扑扑的羞涩都吸取干净了。

我走了过去，在她面前坐了下来。

我问，你是绿草小姐吗？我从没有这么礼貌地和一个女子说话。

她抬起头，看着我，迟疑着说，你是？

我是她老公。

哦？

当我急中生智做出这样的决定时，心里一下就豁然开朗了，往后该怎么样编织美丽的谎言，似乎已经胸有成竹。如果环境合适，以我的想象力，我可以成为一个出色的小说家。我正为自己的思维敏捷而沾沾自喜。而面前的女孩却有点坐立不安了。

没等她开口说话，我先叹了口气，这样的叹息从一个男子的身体发出，对一个会脸红的女孩子来说，其力量是沉重的。我的故事似乎也由这一声叹息做出了很完美的铺垫。我说，她的事我是知道的，她是一个受过伤害的女孩，我怎么可以让她再继续受伤害呢？我要抚平她的伤口，正因为这样，我今天才来和你见面，说说她的故事，当然也能了却你的疑惑。

她很认真地听着我说话，那样的表情只能在面对老师时的小学生脸上可以看到。

你放心，我喝了口咖啡——我一落座，服务员就端来了热气腾腾的咖啡，说，她虽然爱过黎鸣——也就是你现在的丈夫，当然她现在也爱着他，但——说到这里，绿草想打断我的话，可我没让她得逞，我做了个制止的手势，继续说，但她现在毕竟是我的女人了，你大概会怀疑我的真诚，怎么允许自己的女人心里还爱着别的男人呢？我告诉你，这就是爱，因为爱，我可以包容她一切，过去、现在和将来，这大概就是人们所说的爱的力量吧。说到这里，我又重重地叹了口气，把咖啡一饮而尽，苦得自己直皱眉。我显出很忧郁的表情，像足了一个心里有着百般愁结的男人。我甚至还真被自己的叙述所感动，仿佛真的进入了虚构的故事里去，而我就是主角，有着不为人所知的痛苦和让人感动的真爱存在。这些有故事的人生是我多年来一直向往的人生，哪怕是痛苦、是悲剧，都总比一张白纸强吧。

看我把皱着的眉头舒展开了的时候，绿草说话了，说话之前她抽起了烟，白色的烟嘴细腻地横躺在她纤细的两指之间，那架势优雅得叫人怜惜。她先是微微一笑，一种近乎轻蔑的神情，当然我即刻看出神情背后应该藏有更多的故事。她问，你抽烟吗？我连忙摆手。期待着她的故事。抽了有半支左右，眼看我就快等不及了，她终于说了一句，先生，我想你误会了。

误会了？我问，差点站了起来。

我和你老婆有着同样的命运，我也是受害者，他在两个月前就离开了我，之前我们一直感情很好，突然的离开，使我一下子陷入了空荡荡的虚空里。我当然还是心存侥幸，以为他只是短暂的消失，现在，我绝望了，原来受到伤害的还不只我一个。

说完，她的眼圈红了，如果不是在咖啡店，不是在我的面前，她那架势是想大哭一场的。面对此景，我手足无措起来。一切预先安排好的剧情都要重新改写，这对一个导演来说是多么残酷的事情，对演员来说更是摸不着头脑，而对于一个集导演和演员于一身的我来说，更是打击甚大。

我真的站了起来，当然我得表现出惊讶的样子，这样才符合剧情的需要。实际上我站起来是为了掩饰脸部的笑意。请原谅我真的笑了，当绿草埋下头去哭的时候我竟站在她的对面笑。咖啡店里所有的人都把目光集中了过来，从一开始这就是他们关注的场景，如今一笑一哭，更是把他们的好奇心都拉动了起来。这些在城市里奔波的人，能进来喝杯咖啡已经是很奢侈的享受，如今还能在咖啡店里遭遇剧情，更是生活中难得的调剂。

听说他已经结婚了。我说。

结婚了？绿草看着我，泪水在眼里打转。

我立马意识到说错了话，赶紧修改，我是听我老婆说的。

隔了一会，她终于说，你能帮我一个忙吗？当然了这样的忙对你来说有点残酷。

我沉默了一下，问，什么忙？

我要找到他，即使他已经结婚了，我也该问清楚。

我能帮你做什么呢？我发觉我已经越来越失去理智了，事实上我真的什么都帮她不上，我自己也不知道黎鸣那鸟毛死到哪里去了。那天西乡大道上的偶遇，他闪烁其词的言语、匆匆离开的脚步，似乎都在说明一个事：黎鸣出事了。然而出再大的事，他可以把朋友抛弃，也不能把眼前这么漂亮的女人置之不理啊！我心中竟升起一团火来，真的想找出黎鸣暴打一顿，教训一下这个没良心的家伙。

我们约好下周日见，当然我得从"老婆"那里得到一些黎鸣的信息。这个艰巨的任务顿时让我的生活充实了不少。我说过，我的生活是空虚的，比一片飘浮在空中的羽毛还要空虚轻盈，我是多么需要一点事情来折腾，哪怕它无聊、堕落、没丝毫意义。然而在寻找黎鸣这个事情上，它却是有意义的，甚至说很伟大，因为它涉及所谓的爱情。做一件有意义的事情对我来说太重要了。

我竟像福尔摩斯一般考虑起了事件的状况：突然失踪，换掉工作，换掉手机号码，然后又扬言已经结婚，这之间有什么联系呢？不仅仅是结婚那么简单吧。黎鸣住的大概地址可以锁定在西乡大道附近，然而西乡大道那么长，周边又有那么多民宅，想要找出一个黎鸣仿佛大海捞针，谈何容易。

我开始在黎鸣的 QQ 里留言，即使希望甚微，还是想试试。两天后，黎鸣竟给我回复了，他说，你是找不到我的，我也不想见到你们。我说，黎鸣你等着瞧。

我又得开始动用我的欺骗天才了。

我谎称寻找失散多年的亲人去了西乡派出所寻求帮助，然后又一路去了房管所，房管所的工作人员听了我声泪俱下的讲述，大为感动，帮我调出了所有在西乡附近租住房子的租客。一搜索，发现竟没有一个叫黎鸣的，姓黎的倒有好几个，其中有一个竟然叫黎昏，我差点当众笑出声来。我把几个姓黎的租户的地址都拿到了手，谢过了工作人员后，颇有几分悲壮地就去见绿草了。我竟像一个完成了作业的小学生一样急于在老师面前炫耀。

面对我的寻找结果，绿草有几分疑惑，还是依了我的意思，一家一家去寻找，去敲那些姓黎的人家的门。在城市里，以一个陌生人的身份去敲人家的门是件危险的事情。我就曾经打过一个上门来推销产品的人，那会我正为找不到事情来消磨时间而郁闷，刚好来了人，于是就把他当沙袋用了。我说过，我长得人高马大，一般人不可能是我的对手。那次我打了人，当然也上了派出所，道了歉，赔了钱，但无所谓，我感觉舒适不已，那应该是我过得最充实的一天了，简直可以说是一生中难以磨灭的记忆。如果将来有机会写自传，我当然不会错过把那一天载入个人史册。

寻找的第一天，老天似乎在考验我们的诚意，竟然下起了雨。我们撑着伞走在民宅各条幽深的巷子里，像足了有个诗人曾经写过的几句诗，什么油纸伞什么丁香花之类的，我忘了。我想问问绿草，可她一脸凝重，我这才想起我们是来寻找黎鸣的，这个过程应该严肃。

敲过了好几家姓黎的家门，结果都失望而归，其中有一些已经不是姓黎的人在租住了，还没等我们说句感谢的话，他们就"砰"的一声把门关上。幸好我们的鼻子没有凑得太前，否则都有变成猪八戒的危险。我们的脸上开始有些失落，心里也不抱任何希望了。剩下最后一个姓黎的，竟然就是那个惹我笑的黎昏，我说算了，怎么可能是这个呢？绿草却坚持了起来，她说，都找了这么久了，剩下一个别放弃。

黎昏住在一个旧民宅的五楼，那楼房旧得仿佛是从乡下移过来的，透着一股诡异的气息。敲门时，走廊里荡起回音，砰砰砰！我迫不及待，说没人，走吧。没等我说完，门"吱"的一声打开了，而且开得大大的，不像之前的人家，只是开一道缝，然后挤出两个眼睛。门完全打开了，也使得我们看清楚了主人，是个女孩子，二十岁左右，穿着朴素，目光羞怯，一看就知道是从农村来的。

女孩问，你们找谁？

我问，小姐，你是黎昏吧。

嗯。女孩看着我们，不知道我们怎么会知道她的名字。

绿草这时却兴奋了起来，说，太像了。我问像什么。她说像黎鸣啊。我一惊，仔细一看，眼前的女孩还真的像黎鸣，眉宇之间那么点秀气突兀可见。

女孩突然问，你们认识我哥？

我说，你真是黎鸣的妹妹？

绿草问，你知道你哥在哪吗？我们是他的朋友。

女孩的脸突然暗淡了下来，她说，我哥两个月前就去世了。

啊？去世了，怎么回事？我和绿草异口同声。

是车祸，他在西乡大道上被一辆汽车撞了，等我们知道时，哥已经化成一捧灰了。说着女孩哭出声来。女孩边哭边说，我哥还跟我们说今年要结婚呢，他说他很爱那个女孩子……

还没等女孩说完，绿草就晕倒在了走廊里。

我把绿草送进了医院，拿她的手机想通知她的家人，一摁通讯录，竟发现整部手机就只存了一个号码，就是黎鸣那个再也打不通的号码。我只好留下来照顾她，医生问，你是他什么人？我支支吾吾。医生说，男朋友吧？我说不，接着又改口说是的是的。医生看了我一眼，你女朋友已经有三个月身孕了。

好多天以后，绿草出院，我也回到空置多日的家里，多日没上班，我的工作已经丢了。我打开电脑，挂上 QQ，点出黎鸣的对话栏，查看我们之前的聊天记录，可任凭我怎么查，那聊天记录都只是保存在两个多月前，即黎鸣出车祸的前一天。我却清楚地记得他最后说的那句话：你是找不到我的，我也不想见到你们。他说过这话吗？或许他真的说过，只是在我的梦境里，自然也没办法储存进电脑。

由此我想起另一件事，我是怎么知道黎鸣结婚的呢？哦，就是那次西乡大道的偶遇，是他亲口告诉我的。我赶紧翻开日历一看，那天是五一劳动节，我记得很清楚。可是，黎鸣已经在一个月前就发生车祸了！

哪些是梦境？哪些又是现实？

我心乱如麻。我拨通了绿草的手机，我说，出来喝杯咖啡吧，老地方。这大概才是我唯一的现实。

（原载《小说林》2012.5）

跋：未完的旅行

郑润良

　　应中国文史出版社全秋生之邀，主编了这套"锐势力"中国当代作家小说集，其中收录了六位青年作家近期创作的中短篇小说。随着数字化图书时代的横空出世，纸质图书的市场挑战和萎缩与日俱增，小说集的出版发行更是门可罗雀，全秋生于小说集编辑出版的执着与坚持令我感动。

　　就文学而言，借用陈思和先生的说法，这是一个无名的时代。或者说，这是一个总体性图景破碎的时代。我们无法像八十年代那样以一个个文学命名归纳和推进文学潮流。有心的读者也会注意到这套丛书的地域特色。这套书的作者中除了个别是北方作家，大多都是南方作家。评论家曾镇南先生认为这种偏向在当下文坛有其特殊意义，出版这样一套丛书，说明中国文坛并不只是几位主流评论家眼中的有限几位，说明眼下有这样一批实力作家正在成长。地域和文化资源的影响客观存在，也因此，我们的确应该对文化中心以外区域的作家的创作予以更多的关注，才能对当代文学的总体图景有更明晰的判断。

　　这套丛书共六部：陈集益的《吴村野人》、樊健军的《穿白衬衫的抹香鲸》、陈再见的《保护色》、陈然的《犹在镜中》、鬼金的《长在天上的树》、马拉的《生与十二月》。作者都是近年来活跃在主流刊物上的优秀代表，丛书中的作品在各大文学刊物发表后，有不少被各种选刊转载，入选多种选本：其中陈集益的作品曾入选中国作协"21世纪文学之星丛书"2010年卷，获浙江省青年文学之星等奖项；樊健军曾获江西省优秀长篇小说奖、第二届《飞天》十年文学奖、第二届林语堂文学奖（小说）、首届《星火》优秀小说奖，其短篇小说《穿白衬衫的抹香鲸》同莫言一起获得2017汪曾祺华语小说奖，可以说是当下小说创作中的一个典型事件；鬼金先后获得第九届《上海文学》奖、辽宁省文学奖、辽宁青年作家奖；马拉曾获《人民文学》长篇小说新人奖、广东省鲁迅文学艺术奖、《上海文学》短篇小说新人奖、广东省青年文学奖、孙中山文化艺术奖等奖项；陈再见的小说入选2015/2016年度《小说选刊》年度排行榜、2016年度《收获》年度排行榜，并斩获《小说选刊》年度新人奖、广东省短篇小说奖、深圳青年文学奖等；陈然的作品曾入选中国作协"21世纪文学之星丛书"2004年卷，获江西谷雨文学奖等奖项，被媒体称为"江西小说界的短篇王"。

六位作家的创作有一个共通点，就是能够将个体的深刻体验与作家对时代的深广观察有效融合，当然在个体风格上会有各种差异：比如陈集益、鬼金作品的现代主义色彩更显浓厚，他们的小说更像是作者的精神自传，故事里的每个人物都是作者的精神碎片；樊健军、陈然的作品，从现实主义出发，试图打通现实与隐喻的界限，勘探与透视时代精神状况，以复杂反抗简化，激活了丰富多义的阐释空间；陈再见与马拉的小说，则立足于南方改革开放最早的那片土地上，都市化的现代时髦与农村本土的落后愚昧在融合过程中的人性撕裂与伤痕，是他们致力思考与探索的汩汩源泉。他们对小说文本不断的思考与探索，对精神向度的孜孜以求，成就了一场文字的饕餮盛宴。这套丛书的出版发行能够表明，他们的写作正在迈向日益宽广而厚实的境地。

文学想象时代，与时代同行，这是永远无法终结的旅行。我们能够投身其中，一起见证、参与这个过程，幸莫大焉！

作者简介：郑润良，厦门大学文学博士后，《中篇小说选刊》特约评论员，《神剑》《贵州民族报》、博客中国专栏评论家，鲁迅文学院第二十六届文学评论高研班学员，中国文艺评论家协会会员。《中篇小说选刊》2014－2015年度优秀作品奖评委、汪曾祺文学奖评委；《青年文学》90后专栏主持、《名作欣赏》90后作家专栏主持、《贵州民族报》中国文坛精英盘点专栏主持、原乡书院90后作家专栏主持。曾获钟惦棐电影评论奖、《安徽文学》年度评论奖、《橄榄绿》年度作品奖等奖项。